プロローグ

製図台が並ぶ事務所内に、黒電話のベルが鳴り響いた。近くにいた若い建築士が、立ち上がって受話器を取る。

「谷口吉郎《たにぐちよしろう》建築設計研究所です」

それから少し受け答えがあり、建築士は谷口吉郎に向かって、受話器を差し出した。

「先生、名鉄の土川《つちかわ》社長から長距離電話です」

「ありがとう」

谷口は三年前に還暦《かんれき》を過ぎたが、西洋人の血でも混じってはいないかと疑われるほど、めりはりのある顔立ちだ。だが、それが仇《あだ》になって冷たい印象を与えることもあり、誰にでも丁寧《ていねい》な対応を心がけている。

部下に対しても礼を口にして立ち上がり、受話器を耳に当てて名乗った。

「谷口です」

するとと名古屋鉄道の交換手らしき女性の声が聞こえた。

「谷口さま、ただいま、おつなぎします」

かすかな雑音の後で、いきなり土川元夫《もとお》の大声が続いた。

「谷口かッ。えらいことになったぞッ」

谷口は受話器を軽く持ち直して聞いた。

「なんだ、藪《やぶ》から棒に」

土川は金沢《かなざわ》の第四《だいし》高等学校以来の親友で、気心は知れているが、いつにない慌《あわ》てようだ。

「呑気《のんき》にしてる場合じゃないぞ。帝国ホテルが来ることになったんだッ」

「どこに誰が来るって?」

「人じゃあない。明治村に帝国ホテルのライト館が来ると、今日の夕刊に出るそうだッ」

「なんだって?」

谷口は端整《たんせい》な眉《まゆ》をしかめた。

「俺は何も聞いていないぞ」

谷口は日本屈指の建築家であり、明治村の館長も務めている。土川はいまいましげに言う。

「俺だって、たった今、聞いたところだッ」

愛知県にある明治村は、明治時代の建物を集めた野外博物館だ。二年前に開村したばかりだが、取り壊しが決定した名建築を、一軒、また一軒と移築し続けている。もともと土川と谷口が二人三脚で開いた施設で、母体は名鉄だ。

東京の日比谷《ひびや》公園前にある帝国ホテル本館、通称ライト館にも、取り壊し計画が持ち上がり、数ヶ月前から反対運動が続いている。だが大正年間に建てられており、本来、明治村に迎えるべきものではない。

谷口は落ち着こうと、灰色の回転椅子《いす》を引き寄せ、浅く腰かけて聞いた。

「そんなこと、どこの誰が言い出したんだ？」

「佐藤《さとう》首相だ。どうやらアメリカで請《う》け負ってきたらしい。帝国ホテルのライト館は保存すると。その受け入れ先が明治村だそうだ」

佐藤栄作《えいさく》が外交交渉で渡米し、帰国したばかりなのは、すでにテレビや新聞で報道されている。

谷口は受話器を握《にぎ》り直した。

「おい、待ってくれよ。いくら現役の総理大臣の意向だって、俺たちの頭ごなしってのはないだろう」

「順序が逆だが、これから話が来るそうだ」

そう言う背後から電話のベルと、社長秘書とおぼしき女性の声が聞こえた。

「土川社長、テレビ局から取材申し込みです。帝国ホテルの件で」

電話が何台もあるらしく、別の声も次々と聞こえてくる。

「明治村の東京事務所の連絡先を教えて欲しいと、問い合わせですが」

さらに、ひときわ甲高《かんだか》い声が響いた。

「社長ッ、東京の首相官邸から、至急のお電話が入りましたッ」

谷口は総毛《そうけ》立《だ》った。確かに、えらいことになっている。土川は、いよいよ慌てふためいて言う。

「とにかく夕刊を見ろ。俺も詳しいことは、まだわかってないんだ」

それきり電話が切れた。

受話器を置いた瞬間、ふたたびベルが鳴って、谷口は反射的に取り上げた。相手は明治村東京事務所の職員だった。

「谷口先生、たいへんです。事務所の電話が鳴りっぱなしなんです。なんでも帝国ホテルが明治村に来るとかで、その取材申し込みで」

「そうですか。わかりました」

短く答えて受話器を置くと、また間髪《かんはつ》をいれずにベルが鳴る。だが、もう取り上げず、部下たちに厳命《げんめい》した。

「電話には出ないで結構です。誰か来たら、何も聞いていないと答えてください」

呆気《あっけ》にとられる若い建築士たちを尻目に、スチール製ロッカーを音を立てて開けた。そしてベージュのダスターコートを手早くつかむなり、事務所のドアを開けて廊下に出た。

エレベーターの下りボタンを押したものの、取材の記者と鉢合わせしそうな気がして、大股で階段に向かった。

谷口の設計事務所が入っているのは、有楽町《ゆうらくちょう》の交通会館だ。ビルの中ほどに大階段が設《もう》けられており、それを駆け降りた。

一方、明治村の東京事務所は、紀尾井町《きおいちょう》の文藝春秋《ぶんげいしゅんじゅう》ビルの一室にある。文藝春秋ビルは谷口自身の設計だ。普段、谷口は有楽町と紀尾井町とを、頻繁に行き来している。

一階まで駆け降りて、薄手のダスターコートに袖を通しながら正面玄関を出た。外は晩秋の風が冷たく、アスファルトの道路に落ち葉が舞う。谷口はウールのオーバーコートを着てくればよかったと悔《く》やみつつ、襟《えり》を立てて胸元をかき合わせた。

目の前は有楽町駅で、東改札口の脇に新聞売りのテントがある。急ぎ足で近づいたが、毎朝毎夕、新聞が山積みになるスタンドには、ほんの数部しか置いていない。日付は昭和四十二年、西暦なら一九六七年の十一月二十一日、どれも朝刊だ。

テントの奥にいる、くわえタバコの店主に聞いた。

「夕刊は、まだですか」

店主は煙に目をしかめながら答えた。

「あと一時間くらいすれば届きますよ」

谷口は駅のガードをくぐって西口に出た。こちらのスタンドにも夕刊は来ていない。その代わり、署名活動中の若者たちの声が響いていた。

「帝国ホテルの取り壊し、はんたーい。現地保存の署名に、ご協力くださーい」

全員「帝国ホテルを守る会」と書かれた襷《たすき》を斜めがけし、画板の紐《ひも》を首から下げて、行き交《か》う人たちにボールペンを差し出す。どこかの大学の建築学科の学生たちに違いなかった。

今から八年前の昭和三十四年（一九五九）四月、ライト館の設計者だったフランク・ロイド・ライトが、九十一歳で往生《おうじよう》を遂《と》げた。しかしアメリカから届いたニュースは、たちまち吹き飛ばされた。翌月には東京オリンピックの開催が決定したからだ。

ライト館の取り壊しが噂され始めたのは、その頃からだった。オリンピックを機に急増する外国人客を受け入れる必要があったのだ。同時に取り壊し反対の声も高まった。

しかしオリンピックは無事に過ぎ、取り壊し問題が本格化したのは、今年になってからだ。三年後に大阪で万国博覧会の予定があり、帝国ホテル経営陣が、とうとう超高層ビルへの建て替えを決定したのだ。

公表されたのが今年三月で、四ヶ月後には建築学の大学教授などを中心に「帝国ホテルを守る会」が結成された。建物の保存活動は日本では初めてだったが、以来「守る会」はニュースを発行したり、署名を集めたりして活動している。

彼らは政治家や関係官庁にも働きかけているという噂だった。その影響か、三十数階建ての超高層計画に対して、東京都の建築確認が下りなかった。すると帝国ホテル側は急遽《きゅうきょ》、階数を十七階に減らして、申請を通したのだ。

若者たちの呼びかけが繰り返される。

「ライト館の取り壊し、はんたーい。ひとりでも多くの署名を、お願いしまーす」

その声を背中に受けつつ、谷口は南に足を向けた。まだ夕刊は手に入らないし、どこまでも電話が追いかけてきそうで、行き場がない。ならば問題の帝国ホテルを、改めて見に行こうと思いついたのだ。

有楽町駅からは古めかしい高架沿いを歩く。大正三年（一九一四）に東京駅とともに誕生した線路の高架だ。色がまばらな煉瓦《れんが》づくりで、ようやく人がくぐれる高さのアーチが、東京駅から新橋駅まで続いている。

高架下には立呑《たちのみ》の居酒屋や、気の張らない小料理屋が並ぶ。狭い道を挟《はさ》んだ反対側にも、中華飯店など間口《まぐち》の小さな店が軒《のき》を連ねる。夜になると赤提灯《あかちょうちん》がともり、ネクタイを緩《ゆる》めたサラリーマンが集《つど》い、野良猫が行き交う界隈《かいわい》だ。

そんな雰囲気《ふんいき》は、次の交差点に出たところで一変する。道路の向かい角に、地上七階建ての帝国ホテル第一新館がそびえるのだ。

奥には十階建ての第二新館も続く。どちらもアメリカ的な角ばったビルディングで、いわゆるミッドセンチュリー風だ。客室は第一、第二を合わせて六百を超えると聞いている。

谷口は建物を見上げて、小さな溜息《ためいき》をついた。第二新館ができて、まだ十年にも満たないが、ここが超高層ビルに建て替わる日も、そう遠くはない気がしたのだ。

今回、帝国ホテル経営陣は、超高層ビル建築を断念した。だが日比谷から程近い虎ノ門《とらのもん》では、地上三十六階建ての霞《かすみ》が関《せき》ビルが建設中であり、すでに時代は超高層に突入している。いずれ、ここにも三十数階建てがそびえ、「帝国ホテルタワー」とか「インペリアルタワー」などと、名づけられるに違いなかった。

かつて、この場所には、三階建ての美しい西洋館が建っていた。明治の半《なか》ばに開業したビクトリア調の初代帝国ホテルだ。

谷口は金沢二中に通っていた頃、その西洋館に泊まったことがある。実家は九谷《くたに》焼《やき》の窯元《かまもと》で、当時、美術を学んで家業を継ぐか、地元金沢の四高に進むかで迷っていた。すると父親が東京に商談に出る際に、一緒に連れてきてくれたのだ。

「進路は自分で決めなさい。何がなんでも家を継ぐことはない。でも、とにかく東京は見ておくといい」

谷口は幼い頃から、華やかな九谷焼に触れて、審美眼《しんびがん》が培《つちか》われてきた。そんな目にも、初代帝国ホテルは圧巻だった。すぐ近くにあった鹿鳴館《ろくめいかん》にも感動した。ここが日本の文明開化の象徴《しょうちょう》だと思うと、胸が高鳴った。

できて数年の東京駅も、煉瓦づくりの高架のアーチも、少年の心をわしづかみにした。その結果、建築を志し、金沢四高から東京帝国大学建築学科という道を選んだのだ。

だが宿泊の一、二年後に、ビクトリア調の初代帝国ホテルは火事で全焼した。一方、鹿鳴館は、谷口が三十六歳の時に取り壊された。

その頃、名鉄で出世街道を突き進んでいた土川が、出張で上京し、久しぶりに酒を酌《く》み交わしたことがあった。

金沢四高当時から、何もかも対照的な友人だった。土川は、ぱっと見ただけでは印象に残りにくい容貌《ようぼう》だが、話をすると押しが強く、谷口も及ばない存在感がある。

親友ならではの気安さで、谷口は盃《さかずき》を傾けつつ、珍しく愚痴《ぐち》をこぼした。

「鹿鳴館が壊されたのが残念でな。ああいう名建築を、どこかに移築して保存できないものだろうかと、時々、考えるよ」

するとと土川が目を輝かせた。

「それ、いいな、うちでやろう。名古屋の郊外に造って、観光の目玉にして、客が名鉄の電車やバスに乗って、押しかけるようにするんだ」

谷口は盃を持ったまま、顔だけを土川に向けた。

「そんなことができるのか」

「できるさ。ただし俺が社長になってからだ」

「おまえが社長に？」

「信じないのかよ」

金沢四高から京都帝大を出て、まして押しの強い土川が、名鉄の社長にまで昇りつめるのは、確かにあり得ないことではない。そう気づいて言い直した。

「悪くない話だな」

土川は親友の肩をたたいた。

「かならず俺は社長になる。社長になって、おまえの夢を叶《かな》えてやる」

　そして手酌《てじゃく》で酒を注いだ。

「その時は、おまえが館長になれよ。金のことは俺に任せろ」

　谷口は盃を目の高さまで持ち上げて、笑顔で答えた。

「わかった。頼むぞ」

　その約束から年月を経て、ようやく一昨年に明治村はオープンに至ったのだ。

　ライト館の取り壊しが決まって以来、「明治村に移築したらどうか」という声もないではなかった。だが心ない陰口《かげぐち》も聞こえてきた。

「明治村なんて、あんな田舎《いなか》の建物の墓場なんか」

「守る会」の目標は、あくまでも現地保存だ。もしも移築するのであれば近隣か、最低限、都内と主張して譲《ゆず》らない。

　土川が言い出した「電車やバスに乗っていく」という趣旨《しゅし》と、広大な土地を確保する必要性から、明治村は名古屋から離れた山中に設けた。名鉄の電車とバスを乗り継いで、名古屋駅から小一時間はかかる。

　だが東海道新幹線が開通して以来、東京から名古屋までは二時間半。そこから小一時間だから、東京から三時間半ほどで明治村に到着できる。今後、新幹線はスピードを増し、もっと短時間になるのは疑いない。とはいえ陰口をたたく者は、とてつもなく遠いと思い込んでいる。

谷口は、確かに今は建物の墓場かもしれないとは思う。まだまだ知名度が低くて、来場者が少なく、経営も赤字続きだ。

しかし五十年後、百年後に、明治村の建物を見て感動してもらえる日が、きっと来る。昔の日本人が、つたない技術ながらも、これほどのものを建てたのだと、誇れる日はかならず来る。

谷口も土川も、そう信じているからこそ、わざわざ面倒を背負い込み、赤字を解消すべく頑張っているのだ。そんな状況で、ライト館を引き受けるとなれば、とほうもない金がかかるし、とうてい無理だった。

谷口は第一と第二の新館前を離れ、日比谷公園の方に足を向けた。北側の道路に沿って、煉瓦づくりの三階建てが長く続く。ライト館の脇に当たる、北客室棟の外壁だ。

ライト建築の特徴のひとつに縦長窓がある。普通の上げ下げ窓よりも、はるかに細長い窓を並べて、外観の印象を高めるのだ。

北客室棟の外壁にも、一階から二階まで突き抜ける細長いくぼみが五本並んでおり、各客室の窓は、その奥に隠れている。五本のくぼみの先には、幅広の煉瓦壁があり、二階から、ちょっとしたバルコニーが張り出している。

さらに先には、また五本のくぼみがあり、また壁とバルコニーが続く。客室棟の端から端まで、窓のくぼみとバルコニーが等間隔で繰り返されるのだ。

二階の天井《てんじよう》の位置には、大谷石《おおやいし》が水平方向に配され、それが三階との区切りを際立《きわだ》たせている。三階の窓は一、二階とは大きく異なり、細かく仕切られた柱の奥にある。道路から見上げると、ちょうど日本の格子戸《こうしど》のようにも見える。

ただし煉瓦も大谷石も、増え続ける自動車の排気ガスで黒く汚れている。

東京の知識人階級に保存の声が高い一方で、一般からの批判もある。「外壁が汚らしい」「中が薄暗くて気味《きみ》が悪い」などと容赦《ようしや》ない。ライトの抜きん出た感覚を受け入れられるほど、社会が成熟していなかった。

谷口は北客室棟の角まで歩いて、日比谷通りに出た。国道一号線でもあり、片側四車線の大通りだ。国道の向かいには、緑豊かな日比谷公園が広がる。

道路を横断して日比谷公園側に渡り、来たばかりの角地を振り返ってみた。そこにたたずむのは、まさに押しも押されもせぬ名建築だ。

北客室棟と同じものが、南側の敷地際《ぎわ》にも伸びている。その両翼を従えるようにして、中央に玄関棟があり、奥にいくに従って、主要棟の階数が高くなっていく。

正面の外壁は煉瓦と大谷石に、テラコッタという素焼《すや》きの飾り板を、巧《たく》みに組み合わせてある。屋根は銅板葺《ぶ》きで、階層ごとに緑青《ろくしよう》の色が美しく折り重なる。北客室棟の繰り返しの外壁よりも、はるかに華やかだ。きわめて装飾的で重厚感《じゅうこうかん》がありながら、全体としては統一性があって、大仰《おおぎょう》な印象はない。

完璧《かんぺき》に計算されつくした、世界でここにしかない意匠《いしょう》だ。かつて谷口が取り壊しを惜《お》しんだ鹿鳴館などとは、比較にならないほどレベルが高い。そのうえ日本人には西洋的に見えて、西洋人には東洋的に見えるという不思議な建物でもある。

信号機が青に変わるのを待って、ふたたび日比谷通りを渡り、ライト館の前へと進んだ。

いつもなら前庭の池の周囲には、黒塗りのハイヤーやお抱《かか》え運転手の高級車が、次から次へと現れる。車寄せでは、制服に白手袋のドアマンが、素早く車のドアを開けて、賓客《ひんきゃく》たちを迎える。

だが今は一台の車もない。どうやら、すでに閉館したらしい。それどころか取り壊しの準備が、もう始まっているらしく、行き交うのは作業着姿の工事関係者ばかりだ。

谷口は、かまわずに前庭を突っ切って、玄関に近づいた。だが思わず立ちすくんだ。閉じられた玄関に「ＣＬＯＳＥＤ」と大書されたボードが掛かっていたのだ。日本語でも「長い間、ご愛顧頂きましたが……」と、閉館の挨拶文《あいさつぶん》が掲げられていた。

閉館するのは、とっくにわかっていた。取り壊されるのも仕方ないという覚悟もあった。だが現実に文字になったものを目にすると、この名建築への惜別《せきべつ》が、思いがけないほど胸に迫る。

耳の奥で低い声が聞こえた。

「助けてくれ」

今までに何度も同じ声を聞いた。これから取り壊されようとする建物の前で。そして明治村に移築することで、何棟《なんとう》も助けてきた。できることならライト館も助けたい。

谷口は後ずさり、日比谷通りの舗道《ほどう》まで戻って、もういちど全景を見上げた。すると、また同じ声が聞こえた。

「助けてくれ」

さっきよりも、はっきりと耳に届いた。

谷口には目の前のライト館が、あたかも巨人であるかのように思えた。外壁が汚れ、内壁がひび割れ、床が傾いて、満身創痍《まんしんそうい》の巨人だ。それも開業が大正十二年（一九二三）だから、わずか四十四年しかホテルとして働いていない。

助けたい。日本の建築史上、貴重な作品だ。建物の墓場と侮《あなど》られようとも、残す意味はある。でも明治村で受け入れられない理由は、経済的なことだけではない。

木造建築なら柱や梁《はり》のほぞを抜けば、解体は難しくない。屋根瓦《やねがわら》も壁も外《はず》せるし、再構築も問題はない。現地保存する場合でも、傷《いた》んだ木材だけ取り替えれば、古い神社仏閣《ぶっかく》のように百年でも千年でも続いていく。

また明治時代までの建物なら、たとえ壁が煉瓦や石づくりの洋館でも、柱や梁などの骨組みは木造だ。壁をはがして、やはり角材のほぞを抜けば、移築は可能だ。

しかし大正以降の建物は、柱も床も鉄筋《てっきん》を配したコンクリートで固められており、基本的に分解はできない。ライト館の移築は物理的にも難しかった。

だからこそ「明治村」なのであって、大正以降の鉄筋コンクリートの建物は、受け入れ対象ではなかった。

ダスターコートの袖をめくって、腕時計を見ると、さっきから優に一時間は経《た》っていた。急いで有楽町駅に引き返し、西口のスタンドで各社の夕刊を買い求めた。

目当ての記事は、すぐに見つかった。佐藤栄作の言葉が載っていたのだ。

「明治村というところがある。帝国ホテルの旧館は大正の建物だが、明治村に持っていけば幸せだと思う。建物全部でなく、一部でもいい。これは文部大臣も工夫している」

首相の個人的な希望として書かれてはいるが、館長すら把握《はあく》していない状況で、こんなことが公表されるとは信じがたかった。

さっきまで駅前で署名を求めていた若者たちの姿はない。いつもならサラリーマンやＯＬが帰路に向かう夕方が、いちばん効率よく署名が集まる時間帯だ。しかし新聞記事を見て、慌てて引き上げたに違いなかった。

谷口は駅の片隅の赤電話に、足早に近づいた。背広の内ポケットから、革《かわ》表紙の手帳を取り出して住所録を開き、赤電話に十円玉を投げ込んだ。新聞社の番号を確認しつつ、ダイヤルをまわす。

建築に詳しい記者と懇意《こんい》にしており、電話口に呼んでもらった。すぐに本人が出て、息せき切って言う。

「先生、探しましたよ。事務所じゃ留守だって言うし。意見を聞かせてくださいよ。帝国ホテルを受け入れるつもりなんですか」

駅前の雑踏《ざっとう》に耳をふさぎながら、谷口はありのままに答えた。

「今は何も言えません。何もわからないので。言える時が来たら、真っ先に、あなたに話します。だから、ひとつ教えて欲しいんです」

「なんでしょう。僕でわかることなら」

「なぜ首相は急に、あんなことを言い出したのか知っていますか。アメリカで請け負ってきたとも聞きましたが」

すると記者は声を低めた。

「あれは『守る会』が、アメリカまで手をまわしたんですよ」

「手をまわした？」

「先月、ライト夫人が来日して、帝国ホテルに泊まったことは、ご存じですか」

「いちおう耳にしています」

夫人はライトの弟子《でし》であるアメリカ人建築家を、八人も引き連れてきた。そしてライト館を見てまわり、まだまだ使用可能だと主張したのだ。

「もともと『守る会』が、夫人を呼び寄せたんです。でも帝国ホテル側は取り合わなかったし、たいして話題にもなりませんでした。僕は原稿を書いたんですが、一般人は興味を持たないからと、社内でボツにされました。『守る会』の提灯記事ばかり書くなと怒られて」

しかし「守る会」の目的は、夫人の来日そのものではなかったという。

「彼らの狙《ねら》いは、佐藤首相の渡米にあったんです」

佐藤栄作は、終戦以来、アメリカの領土になっていた沖縄と小笠原《おがさわら》諸島の返還を求め、外交交渉のために渡米した。そしてニクソン大統領と会談し、小笠原諸島返還の約束を取りつけたのだ。

「その後で記者会見が行われて、佐藤首相はホクホク顔でアメリカ人記者たちに日米友好を語ったんです。でも会見の終盤で、思いがけない質問が飛び出したんですよ」

東京で帝国ホテルが取り壊される計画があるらしいが、アメリカが誇るフランク・ロイド・ライトの貴重な作品だから、保存すべきではないかと、突然、記者から指摘《してき》されたという。

「首相にとっては寝耳に水でしたが、せっかくの日米友好に水を差してはと思い、その場で請け負ってしまったんです。壊さずに保存すると」

谷口は赤電話の受話器を握りしめ、信じがたい思いで聞いた。

「つまりは、その記者に質問させたのが、ライト夫人というわけですか」

「そうなんです。アメリカではフランク・ロイド・ライトは絶大な人気ですし、ライト夫人も顔が広い。そこで知り合いの記者に働きかけたというわけです。ニクソン大統領夫人とも親しくて、そちらから工作したという噂もあります」

記者は、ひと呼吸ついてから続けた。

「佐藤首相は日本に帰ってきてから、ライト館の保存が、いかに困難かに気づいたようですが、なにぶんにも一国の首相が公式な場で、しかも外国で口にしたのですから、撤回はできません。『守る会』の思う壺《つぼ》でした」

「でも『守る会』の希望は、あくまでも現地保存です。明治村への移築など納得しないでしょう」

「そうですね。ここに来て明治村の名前を挙げたのは、首相の苦肉の策だと思います。移築のための金は国が出すとしても、どう決着がつくか、あと十日が最大の山場です」

「あと十日？」

「ご存じなかったですか。ライト館の取り壊し開始日は、十二月一日と決定しているんです。今日が十一月二十一日だから、ちょうど十日後ですね」

谷口は背筋《せすじ》が凍《こお》る思いがした。どんな建物でも、明治村が受け入れる場合、取り壊しが決まってから交渉するため、いつも待ったなしの状態だ。それでもライト館ほどの大物の検討に、たった十日とは法外だった。

記者は、かまわずにしゃべり続ける。

「ずいぶん僕は『守る会』寄りの記事を書いてきたつもりでしたが、正直、彼らがここまでやるとは思ってませんでした。『守る会』の主張はかたくなで、隣地の生命保険会社のビルにどいてもらって、そこに移築しろだのと、非現実的なことしか言わないし」

記者は、谷口が黙《だま》り込んでしまったことに気づいたのか、遠慮がちに言った。

「差し出がましいかもしれませんが、谷口先生も覚悟なさった方がいいですよ。苦肉の策といっても、これも一国の首相の談話として記事になったのですから。簡単には断れないでしょうし」

谷口は深い溜息をついて答えた。

「わかっています。いろいろ教えてくれて、ありがとう。助かりました」

とてつもなく重く感じる受話器を、赤い電話機の上に戻した。アメリカ大統領夫人まで巻き込んだ大嵐に、明治村が巻き込まれようとは、思いもよらなかった。

ましてや六十歳を過ぎた自分に、移築をまっとうする体力と気力と時間が残されているか、その自信もなかった。

一章　男たちの絆

　大正二年（一九一三）夏、林愛作《はやしあいさく》は白いハンカチーフで額の汗を拭《ぬぐ》いながら、事務室でインク壺《つぼ》にペン先を浸《ひた》して、英文の手紙を書いていた。帝国ホテルの支配人を務めて四年。この秋で満四十歳になる。

　夏の間は、ビクトリア調の外開き窓を全開にし、天井据付《てんじょうすえつ》けの大型扇風機をまわすが、東京の蒸《む》し暑さはしのげない。この季節だけは、明治半ばに建てられた西洋館ではなく、素通《すどお》しの日本家屋が恋しくなる。

　その時、玄関ホール側の扉から、ベルボーイが入ってきて告げた。

「支配人、帝大の学生さんが、五人ほど来ましたが」

「ああ、建築科の学生たちだ。ホテルの中を見せる約束なんだ」

「外で待たせてありますけれど、通用口に行かせましょうか」

「いや、それには及ばない」

愛作はペンを置き、インク壺の蓋《ふた》を閉めて、椅子《いす》から立ち上がった。麻の上着を羽織《はお》りながら、一瞬、鏡をのぞいた。いくら急いでいても、人に会う前には、身だしなみを確認する癖がついている。

やや面長《おもなが》で鼻筋は通っているが、目と目の間が少し狭く、印象に残る顔だと言われる。七三に分けた豊かな髪と、短めに整えた口髭《くちひげ》に軽く手を当ててから、鏡の前を離れた。

軽い足取りで玄関ホールを抜け、北向きの玄関から表に出た。日比谷《ひびや》公園から飛んでくる蟬《せみ》が、前庭でやかましいほど鳴いている。人力車《じんりきしゃ》の車寄せのかたわらに、五人の若者が所在なげに立っていた。

ひと目見て、愛作はベルボーイの意図《いと》を察した。ひとりは季節外《はず》れの黒い詰め襟《つえり》の学生服。ほかの四人は絣《かすり》の着物に、裾《すそ》の擦《す》り切れた袴《はかま》姿で、腰に手拭《てぬぐ》いを下げている。最近、流行《はや》り始めたバンカラで、民間の迎賓館《げいひんかん》である帝国ホテルにはそぐわない。

それでも愛作は勤勉な若者が好きで、玄関前の石段を駆け降り、笑顔で近づいた。

「こんなところで待たせて悪かったね。支配人の林だ」

いっせいに学生帽を脱いで頭を下げる。黒い学生服姿の若者が、緊張気味に名乗った。

「東京帝国大学四年の遠藤新《えんどうあらた》です」

素朴《そぼく》な顔立ちで、かすかに北国の訛《なまり》がある。

「遠藤くんというと、手紙をくれた人だね。表向きの場所だけでなく、裏方も見せて欲しいという」

先々、ホテルを設計する場合に備えて、厨房《ちゆうぼう》はもちろん、業者の通用口まで、すべて見たいという依頼だった。

新は律儀《りちぎ》に頭を下げた。

「できれば、いろいろ見せて頂きたいので、よろしくお願いします」

愛作は五人を手招きしながら、建物の前面が見えるように玄関から離れ、暑さしのぎに木陰《こかげ》に入った。

「この建物はビクトリア調で、石づくりに見えるが実は木造だ。外壁を石に見えるような漆喰《しつくい》塗《ぬ》りにしている。政府は本当は石づくりで、本格的な西洋建築にしたかったのだが、無理だった」

袴姿のひとりが質問した。

「なぜ無理だったんですか」

「基礎のために地面を掘り返したら、予想以上に地盤が悪かったんだ。昔、この辺は海だったからね。皇居の日比谷濠《ぼり》あたりまで、浅い入江《いりえ》が広がっていて、日比谷公園なんかは海の底だったんだ」

「へえ」

学生たちが興味を持った様子だったので、愛作はさらに詳しく説明した。

「入江を埋め立てたのは、ほかでもない徳川家康《とくがわいえやす》だ。江戸城を建てると同時に、入江に土を盛って、大名たちに屋敷地として割り振った。だから、この辺は江戸時代を通して、そうそうたる大名屋敷が並んでいたんだ。埋立地の水はけをよくするために、何本も堀を通したから、このホテルができた当時は、北側の道路も、東側の線路の高架のところも堀だった」

愛作は帝国ホテルの門のところまで進み出て、目の前の道路と、右手の煉瓦《れんが》づくりの高架を示した。

「そこに埋め立ての名残《なごり》らしきものがある。高架のアーチをくぐって銀座側に向かうと、少しだけ上り坂になっている。わずかながら日比谷側の方が土地が低いんだ。埋め立てた後に沈んだのだと思う」

学生たちはアーチの先をのぞき込んで、しきりにうなずく。愛作は一同を率いて、また前庭の木陰に戻った。

「とにかく埋立地では、石づくりの建物など重すぎて沈んでしまう。そこで木造にして、階数も減らし、できるだけ軽く建てたのが、この建物というわけだ」

いちおう外の説明を終えたが、さっきから気になっていることがあった。学生服姿の遠藤新ひとりだけ、やや反応が鈍いのだ。そこで少し皮肉めかして聞いた。

「遠藤くんには、こんな話は退屈かね」

そう言う端《はな》から、ふと気づいた。もしかしたら、もう知っていたのかもしれないと。そこで聞き直した。

「もしかして、もう知っていたかな」

すると新は遠慮がちに答えた。

「いちおう調べてきました。何も下知識なしに訪問するのも、失礼かと思いまして」

「ほう。そうだったのか」

感心しつつも、やや鼻白《はなじろ》む思いもあって、あえて意地悪をしてみたくなった。

「ならば、僕の説明に、何か補足してもらえないかね」

新は目を伏せて首を横に振った。

「いえ、補足など」

「いや、何かあるだろう。せっかく調べてきたのだから、みんなに教えてやってくれないか」

強《し》いて促《うなが》すと、ようやく口を開いた。

「階数は地上三階地下一階で、細かく言うと、建物の配置がネオ・バロック様式で、壁面構成はドイツ・ネオ・ルネッサンス様式です。明治二十三年（一八九〇）十一月に完成して、帝国ホテルが創業しました」

愛作が口にしなかったことを、正確に補足している。この男は無愛想《ぶあいそう》だが、根っから真面目《まじめ》なのだと腑《ふ》に落ちた。

「さすがだね。よく調べてきた」

心からそう思って褒《ほ》めると、ようやく新は、ぎこちなく微笑《ほほえ》んだ。

開け放った扉から、玄関ホールへと五人を導いた。

「それじゃあ、次は中を見せよう」

さすがに新も物珍しそうに、柱や天井際《ぎわ》の華やかな装飾に目を走らせる。愛作は歩きながら説明した。

「玄関ホールの先がメインホール。その奥が舞踏会《ぶとうかい》にも使える大広間。そもそも鹿《ろく》鳴館《めいかん》が華族会館に変わったので、西洋人の社交や宿泊を引き受けるために、ここができたのだ」

鹿鳴館外交が失敗した後、明治政府の主導で民間の資金を集め、会社を発足《ほっそく》させたのだった。

「そっちが食堂で、厨房は右奥。談話室や喫煙室、ビリヤード室もある。もともと客室は六十あったが、風呂つきの部屋を増やしたりしたので、今は五十そこそこだ」

二階の廊下で、ニコ・ミリアレッシーというギリシャ人と行き合った。長期滞在の特派員だ。

夏は宿泊客が減る。東京の暑さを嫌って、日光《にっこう》の金谷《かなや》ホテルや、箱根《はこね》の富士屋《ふじや》ホテルに避暑に行くのだ。また一日の中でも昼過ぎは、もっともホテル内で人影が少ない。そのために愛作は学生たちの見学を、この時間帯に設定したのだが、それでも客との接触は避けられない。

ミリアレッシーは遅い昼食のために、食堂に降りていくところだった。片言《かたこと》の日本語も話すが、愛作は英語で五人を紹介した。

――この若者たちは、日本でいちばん優秀な大学の学生で、建築学を学んでいます。今日はホテルの見学に来ました――

するとミリアレッシーは両眉《りようまゆ》を上げた。

――それは素晴らしい。先々は日本で指折りの建築家になるわけだな。頑張ってくれ――

気さくに学生たちと握手を交《か》わして階段を降りていった。その後ろを一匹の猫がついていく。袴姿の学生が驚いて指差した。

「あッ、野良猫が迷い込んでますよッ」

愛作は首を横に振った。

「あれは彼の飼い猫なんだ」

「ホテルで猫なんか飼っていいんですか」

「いけないという決まりもないし、遠く故国を離れて、ひとりで仕事をしてるんだから、猫くらい大目《おおめ》に見ているんだ」

それから客室や通用口まで、ひと通り見せてから談話室に入った。五人に肘掛《ひじか》け椅子を勧め、愛作自身は立ったままで話した。

「これで当ホテルのすべてを見せたつもりだが、何か質問は？　何でも聞いて欲しい。むしろ若い人たちの率直《そっちょく》な意見が聞きたい」

さっきの袴姿の学生が、ためらいがちに手を挙げた。

「あの、林さまは」

愛作は相手に手のひらを向けた。

「さまは勘弁《かんべん》してくれ。林さんでいい」

「じゃあ、林さん。一階のホールの壁に、小さな破風《はふ》屋根がありましたけれど、あれをどう考えておいでですか」

「やっぱり、あれに目をつけたか」

思わず肩をすくめた。

ホテルは内装も西洋式で、装飾的なアーチが多用されている。しかし一階ホール正面の壁に、ちょっとした社《やしろ》が設《もう》けられている。洋館の中に突如《とつじょ》として日本建築の一部が出現するのは、いかにも不釣《ふつ》り合《あ》いだった。

「自分のホテルを悪く言うのは忍びないが、あれは君たちがやってはいけない造作《ぞうさく》の見本だ。完全な西洋館を目指しながら、結局は西洋人受けを狙《ねら》って、中途半端に和風を取り入れたのだ」

別の学生が聞く。

「でも客室に、日本画や日本の大皿が飾ってありましたよね。やっぱり西洋人受けを狙っているのでしょうが、僕は、あれはあれで悪くないと思いましたけれど」

愛作は人差し指を立てて答えた。

「いい指摘だ。絵や皿は美術品として完成している。それに客室は落ち着きが大事で、あっさりした内装だから、美術品が映《は》える。でも一階ホールは、アーチから破風屋根まで、ひと続きの意匠《いしょう》だ。なのに双方の主張が強すぎて喧嘩《けんか》している。あれは頂けない」

愛作は帝国ホテルに入る前は、ニューヨークにある山中《やまなか》商会という高級古美術商に勤めていた。そこで審美眼《しんびがん》を磨いたため、和洋にわたる美学には一家言《いっかげん》ある。

「今すぐにでも外してしまいたいところだが、ただ困ったことに、西洋人の多くが、あの破風屋根を喜ぶのも事実なのだ」

最初の学生が聞いた。

「それじゃ、どうしたらいいんですか」

「それを考えるのが、君たちの仕事だろう」

全員が納得顔でうなずき、また別の質問が飛んだ。

「さっきの林さんの説明だと、このホテルの北側と東側の二方向が堀だったそうですが、今は高架がそびえて列車が走って、それはそれで新時代の風景ですけれど、水辺でなくなったことは、どうなのですか」

そう話している最中《さなか》にも、高架の上を蒸気機関車が通り、轟音《ごうおん》が響く。

「お聞きの通りだ。煉瓦の高架自体は確かに新時代の風景だ。でも音がうるさいし、まだ堀があった頃には、銀座を行き交う人々が、水辺越しにホテルの眺《なが》めを楽しめた。その眺望も分断されて、今は好立地ではない」

「それじゃ、どうするんですか。それを考えるのは、僕たちの役目じゃないですよね」

「もちろんだ。僕の仕事を取られちゃ困る」

また肩をすくめると笑いが湧く。すっかり緊張が解けていた。

「まだ詳しいことは明かせないが、新館の建設を検討している。来日する外国人が増えて、客室も足りなくなっているし」

ひとりが身を乗り出して聞く。

「設計は誰に依頼するんですか」

「それも、まだ検討中だ」

「でも候補者くらいは教えてください」

「そうだな。たとえばアメリカ人ならフランク・ロイド・ライトとか。まだ若いけれど、ル・コルビュジエなんかも面白《おもしろ》い仕事をしている」

「そんな大御所に依頼できるんですか」

「もちろんだ。帝国ホテルは、世界のトップレベルを目指している。なんだったら、君たちの大先生の辰野《たつの》先生にだって頼めるよ」

辰野金吾《きんご》は建設中の東京駅の設計者として、急速に評価が高まっている。

「ただし僕としては、今までにない驚くような建物が欲しい。だから辰野先生に依頼するつもりはない」

「でも驚くような建物って、ここの株主や経営陣が納得するんですか。やっぱり西洋館を望むんじゃないんですか」

「僕は支配人を引き受ける際に、ひとつ条件を出した。帝国ホテルは僕のホテルにさせてくれと。だから、いったん僕が決めたら、なんとしても納得してもらう」

するとと遠藤新が唐突に聞いた。

「あの、フランク・ロイド・ライトに決めた理由は、何ですか」

「まだ決めてはいないよ」

「すみません。間違えました。でも候補にされた理由は？」

愛作の本心は、かなりライトに傾いており、この秋には日本に招待する予定もある。しかし問題があって、まだ公表はできない。そのため質問をはぐらかした。

「遠藤くんはフランク・ロイド・ライトをどう思う？」

「素晴らしいと思います。洋書の作品集を大学の図書館で見ましたが、帝国ホテルの新館には、ぜひともライトを起用すべきです」

新は、さっき愛作の説明の補足をしたきり、ほとんど黙《だま》っていたが、それが嘘のように饒舌《じょうぜつ》に語り始めた。

「彼の意匠は独特です。作品集の白黒写真では色や素材まではわかりませんが、たぶん内装は漆喰系の白壁に、自然の色合いの木部を曲線や直線で配して、それで装飾的に見せています。何と言ったらいいのか、ええと」

適切な言葉が見つからず、苛立《いらだ》たしげに首を傾《かし》げる。

「とにかく装飾的なのに、すっきりと美しい。それに敷地や環境に合わせることを大事にしているから、ひとつとして同じものがない。林さんの望み通り、今までにない建物になるはずです。それに」

いよいよもどかしげに言う。

「それに、なぜかわからないのですが、どことなく懐《なつ》かしい感じがするんです」

「なるほど」

愛作は新の感性を見直した。今までに、そこに着目した日本人はいない。

「懐かしくて当然だ。彼は親日家で、作品には日本建築の影響があるんだ」

「日本建築の？　まさか」

「ゴッホやモネが浮世絵を真似《まね》たのとは違って、そのまま真似するわけじゃあない。ちょっとしたことを巧《たく》みに取り入れるから、言われてみないとわからないんだ」

新は驚きを隠さない。

愛作は大きく手を打った。

「遠藤くんの意見は、大いに参考にさせてもらう。で、ほかに質問は？」

新の熱弁に圧倒されたのか、もはや質問は出ず、お開きになった。

愛作は玄関の外まで五人を見送りに出て、別れ際に聞いてみた。

「遠藤くんには師と仰《あお》ぐ人はいるのかね」

「いません。いるとしたらフランク・ロイド・ライトです。できれば卒業後は、アメリカの事務所に弟子《でし》入りしたいと思っています」

「そうか。わかった」

新の腕を軽くたたいた。

「その時は、僕がフランクに推薦《すいせん》しよう」

「フランク？」

「向こうも僕をアイサクと呼ぶよ」

「知り合いなんですか」

「彼は浮世絵の収集家で、ニューヨークで僕の顧客だった。日本に来たこともある」

見る見るうちに、新の顔が上気していく。そして、いったん直立不動になり、深々と頭を下げた。

「ぜひとも、よろしくお願いします」

「それなら、まずは英語の勉強だな」

全員が何度も礼を言って、門から出ていった。また高架の上を蒸気機関車が、けたたましい音を立てて近づいてくる。

学生たちには伏せたが、新館の予定地はホテルの西隣、日比谷公園前の角地と決まっている。今は内務大臣官邸が建っており、もう何年も前から、政府と買い取り交渉を続けてきた。高架とは反対側で、騒音の問題はないが、やはり地盤がよくない。

愛作がライトを第一候補にしている理由は、彼のプレーリースタイルにあった。ライトは個性豊かな建物を造るが、アメリカの田園地帯で育ったために、故郷の草原に這《は》いつくばるような建物を得意とする。地下室や屋根裏部屋をなくした低層住宅で、それをプレーリースタイルと呼ぶ。

ライトならば、日比谷の地盤の悪さをかんがみて、低層ながらも魅力的な建物を造ってくれそうな気がする。それに日本建築の要素を取り入れつつ、西洋の感性で設計してくれるに違いなかった。

ただしライトには問題が二点ある。ひとつは女性関係だ。自邸の設計を頼んだ施《せ》主《しゅ》の妻と、駆け落ちしてしまったのだ。妻を寝取られてはたまらないと、アメリカでは誰も仕事を頼まなくなり、事件から四年が経《た》った今も、ライトの名声は地に落ちたままだ。

日本では、功成《こうな》り名を遂《と》げた男の遊びは大目に見られるが、人妻との不倫となれば、話は別だ。とはいえ実力に問題があるわけではないし、暇な時だからこそ、丁《てい》寧《ねい》に仕事をしてもらえる好機ではある。

帝国ホテルの経営陣たちの耳には、スキャンダルは届いていないものの、やはり辰野金吾あたりに頼むべきだと主張する。すぐ近くの東京駅で、歴然《れきぜん》たる実績が見えるだけに、説得力はある。

もうひとつの問題は、ライトの頑固《がんこ》さだった。かつて山中商会の店内で、たまたま安物を気に入ってしまったことがあった。いくら愛作が、もっといい品物を勧めても、まったく聞き入れない。そんなことが何度かあった。

建築家というよりは一種の芸術家で、感性に自信を持っているからこそ、気まぐれや、わがままに見える行動も珍しくはない。

それでも、もし遠藤新のような日本人の若者が、助手としてついてくれたら、なんとかなりそうな気もする。いかにも人間関係は不器用そうだが、真面目だし、意外に感性も鋭い。あれほど望むのなら、今度の来日の際に、ライトと引き合わせてやりたいと思った。

ホテルで大勢の若いスタッフを率いているだけに、若者を見る目には自信がある。それに愛作自身、人生の岐路《きろ》で、何人もの恩人から手を差し伸べてもらった。

もともと愛作は北関東の農家で生まれ育ったが、苦労の末にアメリカ留学を果たし、ニューヨークの山中商会に就職したのだ。ライトと出会ったのは、日本の暦で明治三十七年（一九〇四）、愛作が三十一歳の時だった。

山中商会はマンハッタンの五番街で、ビルの一階から三階までを占める、アジア系の高級骨董品《こっとうひん》店だ。本店のほかにボストンなどにも支店を持つ。

大通りを身なりのいい白人男女が行き交い、ショーウィンドーの大きなガラスには、金文字のアルファベットで「ＨＯＵＳＥ　ＯＦ　ＹＡＭＡＮＡＫＡ」と大書してある。

二十世紀に入って四年目の冬、そのウィンドーを熱心に見つめる白人男性がいた。年は四十前。西洋人にしてはやや小柄で、髭はなく、甘い顔立ちだ。ウェーブのある長めの銀髪を後ろになでつけ、見事な富士額が目を引く。

形のいい帽子を手に持ち、温かそうなオーバーコート姿だが、普通のネクタイではなく、ふわりとした大きなリボンタイを結んでいる。音楽家か画家か、堅い仕事ではなさそうだが、いかにも裕福そうだった。

ショーウィンドーに飾ってあるのは江戸時代の錦絵《にしきえ》だ。木版多色刷りの浮世絵で、特に葛飾北斎《かつしかほくさい》の「赤富士」と「神奈川沖浪裏《なみうら》」を、男は何度も見比べている。

愛作は上客になりそうだと見込んで、入り口のドアに近づき、内側から開いて声をかけた。

――お気に召したのなら、中で、もっと、ご覧《らん》になりませんか――

男は笑顔で入ってきたが、中のしつらえに目を見張った。

――これは、まるで美術館だな――

黒い壁で仕切られた広い店内は、照明を落として、荘厳《そうごん》な雰囲気《ふんいき》を醸《かも》し出している。甲冑《かっちゅう》や刀剣が並ぶ一角もあれば、小簞笥《こだんす》や長持《ながもち》などの調度品、大太鼓から琵《び》琶《わ》まで揃《そろ》った和楽器の展示もある。小さな根付《ねつけ》は、ガラスケースの中に無数に飾られている。

日本の絵画や工芸品は、幕末にロンドンの万国博覧会で紹介されたのが最初で、その美意識と細工《さいく》の技術が注目を集めた。以来、欧米各地で万博があるたびに人気が高まり、コレクターも増えて価格が高騰していた。

一方、日本国内では明治維新《いしん》以降、士族が没落して家宝を手放すために、いい品物が大量に市場に出ている。山中商会の商売は、その間で成り立っていた。

愛作は奥にある書院《しょいん》づくり風《ふう》の接客室へと、男を招き入れた。螺鈿《らでん》が大胆に施《ほどこ》されたテーブルと、揃いの椅子が配されている。

名刺を交換すると、「フランク・ロイド・ライト」とあり、思わず声が高まった。

――プレーリースタイルの建築家ですね。評判はうかがっています――

以前、パーティでライトの名前を耳にし、図書館に出かけた際に、建築雑誌で作品を確認したことがあった。美術のみならず建築や芝居などの知識は、客たちとの話題を盛り上げるために欠かせない。

愛作はテーブルの上に、何枚もの錦絵を取り出しながら、ウィンドーの方を示した。

——さっき、ご覧になっていたのは富士山の絵ですが、あなたの髪のような生《は》え際を、日本では富士額と呼んで珍重《ちんちょう》します——

——私の額に富士山があるのか——

ライトは大喜びし、以前から日本文化に興味を持っていると話した。

——十年以上前に、シカゴで万博があっただろう。あの時の日本館が素晴らしかった——

シカゴ万博には日本政府がかなり力を入れ、宇治《うじ》の平等院鳳凰堂《びょうどういんほうおうどう》を模《も》してパビリオンを建てた。それが世界各国の展示館の中で、最高の評価を受けたのだ。

——あの時、日本館の中で、こういう色刷りの版画を、何種類も売っていたんだ。値段も手頃で、私はすっかり気に入って、何枚も買い求めた——

錦絵の中に描かれていた日本の家屋にも、とても興味を惹《ひ》かれたという。

——実は、来年早々、日本に行こうと思っている。それでまた、この手の絵を買ってこようと思って、ウィンドーを眺めていたのだ——

ここで買う気はなさそうだが、愛作は快く日本のガイドブックを開いた。そして日光と箱根が欧米人には好まれるが、小さな寺社も悪くないと勧めた。さらに錦絵の良し悪しも教えた。

――日本の摺《す》り師は仕事が丁寧なので、色がずれて刷られることはありませんが、同じ図柄なら、色数の多い方が価値があります――

木版は大量に刷ると、版木《はんぎ》の表面が磨《す》り減ってしまう。そのために人気が出て大量に増し刷りする際には、同じ図柄で新しく彫り直さなければならない。だが急ぐあまりに色数を減らして、版木の枚数を少なくしてしまうことがある。

――なるほど。ならば色数の多い方が、絵師のオリジナルに近くて、価値があるというわけだな――

愛作の取り出す錦絵を、ライトは何枚も見比べてから、上機嫌《じょうきげん》で帰っていった。

ライトが日本から帰国すると、すぐに連絡があった。買ってきた錦絵を見てもらいたいからと、自宅のあるシカゴまでの列車の切符が送られてきた。

愛作は時間を見つけて出かけ、ライトがみずから設計した自宅を見て、類《たぐい》まれなる感性を知った。

大きな三角屋根が印象的で、外壁はチョコレート色の木片を、瓦《かわら》のように重ねて張ってある。煉瓦の塀《へい》や煙突との素朴な色の対比が、きわめて美しかった。

内部は部屋ごとに印象が異なり、特に子供部屋は、アーチ型の大天井が圧倒的な存在感を放っていた。窓や照明や壁や椅子に至るまで、ほかではまったく見ない意匠で、どれも単純な形なのに、きわめて洒落《しやれ》ていた。

最初にライトの姿を見た時に、愛作は音楽家か画家かと思ったが、もはや建築家というよりも芸術家だと思った。

ライトは大量の錦絵を見せた。富士額の話が気に入ったようで、北斎の「冨嶽《ふがく》三十六景」は、すべて揃えてあった。

――素晴らしい。デフォルメした構図や大胆な色使いは、西洋にはない――

ライトは日本の職人技《わざ》も絶賛した。

――版画も工芸品も、技術があってこそ完成する。日本人は感性も素晴らしいが、まぎれもなく技術は世界一だ――

さらに話をしているうちに、たがいにウィスコンシン大学の同窓生とわかり、ファーストネームで呼び合う仲になったのだ。

以来、ライトはニューヨークの山中商会に現れては、肉筆の日本画や緻密《ちみつ》な工芸品なども、気前よく買い入れ始めた。

一方、愛作はライト以外にも上客をつかみ、ニューヨーク支店を任されるようになった。

それからまた五年の歳月が経ち、明治四十二年（一九〇九）の初夏のことだった。山中商会の重役で、七歳上の山中定次郎《さだじろう》と一緒に、愛作は大阪本店に出張した。

日本での仕入れが名目だったが、本当の目的は縁談だった。愛作は三十代半ばになっており、やはり妻は日本人をという思いがあって、大阪の山中家に世話を頼んだのだ。

大阪は堀の多い町だ。商都だけに荷の運搬に川船を使っており、東京のように堀を埋め立ててしまわない。洋館も増えていたが、いまだに重厚な町家《まちや》が軒《のき》を連ねている。町の旦那衆《だんなしゅう》の美意識も高く、どの家でも古美術品を大事にしていた。

ところが見合いへと話が進もうという時に、それどころではないことが起きた。東京の帝国ホテルから、支配人にならないかという打診があったのだ。

依頼してきたのは渋沢栄一《しぶさわえいいち》だった。もと大蔵官僚で、民間に下ってからは数々の株式会社を設立し、名を知らぬ者がいないほどの大実業家だ。

帝国ホテルも二十年以上前に、渋沢が中心になって設立した会社だった。最近になって会長を退《しりぞ》いたというが、大株主のひとりとして、まだまだ大きな力を持っている。

だが古美術商とホテルでは、あまりに畑違いだった。

「どう考えても、僕には無理でしょう」

愛作は、すぐに断ってしまった。

すると折返し、高麗橋《こうらいばし》の山中商会に電報が届いた。差出人は大倉喜八郎《おおくらきはちろう》だった。やはり大実業家で、渋沢が帝国ホテルを設立した時の片腕だ。電文によると、大倉本人が愛作に会って説明したいので、直々《じきじき》に大阪に来るという。

山中商会は同族会社で、親戚一同が大騒ぎになった。

「えらいことやがな。えらいことやがな」

大倉喜八郎は乾物《かんぶつ》商から身を起こし、維新戦争の際に、官軍側の武器調達で財を成した。その後は土木業を中心に、電力、水道、ガス、鉄道、織物、製茶、ビール、製紙と、あらゆる事業を手がけている。年齢は渋沢よりも少し上で、七十を過ぎているはずだった。

「そんなお年で、わざわざ東京からお越しになるのを断ったりしたら、わてらは商売でけへんようになりまっせ」

大倉は実業界の大物というだけでなく、日本屈指の古美術コレクターだった。機嫌を損《そこ》ねたら山中商会など吹っ飛んでしまう。

「愛作はん、今すぐ東京に行きまひょ」

すぐに山中定次郎が「ゴライテンニオヨバズ　コチラヨリサンジヨウイタシマス」と返電を送り、ふたりで列車で上京した。すでに東海道線は全線開通しており、大阪から新橋まで十二時間ほどで行くことができた。

ビクトリア調の帝国ホテルに着いて、すぐに応接室に通されると、大倉が待ちかまえていた。椅子から立ち上がって、ふたりを愛想《あいそ》よく迎えるが、並々ならぬ威圧感を放っていた。

愛作自身、印象に残る顔だと言われるが、大倉は比べものにならない。顔の横幅があり、目が鋭い。いちど見たら脳裏《のうり》に焼きつく容貌《ようぼう》で、七十を過ぎているとは思えないほど精力的だった。

大倉は、ふたりに椅子を勧めると、すぐに本題に入った。

「何もかも包み隠さずに話そう。当ホテルは来年、開業二十周年を迎えるが、問題が山積みだ。だいいち大赤字が続いている」

来日する西洋人は、けっして少なくはないのに、ここ何年も赤字だという。

「赤字の理由は外国人支配人だ。開業以来、支配人や料理長など責任のある立場には、何人も西洋人を雇《やと》い入れてきたが、うまくいかない。日本人に任せるべきだとわかってはいるが、適任者がいないのだ。ようやく見つけたのが、林くん、君だ。ぜひ、ここで働いてもらいたい」

愛作は驚いた。ただでさえホテルの仕事など無理なのに、そのうえ大赤字とは。大倉に押されそうになる気持ちを奮《ふる》い立たせて断った。

「申し訳ありませんが、僕には、そんな大役は務まりません。荷が重すぎます」

するど大倉は、かたわらにあった書類を手に取った。

「君のことは調べさせてもらった。山中商会に入って九年。今はニューヨーク支店を任されているが、ヨーロッパ各地にも顧客を持ち、どこでも一流ホテルに泊まっているね。パリではル・グランが定宿《じょうやど》なのだろう」

その通りだった。山中商会はロンドンにも支店があるが、ヨーロッパには愛作を贔屓《ひいき》にしてくれる客が多い。その際、各都市で最高級ホテルに宿泊する。顧客の信用を得ると同時に、高価な品物が盗難に遭《あ》わないようにという山中商会の方針だった。

愛作は首を横に振った。

「客として泊まりはしますが、中で仕事をするのとでは、まったく違います」

「でも客商売は初めてではない」

大倉は書類に目を向けたままで言う。

「出身は群馬県。十三歳で横浜の煙草《たばこ》商に奉公《ほうこう》に入り、同じ煙草商で財を成した村《むら》井吉兵衛《いきちべえ》氏に見込まれて、十九歳で渡米。その後、ミス・リチャードソンという富豪の老婦人にも見込まれて、向こうで高等教育を受けた。そして山中定次郎氏と出会って、山中商会に就職した。間違いないね？」

愛作は背筋《せすじ》が寒くなった。どうやって、そこまで調べ上げたのか。大倉は書類から顔を上げた。

「君は天性の力を備えているらしい。男女かかわらず、人種も超えて、三人もの富豪たちを惹きつけた。そして四人目も目の前にいる」

確かに大倉にまで見込まれたとしたら、これで富豪ばかり四人目だった。大倉は自信たっぷりな口調で言う。

「その稀有《けう》な力があれば、帝国ホテルの支配人には、誰よりも最適だ」

愛作は必死に反論した。

「でも客商売と言っても、ものを売るのと、人をもてなすのとでは違います。そもそもホテルなんて、まるで経験のない分野で」

「ならば山中商会に入る際に、古美術商の経験はあったのかね？」

間髪《かんはつ》をいれずに反論されて、もはや言葉を失った。大倉の口調が穏やかに変わった。

「私も若い頃は、初めてのことばかりだった。田舎《いなか》から出てきて苦労を重ねて、なんとか鰹節《かつおぶし》を売る店を開いたが、御一新前には鉄砲屋に商売替えした。それから土木屋だ。何もかも初めてだったが、自分なりに勉強した。君の経歴を見る限りでは、かなり勉強家のようだし、ホテルの仕事も、じきに慣れる」

書類をテーブルに戻し、腹のあたりで両手を組んだ。

「それに林くんはニューヨークの上流社交界に出入りできる唯一の日本人だそうだね。私は、このホテルを社交の場にしたい」

本来、鹿鳴館に代わる施設として開業したのだから、その使命に立ち戻りたいという。

「西洋人の客たちは日本人と親しくしたいのに、その機会がない。孤独に耐えられなくなって、香港《ホンコン》や上海《シャンハイ》に渡る長期滞在者も少なくないのだ」

西洋人向けだけでなく、日本人同士の祝宴なども開けるようにしたいという。

「しかし西洋人の支配人は、日本人の宴会など格が下がると言って、どうしても承知しない。でも格式を保ちつつ日本人のパーティを開くことは、不可能ではないはずだ」

そうすれば赤字も解消するという。

「それに林くんに来てもらいたいのには、もうひとつ理由がある。新館を建てる計画があるのだ。そこで君の古美術商としての感性を生かしてもらいたい」

これまた思いがけない話だった。

「新館を？」

「そうだ。西洋人が居心地《いごこち》よく宿泊できて、癒《いや》されるためには、本格的な西洋式のホテルでなければならない。だが癒しと同時に、ホテルには、わくわくと胸が高鳴るような仕掛けも必要だ。非日常性というか」

大倉はメインホールの方角を目で示した。

「破風屋根を見ただろう。あれが今は西洋人にとっての非日常性だ。喜ぶ客も多い。だが、あの破風屋根では駄目《だめ》だ。日本の美学を伝えられない。そうは思わないかね」

愛作はうなずきかけ、慌《あわ》てて自制した。話に乗るわけにはいかない。

「林くんの感性で、新館を建ててもらいたい。西洋人が癒されて、それでいて胸が高鳴る建物だ。もちろん外観が和風ならいいというわけではない。日本人が誇りにできるような、きわめて美しいホテルでなければならない」

日本人にとっても西洋人にとっても、魅力的な建物が欲しいという。あまりの難題に、いよいよ言葉を失った。

するとと山中定次郎が見かねて口を挟《はさ》んだ。

「少し考えさしてもらえまへんか。うちの店にとっても大事な社員でおますさかいに」

「もっともだ。ただし、ここは日本の迎賓館だ。日本のためと思って、ぜひとも林くんを手放してもらいたい」

それから大倉は、みずから二階の特別室に案内した。

「何日でも、ふたりで滞在してもらってかまわない。ゆっくり考えてくれたまえ」

大倉が用意したのは、居間《いま》と浴室つきで最高級の部屋だった。もう荷物が中に置かれている。愛作は途方《とほう》に暮れた。

「こんな部屋に入れられて、いよいよ断れませんよ。どうすればいいんだ」

だが山中は意外にも落ち着いていた。窓枠に手をつき、外を眺めながら、さばさばした口調で言う。

「そんなに嫌やったら、断ったらよろしおま」

「でも日本で有数のコレクターなのでしょう。そんな人ににらまれたら、今後、仕入れが」

仕入れは古美術商同士のつながりも大事だった。大倉を得意先に持つ店から、いっせいに取引を断られたら、山中商会は立ち行かなくなる。

だが山中は大阪を出てくる時とは、別人のように腹をくくっていた。

「かましまへん。いざとなったら中国やらインドやら、仕入れ先はいくらでもおます。うちは世界の山中商会でっせ」

窓際から離れて、肘掛け椅子に近づいた。

「大倉はんは今までに、伸《の》るか反《そ》るかの大勝負を、何度も経験してはります。押しも強いし、わてらでは、とうてい太刀《たち》打《う》ちでけまへん。けど愛作はんが、ほんまに嫌やったら断ったらよろし」

そして肘掛け椅子に腰かけた。

「けどな、大倉はんの話で、あんさんならできるかもしれへんと思うたことが、ひとつだけおました」

「どんなことです?」

「西洋人が癒されて、それでいて胸が高鳴るような建物が欲しいて、そう言わはりましたな」

「そうですね」

林は、壁に飾られた額入りの美人画に目を向けて、唐突に言った。

「上村松園《うえむらしょうえん》の作ですな」

松園は最近、京都で名を上げている女流日本画家だ。和装美人の表情が豊かで、色使いが美しく、筆使いも繊細《せんさい》なことから、先に欧米で注目されて人気が出た。

「大倉はんみたいに成功しはったお人は、よう美術品を集めはる。上村松園の絵も、偉い人たちが買わはる。なぜかわかりまっか」

愛作は考えたこともなかった。黙っていると山中は絵から目を離さずに続けた。

「責任のある立場やし、大きな仕事をしはって、疲れて家に帰りますやろ。それで、ゆっくりと美しいものを眺める。そうすると疲れを忘れますのや」

美しいものには人を癒す力があるという。

「それでいて美しいものには、人をわくわくさせる力もある。せやさかい、どないに高価でも、胸を高鳴らせて買わはりますのや」

愛作を振り返った。

「これから建てはるゆう新館と同じでっしゃろ。そう思えば、あんさんにもできるんとちゃいまっか。いや、あんさんだからこそ、できるんやないですか」

愛作は、なるほどとは思う。だが、あまりに責任が重くて、なおも決断はできない。

山中は頰《ほお》を緩《ゆる》めた。

「けど赤字のホテルに新館なんて、実際のところ、いつ建つかわからへんし、やっぱり断った方がええ。遠慮せんでええし」

その夜、愛作は眠れなかった。山中が指摘したように、新館を建てるという点には心惹かれる。だが自分はものの作り手ではない。あくまでも、できたものを評価して、作り手と使い手との間を取り持つ立場なのだ。

だが何度目かに寝返りを打った時に、ふと思いついた。新館の設計をフランク・ロイド・ライトに依頼したら、どうだろうかと。

西洋人が癒されて、それでいて、わくわくと胸が高鳴る建物。ライトなら造れそうな気がする。いやライトこそ適役だ。そう思いつくと、今度は次から次へと考えが湧き出して、また眠れなくなった。

古美術品を扱っていて、愛作は気づいたことがある。日本人にとっては当たり前のことが、西洋人にとっては魅力的に映ることが、時としてあるのだ。

たとえばライトと日本家屋について話していた時に絶賛された。

――日本の家には部屋を隔《へだ》てる壁が、ほとんどない。襖《ふすま》や障子《しょうじ》のように可動式の間仕切《まじき》りだけで、実に開放的だ。居間にもなり寝室にもなる柔軟性や、合理性も持ち合わせている――

そう言われればその通りなのだが、当たり前すぎて、褒められるほどのことでもなさそうに思えた。だが、その後、ほかの日本通の西洋人たちに確認すると、誰もが日本家屋の開放性や柔軟性を褒めたのだ。

ならばホテル新館の建築においても、日本人が気づかない日本的な魅力を、ライトに形にしてもらえそうな気がする。まして親日家だけに、実質的な日本の迎賓館と聞けば、腕によりをかけて建ててくれる。それも、あの類まれなる感性で。ただライトの思い込みの強さや、完璧《かんぺき》主義を思い出すと、とたんに意気消沈する。それに山中の指摘する通り、赤字ホテルの新館など、建つかどうかも怪しい。やはり支配人を引き受ける気にはなれず、眠れないまま朝を迎えた。

山中も眠れなかったらしい。昨日は、すっかり腹をくくったかのように話していたが、やはり気になるのだ。ろくに会話も交わさずに、ふたりで食堂に降りていった。

案内されてテーブルに着くと、華やかな振袖《ふりそで》に白いエプロン姿のウェイトレスが、ポットを持って近づいてきた。

「ティー、オア、コフィー」

愛作たちを外国人と間違えているらしい。発音は悪くないものの、にこりともしない。美人なのに、まるで愛想がなかった。

愛作はコーヒーを、山中は紅茶を頼み、それぞれのカップに注がれた。注ぎ方が乱暴で、ソーサーに少しこぼれたが、悪びれる様子もなく立ち去っていく。

帝国ホテルに泊まるのは初めてではない。だが以前は、こんなことはなかったような気がして、愛作は首を傾げた。それとも支配人の話があったために、急に些細《ささい》なことまで気になり始めたのかもしれなかった。

周囲では何組かの西洋人が朝食を摂《と》っていたが、ひとりの紳士がウェイトレスを手招きして、顔をしかめて白いナフキンを示し、小声で何か言っている。ウェイトレスはナフキンを受け取り、新しいものと取り替えた。しみでもついていたらしい。

別の西洋人が食事を終えて席を立ち、食堂から出ていこうとした。するとウェイトレスが追いかけて、ちょっとした押し問答になった。どうやらテーブルに置いたチップを、返そうとしているらしかった。

日本のガイドブックには「チップ不要」と書かれている。だが習慣で置いていく者は少なくない。それを押し問答までして返すのは、愛作にはやりすぎに思えた。

フロントデスクの前を通りかかると、また別の客が声高《こわだか》に文句を言っていた。

――バスルームの湯が出ない。蛇口《じゃぐち》をひねっても水しか出ないぞッ――

しかしフロントデスクでは、ほかに風呂つきの部屋は空《あ》いていないと、首を横に振るばかりだ。山中がささやいた。

「赤字が出るのも道理ですな」

そして愛作の背中を軽くたたいた。

「まあ、とにかく断ったらよろしおま。こんなん押しつけられたら、たまりまへんがな」

階段を昇りかけた時、フロントデスクの係が追いかけてきた。

「恐れ入ります。当ホテルの渋沢が、お目にかかりたいと申しておりまして」

渋沢といえば渋沢栄一に違いなかった。山中が驚いて聞き返した。

「こんな朝早《はよ》うから来ておいででっか」

「はい。応接室で、お待ちしています」

とうとう元会長の渋沢が直々に出てきたのかと、かなり警戒しつつ、山中とふたりで応接室におもむいた。

応接室の扉を開けると、渋沢は、ゆっくり椅子から立ち上がり、笑顔で迎えた。

「大阪から、よく来てくれました」

実業界の重鎮《じゅうちん》とは思えないほど、小柄で好々爺《こうこうや》じみていた。椅子を勧めて言う。

「昨日、大倉さんから聞きましたよ。とてもよさそうな方で、ぜひ来てもらいたいと」

山中が謙遜《けんそん》するふりをして釘《くぎ》を差した。

「いえいえ、こない立派なホテルの支配人は、とても務まりまへん」

すると渋沢は穏やかな口調で話し始めた。

「いろいろな文化を持つ国から、お客が集まるホテルですから、骨の折れる仕事です。でも満足して帰ってもらえれば、世界中に親日家を増やせますし、その逆もあります。日本という国のために、とても大事な仕事ですし、誰かがやらなければなりません。もし林さんに引き受けてもらえれば、とてもありがたいと思っています」

押しの強い大倉喜八郎とは、対照的な態度だった。

「大倉さんは、いつまで考えてもかまわないと申したでしょうが、山中さんも忙しいでしょうし、明日、私は大倉さんと一緒に来ますので、返事を聞かせてください」

渋沢自身、忙しいらしく、手短《てみじか》に話を切り上げると玄関に向かった。そして客待ちしていた人力車に乗り込み、愛作に声をかけた。

「いい返事を待っていますよ」

走り去る人力車を見送りながら、山中がつぶやいた。

「大倉はんが剛《ごう》なら、渋沢はんは柔《じゅう》やな。なかなか手強《てごわ》おますな」

それから山中も人力車を頼んで、東京での仕入先まわりに出かけた。

ひとり残った愛作は、日比谷界隈《かいわい》を散策し、午後にはホテルに戻って、ひとりで談話室や喫煙室を見てまわった。

大広間の豪華《ごうか》さには、さすがに息を呑《の》む。ビクトリア調の外観にふさわしい内装で、絨毯《じゅうたん》が敷き詰められ、四隅《よすみ》には大理石の円柱がそびえ、シャンデリアが燦然《さんぜん》と輝く。壁や天井際にあしらわれた装飾も本格的だった。

巨大な天井画は、ヨーロッパから画家を呼んで描かせたに違いなかった。明治二十三年（一八九〇）の創業当時、これだけの大作を手がけられる日本人はいない。

愛作が大広間にたたずんでいると、声をかけてきた西洋人がいた。

――私はハンス・モーゼル。スイス人で、このホテルの支配人です――

愛想よく握手を求められて、愛作は気軽に応じ、そのまま立ち話になった。

――あなたは、このホテルの支配人になれと勧められているのでしょう――

いきなり切り込んで来られたが、隠す必要もないと思って肯定した。

――その通りです――

――あなたのために忠告しますが、やめた方がいい。このホテルは誰がやってもうまくいきません。問題が山積みなのです。経営陣は頭が固いし、スタッフは無能だし、設備は古いし――

次から次へと不満が出てくる。

――まあ、できるだけ私が改善するつもりですが、今までも何かしようとすると、経営陣が口出しして何も進まないのです――

愛作は聞いていていて、しだいに不愉快になってきた。こんな投げやりな態度では、大倉が解任したくなるのも当然だった。

ひとりで部屋に戻ってから、壁に掛けられた上村松園の美人画を見つめた。こういった日本人の感性や技量を、西洋人に褒められると、日本人として嬉《うれ》しい。でもモーゼルのようにけなされるのは、自分のホテルでもないのに、いたく腹立たしかった。

今朝の渋沢の言葉を思い出す。

「満足して帰ってもらえれば、世界中に親日家を増やせますし、その逆もあります。日本という国のために、とても大事な仕事です」

ナフキンが汚れていたり、バスルームの湯が出なかったりしたら、客は日本が劣った国だと思い込んで帰ってしまう。

大倉の言葉もよみがえる。

「あの破風屋根では駄目だ。日本の美学を伝えられない」

ライトの感性を通して、日本の美学を世界に伝えたい。そんな思いが高まる。耳の奥で、もういちど渋沢の声が聞こえた。

「誰かがやらなければなりません」

肘掛け椅子に腰かけて、どうすべきか考えた。海外生活が長いからこそ、日本人であることを強く意識し、日本を愛する気持ちも人一倍強い。だが迷いは消えず、思考は堂々めぐりを繰り返した。

ドアがノックされて、ふとわれに返ると、もう窓の外は真っ暗だった。ドアが開き、山中が驚いた声で聞いた。

「どないしたんでっか。電気もつけへんで」

そのまま電灯のスイッチをひねる。愛作は眩《まぶ》しさに目を細めながら、山中の顔を見上げた。

その時、なぜか心が定まった。山中も何か感じ取ったらしく、その場に立ちすくんでいる。愛作は椅子から立ち上がって、迷った末の決意を口にした。

「長らく、お世話になりました」

山中が眉をひそめて聞き返す。

「引き受けまんのか」

うなずくと、いきなり山中は顔をそむけた。愛作は心が痛んだが、深々と頭を下げた。

「大学を卒業しても、行き場のなかった僕を拾って、いろいろ教えてくださって、本当に感謝しています」

すると完全に背中を向けられてしまった。仕方なく言葉を選びながら詫《わ》びた。

「何の恩返しもできないまま、こんな形で辞めるのは、心苦しいのですが」

すると意外にも、さばさばした口調が返ってきた。

「いや、かましまへん。うちの店のためには、充分に働いてもらいましたよって」

ひとつ肩で息をついてから続けた。

「ほんまはな、最初から、そう悪い話やないとは思うてましたんや。けど、うちの大事な社員やし、手放しとうない気もして」

意外なことに言葉が潤《うる》み始めた。

「でも、きっと、あんさんは引き受けはるやろて、わかってました」

小さく洟《はな》をすすり、こちらに向き直ると、目のまわりを赤くしたまま笑顔を作った。

「うちで育った人が日本のために働くて、こんな誇らしいことはあらしまへん。気《き》張《ば》っておくれやす」

そこまで惜《お》しんでくれるのかと思うと、愛作の胸も熱くなった。

翌日、渋沢と大倉に思い切って告げた。

「ひとつだけ、お願いがあります。僕の思うままにさせて頂きたい。僕が支配人を務める限り、帝国ホテルは林愛作のホテルだと認めて欲しいのです。それが可能なら、せいいっぱい働きます」

あれこれ口出しさせないための布石だった。大倉は難しい顔で何か言いかけたが、渋沢が、それを制して言った。

「それほど熱心に取り組んでもらえるのなら、なおさら結構。林愛作くんのホテルとして、思う存分にやってください」

さっそくモーゼルは解雇《かいこ》され、明治四十二年（一九〇九）八月十八日、林愛作は帝国ホテルの支配人に就任した。

真っ先に客室の改造に手をつけた。浴室つきの部屋を増やし、ボイラーを取り替えて、給湯の問題を一掃《いっそう》した。大工《だいく》や職人には思い切った手当を出し、次に問題が起きたら、すぐ修理に来てもらえるようにした。

だが問題は設備よりも、スタッフの働き方だった。まずチップの拒否が目に余った。ウェイトレスだけでなく、ベルボーイたちも、かたくなにチップを拒《こば》む。世界中、どんな一流ホテルでも、チップは笑顔で受け取るものだと説明しても納得しない。

「私たちは小銭を恵んでもらうような身ではありません。まして、へらへら笑って、媚《こ》びを売るような真似はできません」

スタッフは男女問わず士族階級出身者が多く、誇り高かった。まして築地《つきじ》のミッションスクール出身者が揃っている。築地は幕末に開かれた外国人居留地《きよりゅうち》で、外国人宣教師たちが英語を中心にした学校を開いていた。

「いや、卑屈になる必要はないし、差し出されたものを拒む方が失礼だ」

愛作は言葉をつくし、みずからポーターを買って出て、チップを受け取ってみせた。食堂でも、テーブルに置いたチップに笑顔を向けて、客を送り出した。

だがスタッフたちは受け取ることはできても、仏頂面《ぶっちょうづら》は変わらない。態度もぎこちなく、すぐに改善は難しかった。


ある夜のことだった。愛作が厨房の前を通りかかると、水音が聞こえた。もう片づけは終わって、みんな帰ったはずであり、今頃、なんだろうと足を踏み入れた。

すると長浜《ながはま》タカというウェイトレスが、振袖を襷《たすき》がけにして、水場で一心に何かを洗っていた。

「今頃、何をしている？」

声をかけると、ひどく驚いた顔で振り向いた。そして慌てて手元を隠そうとする。

「隠すことはない、何を洗っていた？」

すると観念したように、洗っていたものを見せた。それはナフキンだった。

「しみを落としていたのか。こんな遅くに？」

愛作の問いに、タカは目を伏せた。

「昼間は忙しくて。でも明日、洗濯屋さんが取りに来るまで放っておくと、ソースや肉汁がしみになって取れなくなるんです」

そして束髪《そくはつ》の頭を深々と下げた。

「申し訳ありません。勝手なことをして」

「謝ることはないが、それより、こんな遅くまで残っていては、帰りが困るだろう」

若い娘だけに心配だった。

「しみのことは僕から洗濯屋に言っておく。とにかく早く帰りなさい」

そして通用口ではなく、玄関に連れて行って、無理やり人力車に乗せた。帝国ホテルには信用のおける車夫しか出入りさせていない。愛作は車夫に車代を手渡した。

「家まで送ってやってくれ」

タカが困り顔で懸命に訴える。

「歩いて帰れます。こんなことをして頂いては困ります。私が勝手にしたことで」

だが愛作はかまわず車を出させた。

翌朝、愛作が出勤すると、タカは、もう仕事についていた。ナフキンやテーブルクロスを、一枚ずつ広げて確かめている。

愛作に気づくと、また慌てて謝った。

「申し訳ありません。勝手ばかりして」

「なぜ謝る？」

「昨夜は、ご迷惑をおかけしましたし」

「それはかまわないが、謝ることはない」

「でもモーゼル支配人が」

「モーゼルが何を言った？」

「勝手なことはしてはならない。言われたことだけしていればいいと」

愛作は、ようやく合点《がてん》がいった。モーゼルは日本人を信用せず、スタッフの能力を過小評価していたのだ。

その時、仕上がった洗濯物を抱《かか》えて、若い洗濯屋が通用口から現れた。細面《ほそおもて》がニキビだらけで、縞《しま》の小袖《こそで》を裾端折《すそはしょ》りしている。

愛作は汚れたナフキンを見せた。

「時間が経つと、しみが取れなくなるそうだが、夜のうちに洗濯物を取りに来てもらえないか」

洗濯屋は困り顔で黙っている。

「特別料金を払うから頼みたい」

するとを伏せて、ぽつりと答えた。

「大将に聞いてみます」

ひどく無口な若者だった。

ナフキンやテーブルクロス、客室のシーツなどのほかに、宿泊客は長い船旅で、汚れたシャツや服を溜《た》め込んで来る。そのためホテルから出す洗濯物は大量で、洗濯屋の若者は大きな麻袋《あさぶくろ》に詰めて持ち帰った。

それを見送って、タカが遠慮がちに言う。

「あの洗濯屋さん、牧口銀司郎《まきぐちぎんしろう》さんっていって、舶来《はくらい》の石鹼《せっけん》を使ってみたり、刷毛《はけ》でたたいてみたり、いろいろ工夫して、とっても一生懸命やってくれるんです。でも、お店の旦那さんが頑固みたいで」

夜のうちにしみの部分だけ、つまみ洗いしてくれと、タカに頼んだのも銀司郎だという。

「わかった。よく話してくれた」

愛作は店の場所を聞いて、そのまま銀司郎の後を追った。店は居留地の近くだった。昔ながらの町家に「ＬＡＵＮＤＲＹ」と英語の看板を掲げている。店先に立つと、奥から大声が聞こえた。

「夜に取りに来いって？　何様だと思ってやがる。そんな面倒はできねえよッ」

愛作は苦笑して奥に声をかけた。

「その何様だが、ちょっと頼みたい」

すると主人が、ばつが悪そうに出てきた。

「旦那、人が悪いや。立ち聞きなんかして」

「いや、すまなかった。とにかくナフキンのしみは、うちでは大問題なんだ。料金を上乗せするから、なんとかしてもらえないか」

するると主人は大きく首を横に振った。

「そんな布っきれ一枚で、たいそうな金は取れませんよ。こちとら江戸っ子なんでね」

「それなら舶来の石鹼を持ってくるから」

「無理だね。うちだって忙しいんですよ。そんな特別扱いはしてらんねえ。だいいち舶来の石鹼だって、落ちねえものは落ちねえんだ」

すると、かたわらで黙っていた銀司郎が、たまりかねたように口を開いた。

「でも大将、舶来のなら」

「おめえは黙ってろッ」

間髪をいれずに怒鳴《どな》る。結局、どんなに頼んでも主人の態度はかたくなで、愛作は引き下がらざるを得なかった。

翌朝、銀司郎が、また洗濯物の交換に来るのを待って聞いた。

「君は独立する気はないのかね」

すると銀司郎はニキビ顔を横に振った。

「大将に不義理はできないし。それに近頃は西洋洗濯屋も増えていて、お客の取り合いで、俺なんかじゃ、やっていけません」

残念だったが、顧客が帝国ホテル一軒では、店をかまえるのは難しいらしい。

夕方、愛作は口髭をいじりながら、汚れたナフキンを眺めていて、ふと思いついた。夜だけ誰か雇えばいいのだ。小遣《こづか》い稼《かせ》ぎのつもりで、しみのつまみ洗いだけしてもらえれば。

さらに妙案が浮かんだ。それならいっそ、銀司郎を雇い入れたらどうか。充分な給料を払って、責任を持って働いてもらえば、中途半端な者を雇うよりも、はるかに安心だ。ただ銀司郎自身が、義理を欠くと言って断らないかと、それが気がかりだった。

すぐに菓子折りを買いに走り、夜になって洗濯屋を訪ねた。もう店の揚戸《あげど》は閉まっていたが、声をかけると、銀司郎が潜《くぐ》り戸を開けてくれた。手がぬれており、まだ仕事をしていたらしい。

「大将と話がしたいんだが」

菓子折りを手渡すと、奥から主人が出てきた。だが愛作の顔を見るなり、追い返すような仕草《しぐさ》で片手を振った。

「いくら頼まれても無理だよ、無理ッ」

「いや、ナフキンのことじゃないんだ」

愛作は土間《どま》に立ったまま話を切り出した。

「銀司郎くんを、うちに譲《ゆず》ってもらえないか」

突然の話に、主人も銀司郎も目を丸くしたが、かまわずに続けた。

「たかが布きれ一枚と思うかもしれないが、これは日本という国の信用に関わることなんだ」

ナフキンのしみが、どれほど不信を招くか、丁寧に説明した。

「軽い汚れものは今まで通り、この店に頼む。銀司郎くんには、その仕分けからやってもらいたい。ホテルの中に洗濯室を設けて、アイロンや必要なものは揃える。これからは洋装が増えて、洋もののしみ抜きは大事な技術になる。銀司郎くんのためにもなるはずだ」

順々に説きながら、自分が渋沢栄一になったような気がした。渋沢も大倉も、こんな風に、自分を説得したに違いなかった。

主人は腕組みをして聞いていたが、きっぱりと断った。

「駄目だね。こいつは、こう見えても算盤勘定《そろばんかんじょう》だってできるし、なかなか使える奴なんだ。うちだって、いなくなられちゃ困る」

銀司郎は黙ってうつむいていた。愛作は諦《あきら》めるつもりはなかったが、深入りはせず、とりあえずは引き下がった。

翌朝、いつものようにやって来た本人に確かめると、小声で答えた。

「俺は、やってみたいけど、でも」

愛作は決意を新たにした。日参《にっさん》するつもりで、その晩も出かけた。すると思いがけないことに、主人の態度が一転していたのだ。

「旦那、こいつを頼みます」

信じがたい思いで聞いた。

「いいのか？」

銀司郎自身も初めて聞いたらしく、驚いた顔をしている。

「ゆんべ、こいつに泣かれちまって。どうしても、やりてえって言うんでさあ。こいつは工夫するのが好きだ。けど、うちじゃ今以上のことは、させてやれねえ。だから、そっちで雇ってやってくれ」

銀司郎が見る間に笑顔になる。愛作も胸の高鳴りを抑《おさ》えて、主人に頭を下げた。

「恩に着る」

主人は胸を張った。

「こちとら江戸っ子だ。お国のためになるってことを、断るわけにゃいかねえよ」

翌日さっそく、一階奥の客室をひとつ、銀司郎に与えた。

「使いやすいように改造するから、どうしたらいいか考えてくれ」

銀司郎は、そういった造作も好きらしく、何枚も平面図を描いて、いかにも楽しそうに工夫していた。

大まかな計画が決まると、すぐに大工と水道職人を呼んで、洗濯室に造り変えた。水場はタイル張りにして、流しは白い陶器《とうき》で特注した。同時に裏庭に目隠しの囲いを設けて、物干《ものほ》し場も確保した。

そして愛作は銀司郎を紹介しがてら、ほかのスタッフたちに告げた。

「ホテルの中にランドリーがあるなんて、たぶん世界で初めてだと思う。いいホテルにするためなら、思い切ったこともやる。みんなも、どんどん意見を言って欲しい。勝手なことはするなとか、言われたことだけしろとか、そんなことは忘れていい」

するとフロントデスクの担当者が、ためらいがちに手を挙げた。

「お客さまの列車の切符を、駅で買ってきてさしあげたいのですが」

外国人宿泊客は、たいがい横浜まで列車で行き、そこから外国航路の船に乗る。

横浜行きの列車は日本人の乗客も増えて、駅は常に混んでいる。列車の本数は増えているものの、英語ができる駅員は少ないままだ。そのため西洋人が切符を買う際に、往生《おうじよう》しているというのだ。

愛作は、すぐさま承諾《しようだく》した。

「それなら準備金を用意しよう。あらかじめ注文を取って、こっちで買っておき、切符と引き換えに精算するんだ。間違いのないようにしてくれ」

ほかのスタッフも手を挙げた。

「外国に送るものを郵便局に持っていっても、ろくに英語ができる人がいなくて、手助けして欲しいと頼まれるのですが、一緒に行ってさしあげてもいいでしょうか」

愛作は少し首を傾げた。郵送のたびにスタッフに抜けられるのも、人手が足りなくなりそうで困る。

「それなら先に切手代を貰《もら》って、代わりに投函《とうかん》したらどうだ?」

「でも国によって切手代が違うし、小包《こづつみ》なども料金がわからないし。それにチェックアウトの際に送りたいと、急におっしゃる方が多いので、後で精算するわけにもいきません」

愛作は名案を思いついた。

「それならホテルの中に郵便局を開こう」

誰もが仰天《ぎょうてん》した。

「ホテルに郵便局を？」

「そうだ。どうしたら開けるか調べてくれ」

するとと銀司郎までもが手を挙げた。

「支配人の古いシャツがあったら、頂けないでしょうか」

「シャツを？」

「ボタンが欲しいんです。時々、ボタンの取れているシャツがあって、できれば、つけ直してから返したいので」

「わかった。明日にでも持ってこよう」

それから一気に活気づいた。

帝国ホテルのランドリーの丁寧さは、たちまち評判を呼んだ。牧口銀司郎の仕事ぶりは、期待をはるかに超《はじ》えていたのだ。

さらに銀司郎は算盤を弾いて、ランドリー部門の経費を細かく節約し、新しいボタンを買い揃え始めた。ボタンを目当てに古着屋にも出かけ、種類も増やしていった。

ホテル内郵便局も実現した。愛作が初代局長を引き受け、宿泊客でなくても利用できるようにして開局したのだ。

いつしかベルボーイやウェイトレスたちは自然な笑顔が身につき、チップも受け取れるようになった。

ほかにも製パン部門の開設、PR誌の刊行など、愛作はさまざまな策を実現させた。日本人のパーティも積極的に引き受けた。

愛作は、どんな仕事でも、人次第なのだと実感した。見込んでくれる人がいて、任せられる人がいる。そうして仕事が、うまく進んでいくのだった。

スタッフたちと一丸となって頑張った結果、わずか三年で黒字に転じ、いよいよ新館の建築を検討し始めた。

遠藤新ら帝大の学生たちがホテル見学に来たのは、そんな時だった。

二章　果てなき図面

遠藤新《えんどうあらた》は、帝国ホテルから本郷《ほんごう》に帰る道すがら、一緒に見学に行った仲間から言われた。

「今日のおまえ、変だったぞ。ばかにしゃべりまくって。そんなにフランク・ロイド・ライトって、すごいのか」

また勢い込んで話し出しそうになって、自戒した。相手は建築を学ぶ仲間ではあるが、言葉で理解させられる自信がなかった。

「まあ、すごい建築家であることは確かだ」

軽くいなして歩き続けた。

もう仲間たちの話題はライトから、さっき見たばかりの帝国ホテルの話に移っている。だが新はライトのことで頭がいっぱいで、話に加わる気にはなれなかった。

大学に入って以来、ずっと不満続きだった。自分の将来が見えず、不安も抱《かか》えてきた。それが今日の話で、かすかながらも希望が湧いてきたのだ。不満や不安は、明治四十四年（一九一一）の夏の終わりに、二十二歳で初めて上京した日から始まった。

着古した会津木綿《あいづもめん》の単衣《ひとえ》と袴《はかま》という出《い》で立ちで、生まれて初めて上野駅に降り立って、新は駅の規模に圧倒された。

たった今、乗ってきた常磐線《じょうばん》だけでなく、東北本線の終着駅であり、銀色に光る線路とプラットホームが、何列も横並びになっている。その眺《なが》めは壮観だった。駅前広場に出て振り返ると、駅舎は煉瓦《れんが》づくりの洋館だった。広場には路面電車の乗り場があり、残暑にもかかわらず、大勢の人々で賑《にぎ》わっている。

新はチッキで送った柳行李《やなぎごうり》を肩に担《かつ》ぎ、地図を手に本郷方面に歩き出した。仙台二高の入学以来、愛用してきた学帽を脱いでは、何度も手拭《てぬぐ》いで汗を拭《ふ》く。東京帝国大学は秋入学で、九月からは新も帝大生だ。学帽が新品に変わるのも楽しみだった。

上野公園の石段下から不忍池《しのばずのいけ》に向かって、屋台が並んでいた。蟬《せみ》しぐれの中、美味《おい》しそうな匂《にお》いに腹が鳴る。屋台の親父《おやじ》が大声で手招きした。

「学生さん、稲荷寿司《いなりずし》、食ってかねえか。とびっきり、うめえぞ」

見たこともない食べ物だった。近づいてみると、ひと皿にふたつ茶色いものが載っている。確かに美味しそうで、値段も高くはない。

屋台は立ち食いで、日よけの下に先客がいた。若い女のふたり連れで、大きな花柄の銘仙《めいせん》の着物姿で、手に白い日傘を持っている。故郷の村はもとより、仙台でも見たことのないような華やかな女たちだった。

新は少し気後《きおく》れしたものの、これから東京で暮らしていくのだという気負いで、あえて胸を張って隣に立った。

「そしたら、ひとつ」

柳行李を地面に置き、親父に向かって人差し指を立てた。

その時、隣の女たちが稲荷寿司を手にしたまま、肩をふるわせて笑っているのに気づいた。何かおかしいことでもあったらしい。

目の前に稲荷寿司の皿が差し出され、新は、さっそく手を伸ばして頬張《ほおば》った。ひと口、食べて驚いた。甘じょっぱい揚げと、中の酢飯《すめし》の相性が絶妙だったのだ。さすがに東京だと感じ入った。

屋台の親父が自慢げに聞く。

「どうだい、うめえだろ？」

新は呑《の》み込んでから答えた。

「こだにうんめえもん、食ったごとね」

その時、隣の女たちが吹き出し、さらに片方が小馬鹿にしたように言った。

「なあに？　そのズーズー弁。ひどいったらありゃしない」

もう片方も、くすくす笑いながら、こちらを横目で見ている。新は自分の話し方が笑われているのだと気づいて、一気に顔に血が上《のぼ》った。女たちが手を打って、いよいよ笑う。

「あらまあ、こんなに色の黒い人が、赤くなっちゃって」

新は容貌《ようぼう》には自信がない。確かに色黒だし、目鼻立ちは地味だ。居たたまれなくなって、懐《ふところ》から小銭をつかみ出し、皿の横にたたきつけて置くなり、逃げるようにして屋台から離れた。

背後から女たちの嘲笑《ちょうしょう》が追いかけてくる。

「学生さーん、お稲荷さん、もう一個、残ってるわよォ」

新の生まれ故郷は福島県内で、相馬《そうま》の北に位置する福田《ふくだ》村だ。いわゆる浜通りと称する太平洋側の平地の中でも、もっとも阿武隈《あぶくま》山地の麓《ふもと》に近く、緑豊かで閑静な村だ。

幕末を生きた祖父は相馬藩士だったが、血気盛んで尊皇攘夷《そんのうじょうい》思想を持ち、幕府方だった相馬藩の中で危険視されてしまった。しまいには命を狙《ねら》われるに至り、城下を脱して、縁者を頼りに福田村に潜《ひそ》んだ。そして明治維新《いしん》を迎えて、そのまま帰農したのだ。

新の父は祖父に似ず実直な人柄で、地道《じみち》に田畑を耕し、養蚕《ようさん》にも力を注いで家を支えてきた。それなりに土地は広く、地元では大きな農家だ。

そんな遠藤家に、新は次男として生まれた。祖父の血が出たのか負けず嫌いで、小学校では勉強も運動も成績は抜群だった。高等小学校を終えると、地元の篤志家《とくしか》の勧めもあって、相馬中学を経て仙台の二高へと進んだ。

二高では医科に進むべきか迷ったが、医学書が高価なことと、夏休みも勉強漬けで、生活費を稼《かせ》げないことで諦《あきら》めた。そして工科を専攻し、入学から卒業まで一番で通した。さらに東京帝大建築学科の入学試験も、一番で通ったのだ。

そんな自分が人に馬鹿にされようとは思いもかけなかった。若い女たちに、もてようとは思っていなかったが、自分の話し方のどこがおかしいのか納得できず、腹が立ってたまらなかった。

秋になって授業が始まってみると、新は大学にも落胆した。

かつて家を出て相馬中学に入った時にも、仙台二高に進んだ時にも、目の前に別世界が広がった。それだけに東京帝大入学には、ことさら期待があった。

だが授業内容は西洋建築の解説ばかりで、期待は完全に裏切られたのだ。教授たちは口を揃《そろ》えて言う。

「これからは役所や駅舎や銀行などで、大型の西洋建築が求められる。東京帝大の建築を出る君たちこそが、そんな求めに応じるべきだ」

それでいて、こうも言う。

「ただし煉瓦づくりや石づくりは、日本の夏の蒸《む》し暑さには向かない。室内に黴《かび》が生《は》えたりするから、風通しを工夫しなければならない。地震にも弱いから、骨組みが大事だ」

新は聞いていて鼻白《はなじら》んだ。ならば煉瓦や石づくりをやめて、日本の気候や自然条件に合う建材を用いればいいだけのことだ。ただただ西洋の模倣《もほう》を教えられるのは苦痛だった。

思い切って授業中に手を挙げて質問した。

「西洋を真似《まね》た建物など、しょせん偽物《にせもの》ではありませんか」

すると教授に切り返された。

「確かに真似だ。でも君は、この先、ずっと洋服を着ないつもりかね？」

新の会津木綿の単衣を目で示す。

「洋服も明らかに西洋の真似だ。手脚の短い日本人に似合うとは言いがたい。それでも洋服は広まっている。需要があるのだから、テイラーはそれに応《こた》える。建築家も同じだ」

「でも建築は、人の生き方に関わるものではないのですか。なのに模倣とは」

「服装も生き方を反映するものだろう？」

理詰めで反論され、新は納得いかないものの、もはや黙《だま》り込むしかなかった。

授業の後、同じ教室の仲間たちが呆《あき》れ顔で言った。

「遠藤は真面目《まじめ》すぎるよ。建築が人の生き方に関わるって、おまえは哲学者にでもなった方が、よかったんじゃないか」

質問は噂になり、周囲に敬遠されて、友達ができなくなった。もともと口数は多い方ではなかったが、稲荷寿司の一件以来、いよいよ無口になり、腹を割って話すこともなくなったのだ。

それから新は、なんとか金を工面して学生服を誂《あつら》えた。洋装は受け入れるという主張のつもりで大学に着ていったが、仲間たちには余計に不審がられた。

「あんなことを教授に言われて、わざわざ洋服を着るって、何を考えてんだよ？」

いよいよ孤立し、鬱々《うつうつ》と学生生活を送っていくうちに、成績も下がっていった。

そんな頃、大学の図書館で、一冊の洋書に目を奪われた。それがフランク・ロイド・ライトの作品集だった。

アメリカの大型建築は、たいがいヨーロッパと同じような石づくりだが、ニューヨークやシカゴでは摩天楼《まてんろう》と呼ばれる高層建築も生まれていた。

その一方で、一般住宅は煉瓦づくりか木造が多い。三角屋根から煉瓦の煙突《えんとつ》が突き出し、下見板《したみいた》張りの外壁は、淡い桃色や空色のペンキが塗られ、窓は小さく、各部屋は壁や扉で仕切られている。

だが作品集によると、ライトの建物は個性的だった。比較的、大きな住宅が多いが、大地に這《は》いつくばるような形で、独創的な美しさがあった。

ページを繰っているうちに、新は生まれ育った福田村の家を、ふと思い出した。昔ながらの茅葺《かやぶ》きの農家だが、阿武隈の山並みや防風林を背にして、いかにも地面に根を下ろしたような、がっしりとした建物だ。

屋根裏には養蚕部屋があり、一階の天井《てんじょう》は低めだ。蚕《かいこ》を育てるために囲炉裏《いろり》の熱を伝えて、室温を保つ工夫だった。大黒柱の手触《てざわ》りや、囲炉裏の煙でいぶされた黒い梁《はり》までもが、脳裏《のうり》によみがえった。それまでは、ありふれた家だと思っていたが、その美しさに初めて気づいた。

ライトの作品集を見て、なぜ生家を思い出したのかわからない。もういちどページを繰ってみると、いよいよ懐《なつ》かしい感じが湧いてきた。ライトと自分の間に、何か共通するものがあるような気さえして、この人の弟子《でし》になりたいと夢見た。

だが現実にはアメリカ留学など夢のまた夢で、目の前にあるのは、欧米の真似でしかない建物の勉強ばかりだった。

そんな時に、帝国ホテルの見学に行き、林愛作《はやしあいさく》が言ったのだ。

「懐かしくて当然だ。彼は親日家で、作品には日本建築の影響があるんだ」

さらにライトの弟子になりたいのなら、推薦《すいせん》までしてくれるという。鬱屈《うっくつ》した大学生活に、ようやく希望の光が差したのだ。

ライトに帝国ホテル新館を設計してもらいたい。そして自分が助手を務めたい。

それは新が建築を志して以来、初めて持てた具体的な夢だった。

帝国ホテルの見学に行ってほどなく、帝大建築学科の研修旅行で、満州《まんしゅう》行きの話が持ち上がった。自己負担なしで行かれるという。

日露戦争の勝利によって、日本は満州の権益をロシアから譲《ゆず》り受け、以来、国を挙げて開発に力を入れている。そのため若くて優秀な建築家たちを、満州に誘致《ゆうち》しようとしていた。

満州の各都市には、ヤマトホテルという日本のホテルが次々と新築されていた。最新鋭の設備を有し、客の評判も上々だと聞く。新は、いずれ帝国ホテル新館の設計にも役に立つかと思い、旅行の参加を決めた。

しかし現地に行ってみると、どこも期待外《はず》れだった。やはりヤマトホテルも西洋建築の真似としか思えなかったのだ。その後、北京《ペキン》にも足を延ばして帰国した。帰りの船は日本海側の舞鶴《まいづる》で下船して、列車で東京に向かった。車窓から見える茅葺屋根の農家の方が、ヤマトホテルよりも、はるかに美しく見えたが、やはり仲間たちの賛同は得られなかった。

東京に着いてから、本郷追分《おいわけ》町の下宿に帰った。すると下宿の手前、本郷通りから路地《ろじ》に入ったところで、背後から甲高《かんだか》い声で呼ばれた。

「遠藤さん、待ってえ」

振り返ると、江原都《えばらみやこ》という下宿屋の娘が、お下げ髪を揺らして駆けてくる。まだ十二歳だが、いかにも東京の女の子らしく、おきゃんで明るい少女だ。縞《しま》の小袖《こそで》姿で風呂敷《ふろしき》包みを抱えており、高等小学校からの下校途中らしい。息を切らして追いつくなり、片手を突き出した。

「満州のお土産《みやげ》は？」

新は苦笑して首を横に振った。

「悪いな。貧乏学生なんでね」

「なあんだ。つまんない」

都は頰を膨《ふく》らませた。そして思い出したように言った。

「そういえば、遠藤さんが満州に行ってる間に、帝国ホテルから葉書《はがき》が来てたわよ。フランクなんとかっていう外人さんが来るって」

「本当かッ」

新は返事も待たずに下宿に駆け込んだ。ライト来日の知らせに違いなかった。

玄関に飛び込むなり、下宿屋の女主人であり、都の母親でもある江原多喜《たき》をつかまえて、帰国の挨拶《あいさつ》もそこそこに聞いた。

「僕宛に葉書が来ているそうですが」

「ええ、来てますよ」

多喜が状差《じょうさ》しから出してくれた葉書を、むさぼるように読んだ。やはり差出人は林愛作で、ライトが来日するから引き合わせてくれるという。

だが日程を見て落胆《らくたん》した。ちょうど研修旅行と重なっており、とっくに過ぎていたのだ。こんなことなら満州になど行かなければよかったと悔《く》いた。

すぐに言い訳に出向こうかとも思ったが、帝国ホテルの支配人といえば忙しい立場だし、かえって迷惑だろうと気後れがして、手紙で、次の機会があればぜひと書いた。間もなく卒業制作にかかるが、ホテル設計を手がけるとも書き送った。

来日したということは、予定されている新館の設計は、ライトに依頼される可能性が高い。ならば、なんとしても助手を務めたかった。

新は卒業制作にかかった。西洋の設備でありながら、何か日本的なものを加味したかったが、うまくいかず、結局は西洋風のホテルになってしまった。

大正三年（一九一四）が明けて間もなく、林から賀状が届き、卒業制作を見てみたいと書かれていた。

新は意見を聞くつもりで、図面を携《たずさ》えて出かけた。すると笑顔で歓迎してもらえた。新は、すっかり年季《ねんき》の入った帝大の学生帽を外《はず》して頭を下げた。

「前にお邪魔《じゃま》した時は、ひとりで余計なことばかりしゃべりまして、失礼しました。それにライトさんの来日の際に、お知らせ頂いたのに、申し訳なかったです」

愛作は気軽な調子で答えた。

「いやいや、満州に行っていたのだから仕方ない。海外を見てくるのは大事なことだ。それが卒業制作かい」

携えてきた大型の紙筒を指さされ、新は図面を応接室のテーブルに広げて見せた。

「結局、西洋の真似のようになってしまいました」

愛作は口髭《くちひげ》に手を当て、興味深そうに図面をのぞき込んだ。髭を触るのは、考えごとをする時の癖らしい。

「いや、厨房《ちゅうぼう》の配置や客室係の動線なんかは、よく考えてある。悪くはないプランだ」

　そして題名に気づいて破顔した。

「ＢＯＫＵＮＯ　ＨＯＴＥＬか。こりゃいいな」

　前に会った時に愛作が言った。

「僕は支配人を引き受ける際に、ひとつ条件を出した。帝国ホテルは僕のホテルにさせてくれと」

　新はその言葉を、あえて卒業制作の題名にしたのだ。

　図面のあちこちを示しながら、本当は何か日本的なものを加味したかったと説明すると、愛作は何度もうなずいた。

「まあ、それがいちばん難しいところだな。それができるのは世界でもフランクくらいだろう」

　新は胸が高鳴った。

「新館の設計者はフランク・ロイド・ライトに決まったんですか」

「ああ、彼も予定地を見て、すっかりやる気になっている。重役の中には反対する声もあるが、僕のホテルだ。僕のやりたいように建てる」

「その時は、ぜひ僕を助手に」

「わかっている。僕も今までの人生で、何人もに手を差し伸べてもらった。今度は僕が手を差し伸べる番だ」

愛作は満足そうにうなずいたが、一転、渋い顔になって西の方向を示した。

「ただし隣地の買い入れ交渉が長引いて、まだしばらくは始められそうにないんだ。だから遠藤くんは卒業後、どこかに就職して、とりあえず経験を積んでくれたまえ。できれば日本の伝統的な建築に詳しくなってくれると、ありがたい。フランクも、そういう助言を欲しがるだろうし」

新はいよいよ胸を高鳴らせて約束した。

「わかりました。そうします」

鬱々とした学生時代が、ようやく報《むく》われる思いがした。


帝大は九月入学のため、新の卒業は大正三年（一九一四）の夏休み前になり、秋からは臨時職員として内務省に勤めることになった。

二年前に明治天皇が崩御《ほうぎょ》し、京都の御陵《ごりょう》に葬られたが、新しい神宮を関東にという声が高まっていた。そこで内務省が造営を決定し、役所内に準備室を設けて、帝大建築学科の教授、伊東忠太《いとうちゅうた》に設計依頼した。伊東は仕事を始めるにあたって、教え子たちを助手として募《つの》り、新をはじめ数人が応じたのだ。

内務省内の準備室で、伊東は新たちに向かって言った。

「一般の神社とは規模が違うし、意匠《いしょう》も建材も様式も、新しいものを取り入れたいと思っている。どんどん考えを述べてくれ」

誰もが大張り切りで、事前調査や企画に着手した。

一方、その年の十二月二十日に東京駅が開業した。六年もの歳月をかけた赤煉瓦づくりの駅舎だった。

さっそく新は見に行ったが、また落胆してしまった。国の威信をかけた大建築だというのに、ドームを持つ駅舎は、またもや西洋の真似としか思えなかったのだ。

伊東に怒りをぶちまけた。

「先生の恩師を悪く言うのは失礼ではありますが、あれでは東洋一の大ステーションの名が泣きます」

伊東は東京駅の設計者、辰野金吾《たつのきんご》の直弟子《じきでし》だ。辰野は建築界の大御所でもある。ただし伊東自身は日本建築史が専門で、東洋的な建物の設計を得意としている。

「まあ、西洋建築の域を出なかったのは、確かに残念ではあるな」

新は賛同されて勢いづいた。

「それに場所も問題ではありませんか。宮城前《きゅうじょうまえ》という静であるべき場所に、駅という動の中心地が設けられることが、そもそも間違っています。なぜ銀座や日本橋の商業地に、背を向けたのでしょう。利用する者のことを、まったく考えていません」

また口が止まらなくなった。悪い癖だと自覚してはいるが、長い間、不満に思っていたことが、ほとばしり出てしまう。

「いちばんの問題は、出入り口が限定されていることです。あまりに使い勝手が悪すぎます」

駅舎が必要以上に南北に細長く、南側のドーム下は入り口専用、中央が皇室専用、北側のドーム下が出口専用と定められている。まして駅舎の中で南北の行き来ができない。

なおも新は東京駅の欠点を言い立てた。

「見た目も問題です。左右のドーム屋根ばかりが目立ち、中央の皇室専用口の屋根が、あまりに貧弱です」

すると、かたわらで聞いていた先輩格の助手が言った。

「遠藤の言うことは、まったくの正論だ。陰口《かげぐち》にしておくのは惜《お》しいな」

ほかの同僚たちも口々に東京駅を非難する。

「いっそ論文を書いて、学会誌に投稿したらどうだ。誰かが口火を切れば、建築界全体から同調する声が上がるぞ」

「そうだ、そうだ。そうすれば、せめて出入り口の区別くらいは、なくせるぞ」

「遠藤、論文にしろよ」

あおられて、新は受けて立った。

「わかりました。文章にしてきます」

そして下宿に帰り、「東京停車場と感想」と題して、一気に長文を書き上げた。痛烈な東京駅批判だった。

伊東のもとに持っていくと、一読するなり言われた。

「これを建築学会に投稿しても、編集委員は辰野先生に遠慮があるし、学会誌に掲載しないだろう」

すると、また助手が言った。

「それなら新聞社に持ち込んだらどうでしょう。時事的な話題だし、駅を利用する一般の人たちから賛同を得られますよ。それに新聞なら原稿料も受け取れるし」

思いがけない提案だったが、新は即答した。

「それなら、新聞社に持っていきます」

伊東は懸念《けねん》を口にした。

「だがね、遠藤くん、これは賭《か》けだよ。もしも大衆の支持を得られなかったら、君は建築界で孤立しかねない。どうする？」

新は一瞬、たじろいだ。だが迷うことはないと、すぐに思い直した。西洋の模倣への批判は、もう何年も心の中で、くすぶり続けてきた。いったん外に出して燃やしてしまわなければ、前に進めない気がしたのだ。

「とにかく、やってみます」

伊東は原稿を返しながら言った。

「正直なところ、君は自己主張がうまくない。これは、その壁を崩せる機会になるかもしれないね」

読売新聞社に持ち込むと、記者たちも目を輝かせて賛同してくれた。ただし長文のために五回に分け、年明けの一月二十七日から三十一日にかけての連載が決まった。

新は伊東にも助手仲間たちにも、掲載日は知らせず、ただ指折り数えて待った。

そして一月二十七日の朝、とうとう読売新聞に署名記事として載った。すると、まず下宿での朝食の際に、下宿仲間たちが気づいて騒ぎ出した。都も目を丸くして言う。

「遠藤新って、遠藤さんのこと？　すごい、すごいじゃない。新聞に載るなんてッ」

職場の内務省におもむくと、助手仲間からも持ち上げられた。

「やったな、遠藤。これは反響が大きいぞ」

伊東も笑顔で言った。

「これは賛否両論が出るかもしれんな」

だが連載が二日目、三日目と続き、後半に入っても、新聞社には葉書一枚、届かなかった。賛成もなければ反対の声もない。まったくの無反応だった。

駅舎を使ったことのある者なら、使い勝手の悪さに気づくはずだったが、建物の偉容に目を奪われて、不満を口に出せないのかもしれなかった。

連載が終われば、専門家が同調するかと思いきや、それも虚《むな》しかった。辰野金吾への遠慮は、予想をはるかに超えていたのだ。

しだいに仲間の態度が変わっていった。新は避けられ始め、前にも増して孤立していくのを感じた。

内務省の部局として、明治神宮造営局が正式に発足《ほっそく》した。伊東忠太が中心となり、助手たちが補佐する体制ができた。新も、そのひとりに収まった。

だが計画が具体化するにつれて、職場の雰囲気が悪くなっていった。伊東は当初、新神宮の背後は緑深い山であるべきだと考え、建設予定地として埼玉県の飯能《はんのう》を推《お》していた。関東平野の西の外れだ。

また神宮の本殿には、鉄筋コンクリートなどの新工法を用いようと考えていた。

だが、どちらも反対の声が強く、場所は都心に近い代々木《よよぎ》、工法も従来の木造に決まった。

計画が始まったばかりの頃、新は伊東から意見を求められて、場所は代々木、工法は木造でと発言したことがあった。その時は簡単に却下され、新も特に言い張ったわけでもなかった。

だが実際に代々木で従来工法と決まると、助手仲間から嫌味を言われた。

「遠藤、おまえの主張が通ったな。さぞ気分がいいだろう。まあ、東京駅の時は、完全に無視されたけどな」

思いもかけなかった言いがかりに、思わず声が高まり、喧嘩《けんか》になりかけた。

その後、代々木の敷地調査が始まり、助手仲間たちは忙しそうに働き出した。だが気づくと、なぜか新だけが仕事を与えられなくなっていた。仕事を割り振ってもらおうとしても、伊東は席が温まる間もなく飛びまわり、話しかけることもままならない。

その後、新神宮の境内《けいだい》に、宝物殿を建てることが決まり、設計案が競技で決まることになった。伊東は助手たちに勧めた。

「皆、プランを出しなさい。一等を取れば、後世に残る建物になるのだから」

新は、さっそく案を練り始めた。

建物の全体像は、生家にある白漆喰《しろしっくい》の蔵をもとにした。毎年秋になると米俵でいっぱいになる蔵だ。日本の神道《しんとう》は稲作が基本であり、日本中どこにでもある米蔵こそが、新神宮の宝物殿にふさわしいと考えたのだ。

だが図面を引いていると、助手仲間が冷ややかに言った。

「遠藤も応募するのかよ。最終審査は辰野先生だぞ」

辰野金吾設計の東京駅を批判したからには、応募の資格もないと言いたげだった。新は憤慨《ふんがい》し、強引に伊東に詰め寄った。

「僕も応募してもいいですか」

すると伊東は素《そ》っ気《け》なく答えた。

「それは君の自由だよ」

新は伊東にまで見捨てられたと感じた。

もはや、この仕事は辞めるしかないと思い至り、もういちど帝国ホテルに林愛作を訪ねた。今すぐにでも転職したかった。しかし愛作は申し訳なさそうに言う。

「まだ建設予定地の件が片づかないんだ。でも、そんなことを言っていたら何も進まないから、とにかく近々、僕はアメリカに渡って、フランクに会ってこようと思っている」

新は気が急《せ》いて聞いた。

「近々って、いつ頃ですか」

「遅くとも年内には」

「じゃあ、帰国は、いつ頃に？」

「まあ、来春かな」

新は落胆した。たとえ日本の建築界で孤立しようとも、フランク・ロイド・ライトの助手になれさえすれば、なんとかなるという望みがあった。だが来春の時点でも、計画が進む保証はなく、弟子入りの見込みも立たない。

新神宮の地鎮祭《じちんさい》が近づいた頃、新は日曜日を待って、鬱々とした気持ちを晴らそうと、久しぶりに上野公園に足を向けた。

北風に落ち葉が舞っていたが、公園の石段下から不忍池に向かって、以前と同じように屋台が並んでいた。上京した当日に、女たちに笑われたのは四年前だ。

上野駅の駅舎を見たとたんに、望郷の念に駆《か》られた。今すぐ常磐線に乗って故郷へ帰りたかったが、切符売り場まで早足で近づいたが、金が足りないことに気づき、仕方なく下宿に戻った。

就職しても学生時代と変わらず、本郷追分町の江原家に世話になっており、新は女主人の多喜に打ち明けた。

「そろそろ、ここを出ようと思います」

突然の話に、多喜は驚いた。

「引っ越されるの？」

それまで迷ってきたことが、その時、覚悟に変わった。

「兵役《へいえき》に志願しようと思っています」

「志願？　でも、せっかく工科を出たんだし、大事なお役所の仕事をしてるんだから、わざわざ志願なんかしなくても」

普通は二十歳《はたち》で兵役につく。だが工科の学生は猶予《ゆうよ》が可能だ。まして明治神宮の造営に関わっている限り、徴兵される可能性は低い。ただ造営局を辞めるとなれば話は別だ。

読売新聞から貰《もら》った原稿料が、まだ手つかずで残っており、それを差し出せば、二年の兵役が一年で済む。それに入隊先は仙台の師団になる。高等学校で青春時代を過ごした街であり、とにかく北に帰りたかった。

それから数日で、新は宝物殿の図面を完成させた。内務省で公募の係官に提出してから、会議中だった伊東と助手たちの間に強引に割って入り、辞表を出した。

引き止める者はおらず、誰もが当然という顔をしていた。対人関係の不器用さは自覚しているが、さすがに情けなかった。

その後、兵役志願の手続きを済ませ、下宿で荷物をまとめていると、林愛作から葉書が届いた。なんとか準備ができたので、十二月中旬の船で渡米するという。帰国は四月の予定と書かれていた。

新としては一年後に除隊になる頃に、帝国ホテル新館計画が、ライトの設計で始まっていて欲しかった。

そんな一縷《いちる》の望みにすがる思いで下宿の部屋をたたみ、上野駅に向かった。江原多喜が都を連れて、駅まで見送りに来てくれた。

「除隊になったら、いつでも帰ってきていいんですよ。お部屋はなんとでもなりますから」

新は深々と頭を下げて母娘と別れた。

常磐線に乗り込みさえすれば、どれほど楽になるかと夢見てきた。しかし現実に列車が動き出しても、心は情けなさでいっぱいだった。

仙台の城下町には、広瀬《ひろせ》川が蛇行《だこう》して流れる。新が入隊する陸軍第二師団は、その岸辺にあり、母校である二高は対岸だ。さらに西には青葉《あおば》山がそびえる。かつて伊達政宗《だてまさむね》が築いた山城の跡だ。

入隊は十二月で、寒さが厳しく、冬枯れの裸木が北風に揺れていた。時おり、小雪も舞う。それでも東京とは異なる、澄んだ空気と山と川とが織りなす景色に、ようやく心が和《なご》んだ。

聞こえてくるのも、耳当たりの優しい北国の言葉だった。訛《なまり》を笑う者などいない。もう肩肘《かたひじ》張らなくていいのだと安心できた。

配属された第二十九連隊は、すでに一部が満州に移駐していたが、新が所属した中隊は、さしあたって仙台から動く気配はない。訓練だけの毎日で、比較的のんびりしていた。

連隊の仲間は、ほとんどが二十歳を過ぎたばかりで、新ひとりが年上だった。やはり孤立は避けられなかったが、今度は最初から、そんなものだと思っており、特につらくもなかった。

年末には福田村に帰省した。あらかじめ連絡しておいたので、母のカシクは手料理を用意して待ってくれていた。だが父の慶三《けいぞう》は険しい顔で迎えた。

そして囲炉裏端《いろりばた》で、新聞記事の切り抜きを取り出した。それは新の東京駅批判の寄稿だった。

「なんでわざわざ、こだなもん書いたんだ？」

新には答えられなかった。あの時の心境は、いくら説明しても理解してもらえるとは思えない。慶三は深い溜息《ためいき》をついた。

「せっかく帝大まで入ったのにな。祖父《じい》さんに似たんだな。似なくてもいいもんを」

幕末に尊皇攘夷に走って士族の身分を失った祖父の、反骨精神を受け継いだのだろうと嘆く。かたわらでは母が泣いていた。期待をかけてもらったのにと思うと、新は申し訳なくてたまらなかった。

大正五年（一九一六）が明けると、親類縁者が年始の挨拶にやって来た。皆、事情を知らず、気楽に言う。

「新は立派になったもんだ。来年、除隊したら、もう建築家の大先生だな。仙台あたりに、でっかい建物、おっ建てっぺ」

新は気まずい思いで受け流し、慶三は顔をこわばらせて黙っていた。

正月明けに仙台の連隊に戻った。週末に帰省することもできたが、それきり生家には足を向けなかった。

二月半ば、明治神宮造営局の役人から手紙が届いた。何だろうと封を切って読み進み、意外な内容に驚いた。

宝物殿の設計競技の審査が行われ、新の評価は下選考では十五等だった。だが最終審査で辰野金吾が現れ、周囲に聞いたという。

「なぜ、遠藤くんの作品が、こんなに評価が低いのかね？　一等にしてもいいくらいだ」

そして十五等から、一挙に三等に引き上げたというのだ。

手紙を読み終えた時には、新は手がふるえていた。批判対象だった辰野金吾が、よもや自分の作品を高く評価してくれようとは、夢にも思わなかった。

その日は金曜日で、明後日の日曜日には、久しぶりに生家に帰ろうと決めた。両親に知らせて喜んでもらいたかった。

だが翌土曜日の深夜、突然、上官が営舎に現れて、一通の電報を差し出した。新は電文を読み、その場に立ちつくした。

「チチキトク　スグカエレ」

翌早朝、特別に早出を願い出て、一番列車で南に向かった。最寄《もよ》りの新地《しんち》駅で降り、一里ほどの道のりを、山に向かって駆けた。

福田村の集落に着き、家に飛び込んだ時には、線香の匂いが満ちていた。

奥座敷には、母や兄弟や親戚が集まっており、新に気づくと場所を譲った。彼らの真ん中で、父の布団《ふとん》が盛り上がり、顔の部分には、もう白い布がかかっていた。

新は枕元に滑《すべ》り込むように座った。そして軍服のポケットから手紙を取り出して、カシクに突きつけた。

「一昨日《おととい》、東京から届いたんだ。俺が新聞で批判した辰野先生が、俺の作品を褒《ほ》めてくれたんだよ」

声が潤《うる》みそうになるのをこらえて続けた。

「すぐに親父《おやじ》に知らせるつもりだったのに」

思わず声が高まる。

「なんで、よりによって今日なんだよッ」

カシクが涙声で答えた。

「昨日、卒中《そっちゅう》で倒れたんよ。すぐに、あんたに電報を打ったけど」

すでに最終列車が出た後だったという。

「でもね、父さんはね、わかってたよ。あんたには何も言わなかったけど、私には何度も言ってた。新は大丈夫だって」

懐《ふところ》から手拭《てぬぐ》いを出して目元に押しつけた。

「かならず道は開けるって。酒を呑むたんびに、そう言ってた。自分に言い聞かせるみたいに」

新は絶句した。それほど父は気にかけてくれたのか。信じようとしてくれていたのか。もはや涙がこらえきれず、手紙を握《にぎ》りしめ、声を殺して泣いた。

葬儀が終わって仙台に戻ってからは、淡々と兵役をこなした。

四月下旬になると、また東京から手紙が届いた。今度の差出人は林愛作だった。はやる気持ちを抑《おさ》えて封を切ると、帰国したという知らせだった。

アメリカでライトと会って、契約の覚書《おぼえがき》を交《か》わし、新を助手として推薦したという。ライトの来日は十二月の予定で、除隊して上京すれば、ちょうどいい時期だろうとも書かれていた。

新は手紙を手にして目を閉じた。待ちに待ったものが来たのだ。大学に入って以来、耐え続けた日々が、とうとう報われようとしていた。

除隊を待って、もういちど生家に戻り、母や兄弟に上京の意向を伝えた。そして父の墓前で林の手紙を読み上げた。

「父さんが信じてくれた通りになりそうだよ。いや、なってみせる」

そして阿武隈の山並みに別れを告げ、ふたたび東京を目指した。北の地で過ごした一年間で、新の心は癒され、かつての苛立《いらだ》ちや不安は遠のいていた。

「妻のタカだ」

帝国ホテルの応接室で、林愛作に引き合わされ、新は夫人の美しさに息を呑んだ。

愛作は冗談めかして言う。

「もとは、うちのホテルで働いていたんだが、夜中にナフキンのしみを、一生懸命、洗ってて。その姿にやられたってわけだ」

帝国ホテルの女性社員は、容姿端麗《ようしたんれい》と英会話堪能《たんのう》が採用条件という噂だったが、タカは際立《きわだ》っていた。

「今度のアメリカ行きに連れて行ったんだ。向こうは、どこでも夫婦同伴が当たり前なんでね。フランクにも気に入ってもらえたよ」

タカは微笑《ほほえ》んで、夫の話に言葉を添える。

「ライトさんのお家《うち》は、それはそれは素敵でした。遠藤さんもいらっしゃることがあったら、きっと気に入ります」

それからタカの実家が、横須賀《よこすか》で長浜《ながはま》組という土木業を営んでいるという話になった。

「それなら新館の基礎工事を頼めますね」

新が言うと、愛作は首を横に振った。

「僕も、そのつもりだったんだ。契約は大倉《おおくら》組と交わすから、下請《したう》けに入ってもらおうと思っていたのだけれど」

大倉組は大倉喜八郎《きはちろう》が経営する土木建設業社であり、外すわけにはいかない。長浜組が下請けに入るのは、妥当《だとう》な話だった。しかし少し困り顔をしている。

「何か、問題でも？」

すると愛作は肩をすくめた。

「娘を人身御供《ひとみごくう》にして、仕事を貰うような真似はできないって言うんだ。これの父親が」

「頑固《がんこ》なものですから」

タカは申し訳なさそうに身を縮こめた。そんな仕草《しぐさ》さえ、いかにも上品で、新には愛作が少し羨《うらや》ましかった。

その日から、新は帝国ホテルに部屋を与えられ、製図台や製図道具などを揃《そろ》えつつ、ライトの来日を待った。

年末になって、ライトの乗った船が横浜に入港したという電報が届き、愛作夫妻と三人で急いで迎えに行った。

大桟橋《おおさんばし》に接岸した客船のタラップから、真っ先に降りてきたのがライトだった。意外に小柄だったが、仕立てのよさそうなツイードの三つ揃いを着て、豊かな銀髪を後ろになでつけていた。

ライトは林夫妻に気づくと、両腕を大きく広げて近づき、愛作ともタカとも抱き合った。すぐに愛作が紹介してくれて、ライトは上機嫌《じょうきげん》で、新に握手を求めた。

衝撃だったのは英語だった。以前、愛作から英語の勉強をするようにと勧められて、大学で講義を取ったし、洋書を読んだりもしてきた。

だがライトと林夫妻の会話が、まったく聞き取れなかった。タカが気を使って、要所要所で訳してくれるが、こちらから何か言いたくても、単語が出てこない。初めて上京して訛を笑われた時よりも慌《あわ》てた。

新は帝国ホテルの部屋をライトに譲って、以前の下宿に戻ることにした。荷物を担《かつ》いで江原家の玄関前に立ち、少し気後れしつつも、懐かしい引き戸を開けた。

「すみません」

声をかけると、奥から洋服姿の若い娘が現れた。紺サージのワンピースに大きな白襟《しろえり》が眩《まぶ》しい。女学生の下宿人も置くことにしたのかと、新は意外に思いつつ口を開いた。

「僕は前に、ここに住んでいた者で」

名乗らないうちに甲高い声が返ってきた。

「遠藤さん、いつ東京に?」

都だと気づいた。だが、あまりの変わりぶりに言葉が出ない。この下宿を出た時には、まだ高等小学校に通っていたのだ。

「遠藤さんったら、何、ぼんやりしてるの?　あ、わかった。あんまり私が美人になっちゃったから、びっくりしたんでしょう」

そしてスカートを両手でつまんで、くるりと回転してみせた。プリーツが風にあおられて、一瞬、白いふくらはぎが見えた。

「これ、いいでしょう。山脇《やまわき》の制服よ」

「やまわき？」

「知らないの？　女学校よ、赤坂にある。今年から通ってるの」

それから、ようやく奥から多喜も現れ、大歓迎してくれた。ちょうど部屋が空《あ》いており、置いてもらえることになった。翌日からは本郷から帝国ホテルまで歩いて通った。

卒業制作の「ＢＯＫＵＮＯ　ＨＯＴＥＬ」を、ライトに見せると、予想以上に反応はよかった。あまりに早口で、ほとんど聞き取れないが、気に入ってはもらえたらしい。

ライトは素早く建物のスケッチを描き、それから新に製図用ペンである烏口《からすぐち》を渡した。清書を命じられたらしい。新としては得意な作業だが、採用試験だと思うと緊張した。的確に、それでいて手間取らないようにと集中した。

描き終えて烏口を置くと、ライトは絶賛してくれた。「エクセレント・ドラフトマン」と言われて、何度も親しげに背中をたたかれた。ドラフトマンとは、建築家のもとで図面引きを任される助手のことだ。採用が決まったらしく、新は胸をなでおろした。

それから建設予定地を見てまわった。帝国ホテルの西側の隣地で、まだ内務大臣官邸が建っている。道路を挟《はさ》んだ向かいには日比谷《ひびや》公園が広がる。ライトは緑豊かな立地が気に入って、新館の正面玄関を公園向きに決めた。

その後も毎日、ライトがスケッチや下図を描き、新が清書を繰り返した。ライトは、ゆっくり話してくれるようになり、だんだん聞き取れるようになった。

ライトは次々と全体像の案を出したが、その中の一枚のスケッチに、新は目を留めた。日比谷公園の向かいに門があって、細長い客室棟が、ぐるりと周囲を取り巻き、そのただ中に主要棟が置かれている。主要棟からは左右に渡り廊下が伸びて、客室棟とつながっていた。「日」の字型の建物配置だ。

客が門から入ると、まず周囲を取り囲まれた空間が迎える仕掛けだった。その光景を想像して、新は、あっと思った。

「これは四合院《しごういん》かもしれない」

四合院は満州の帰りに、北京で見た中国の伝統的な住宅様式だ。大きな中庭を設けて、それを取り囲むように、石づくりの細長い建物が配置されている。正面に主人の住まいがあり、周囲は親族や使用人たちの部屋だ。

大きな四合院になると、主人の住まいを通り抜けた裏手に、もうひとつ中庭があり、また周囲を建物が取り囲む。こちらは格下の使用人の住まいだったり、物置だったりする。

規模は違うが、清《しん》王朝の紫禁城《しきんじょう》も基本的に同じ形だった。四角く区切られた巨大空間が、奥に進むに従って、いくつも連なっていく。

日本でも時おり、寺社建築などに見られる形式だが、新は、そこからライトがヒントを得たような気がした。

さらにスケッチが増えていき、ライトは一枚を新に差し出して、英語で指示した。

——これを図面にしてくれ——

それは四合院から、門の左右の建物を外した形だった。裏手の建物もなくなって、上から見ると「日」の字型だったのが、「H」型に変わっていた。

これなら日比谷公園から建物が直接、見通せるし、裏手のビクトリア調の洋館とのつながりもよくなる。こういった配置は西洋では珍しく、欧米人の宿泊客の目には新鮮に映るはずで、新はライトの着想に感じ入った。

そうしているうちにひと月が過ぎたが、土地の件が、まだ片づかなかった。買い入れではなく借地に決まったものの、帝国ホテルが用意した代替地に、新しい内務大臣官邸を建てて、そちらに引っ越してもらってから、ようやく官邸の解体に入ることになった。だが内務省の見込みでは、引っ越しを終えるまでに一年はかかるという。

信じがたい話だが、こんな調子では、新館着工は、いつになるか見当もつかなかった。しだいにライトは不機嫌になり、大まかな全体像が決まったら、いったん帰国したいと言い出した。細部の意匠を決めるには資料も必要だし、慣れた仕事場で考えを煮詰めたいというのだ。

帰国の際に一緒に来るかと聞かれて、新は即座に承諾《しょうだく》した。ただ不安もある。ライトの不機嫌な顔を見ていると、また対人関係の不器用さが出てしまいそうで怖かった。

それでも最初に多喜に伝えた。

「近々、アメリカに行くかもしれません」

「まあ、それは素晴らしいこと!」

多喜は眉《まゆ》を上げて喜んでくれたが、新は、はしゃぐ気にはなれなかった。夕食後、珍しいことに、都が部屋に入ってきた。

「アメリカにいらっしゃるって本当?」

いつの間にか言葉づかいも女学生風になっている。新は腕枕で寝転がっていたが、起き上がって答えた。

「まだ決まったわけじゃないけどね」

「でも、いずれは行かれるんでしょ？　なぜ喜ばないの？　英語が不安？」

浮かない気分を見抜かれていた。

「いや、そういうわけじゃない。だいぶ聞き取れるようになってきたし、仕事自体は見ればなんとかなるし」

「また人とぶつからないか心配なんでしょ」

思わず答えに詰まった。まだ子供だと思っていたのに、意外な洞察力だった。都はかまわずに話す。

「でも大丈夫よ。英語だと別人になれるから」

「別人？」

「私の学級に、とってもおとなしい人がいるの。その人、英語が上手《じょうず》で、英語だと人が変わったみたいに、よくしゃべるのよ。遠藤さんも、きっと大丈夫。もともと新聞に文章を載せるような、すごい人なんだし」

すごい人と言われて意外だったが、思わず都の笑顔に見入っていた。こんなに美人だったかと見直す思いがしたのだ。

しかし、すぐにわれに返って目をそらした。すると都が立ち上がった。

「それじゃあ、元気でアメリカに行ってらしてね」

部屋から出ていきかけたが、襖《ふすま》のところで立ち止まって振り向いた。

「どのくらい行ってらっしゃるの？」

「こっちの内務大臣官邸の進み具合にもよるけれど、長ければ一年か一年半かな」

「それなら、その間」

妙に気取った口調で続けた。

「私、待っててあげても、よくってよ」

新が意味を呑み込めずにいると、スカートの裾《すそ》をひるがえして階段を降りていった。

足音が遠のいてから気づいた。待つというのは、もしかして嫁《とつ》がずにいるという意味なのか。子供だと思っていたが、一年半後には都は十七か十八歳。充分に嫁げる歳だ。

だが、すぐに想像を打ち消した。そんなはずはない。もともと江原家は、岡山城下の士族の家柄だ。都の父親が早く亡くなったために、多喜が東京に出て、下宿屋を始めたと聞いている。

それに引き換え、自分の実家は片田舎《かたいなか》の農家だ。だいいちこれほど風采《ふうさい》の上がらない男に、東京のおしゃれな女学生が、嫁いでくれるとは思えなかった。

結局、新はライトの帰国に同行することが決まり、大正六年（一九一七）四月二十日、横浜からアメリカに向かうことになった。

また多喜と都は見送りに来てくれた。横浜の大桟橋で、林愛作夫妻や帝国ホテル関係者の見送りに混じり、都はライトに英語で挨拶した。女学校で習ったばかりらしいが、物怖《ものお》じせずに笑顔で話す。

それを見て、新は、都が自分にはないものを持っていると感じた。もし先々、海外で仕事をするようになったとしても、伴侶《はんりょ》として通用しそうな気がした。

耳の奥で先日の言葉が聞こえた。

「私、待っててあげても、よくってよ」

あの気取りや恩着せがましさは、せいいっぱいの乙女心だったのかもしれなかった。できることなら、それに応《こた》えたい。別れ際《ぎわ》に「待っていてくれ」と言いたかった。

江原家の下宿人は、場所柄《がら》から帝大生が多い。これから、まだまだきれいになる都が放っておかれるはずもない。だが「待っていてくれ」のひと言が出てこない。自分は二十七歳にもなって、まだ一人前の建築家ではない。そんな身の上では、やはり先行きの約束などできなかった。

乗船時間になり、ライトと一緒にタラップを昇った。甲板《かんぱん》で紙テープを買い求めて、大勢の見送りに向かって、次々と投げた。最後の赤いテープは、都に合図《あいず》してから投げた。都は受け止めるなり、左手で握りしめ、飛び跳《は》ねながら右手を振った。

かたわらでライトが言った。

——いい娘だね。日本女性にしては、物怖じしないし——

客船は離岸していき、色とりどりのテープが張り詰めて千切《ちぎ》れていく。遠のいていく都の顔は、泣いているように見えた。

三章　登り窯の里

フランク・ロイド・ライトと遠藤新《えんどうあらた》が離日する直前、大正六年（一九一七）の春のことだった。林愛作《はやしあいさく》は帝国ホテルの重役会で、新館建設の説明をした。

「資材は基本的に日本国内のものを使いたいというのが、ライト氏の要望です。輸入すると高くつきますし」

大倉喜八郎《おおくらきはちろう》から質問が出た。

「石材のめどは立っているのかね」

「どんな石を使うかは、ライト氏と一緒に検討するつもりです。でも高価なものは使わないと、ライト氏は約束しています」

質問が続く。

「煉瓦《れんが》は東京駅と同じようなものでいいのかね」

愛作は痛いところを突かれたと感じた。煉瓦が難題だったのだ。しかしごまかすわけにはいかない。

「東京駅は赤煉瓦ですが、実はライト氏は黄色い煉瓦を使いたいと申しています。それも表面に細い傷をつけて焼くそうで、今、そういう特殊な煉瓦を作れるところを探しています」

釘《くぎ》のようなとがったもので表面を引っかいて作るため、ライトはスクラッチブリックと呼ぶ。アメリカで流行し始めた煉瓦だという。

大倉は両腕を組んで聞いた。

「見つからなかったら、どうするのだね」

「なんとか見つけるつもりです」

「見つからなかったらという話だ。輸入するとなると、とんでもない金額になる。その時は赤煉瓦でもいいと、ライト氏は言っているのかね」

ライトは黄色い煉瓦に固執《こしつ》しており、愛作は答えに窮した。その時、重役のひとりが関西弁で、意外なことを言い出した。

「そういう煉瓦なら、うちの京都の洋館で使《つこ》うてますよ」

発言したのは村井吉兵衛《むらいきちべえ》だった。もともと京都の煙草《たばこ》商で、かつて愛作をアメリカに連れて行ってくれた恩人だ。その後、愛作はアメリカに留まって、学校に通う機会を得たのだ。

村井は帰国後、アメリカで仕入れた知識で、「ヒーロー」という新銘柄の紙巻煙草を発売し、これが爆発的に売れた。以来「煙草王」と呼ばれて、日本で指折りの資産家にまで昇りつめている。

愛作が帝国ホテルの支配人になったと知ると、増資の際に大株主になり、重役会にも出るようになったのだ。愛作とタカの結婚式の仲人《なこうど》も、村井が務めてくれた。

それにしても、さんざん探した煉瓦を、身近な村井が使っていようとは信じがたく、愛作は半信半疑で聞いた。

「それは輸入品ではなく、国産のものですか」

「もちろんや。焼いたんは愛知県の常滑《とこなめ》や」

煉瓦を縦にすると、傷がスダレのように見えるから、もっぱらスダレ煉瓦と呼んでいるという。

「京都の東山の裾野《すその》に洋館を建てる時に、アメリカ人に設計を依頼したんやけど、やっぱり黄色くて筋《すじ》の入った煉瓦を使いたいゆうんで、いろいろ探してみたら、常滑の久田吉之助《ひさだきちのすけ》ゆう焼物師が作れることがわかったんや。一風、変わった男やったけど、なかなか凝《こ》り性《しょう》で、彼が特許を取ってるはずやで」

完成した東山の洋館は、赤煉瓦のように重苦しくなく、とても優美だという。

村井は帝国ホテルを定宿《じょうやど》にしており、重役会の後で、いったん部屋に戻って、久田の連絡先を調べてくるという。愛作は大喜びで、ライトの部屋に走っていって告げた。

——黄色い煉瓦が見つかりそうです——

——本当かッ——

ライトも遠藤新も目を輝かせた。

工事そのものは大倉《おおくら》組に依頼したが、見たこともない煉瓦の手配までは、引き受けてもらえなかった。

——とにかく常滑に行ってみましょう——

そんな話をしていると、村井が袱紗《ふくさ》包《づつ》みを抱《かか》えて現れた。

「さっき話した久田吉之助やけど、一風変わってるどころか、見た目からして、そうとう変わっとるさかいに、覚悟しといた方がええ」

愛作は怪訝《けげん》に思って聞いた。

「どんな風に変わっているのですか」

「片目がつぶれて、片腕がない。肺も片方しか使えてないらしい」

愛作は少し眉《まゆ》をひそめて聞いた。

「喧嘩《けんか》ですか」

「本人は親に刀で斬《き》りつけられたと言うてるけど、まあ喧嘩やろな」

もともと久田は大きな廻船問屋《かいせんどんや》の跡取り息子だったが、放蕩《ほうとう》が過ぎて、父親が激怒し、真剣を抜いて斬りつけたのだという。

「けど、いくら荒っぽい親でも、息子の腕を切り落としたり、肺までつぶしたりはせえへんやろ。そこまでやったら殺人未遂《みすい》やで」

愛作は村井の話を英語でライトに説明した。だがライトは平然と言う。

――まあ、アメリカでも建築関係には荒くれ者がいるものだ。とにかくスクラッチブリックを焼けるなら、見た目はかまわない――

それを、また日本語で通訳すると、村井が袱紗を外《はず》して桐箱《きりばこ》を取り出した。

「愛作に見てもらおうと思うて、久田吉之助が作った焼物を、ちょうど持ってきてたんや」

桐箱の蓋《ふた》を開け、包んでいた白い薄紙もはがして、中身を取り出した。その瞬間、愛作もライトも息を呑《の》んだ。

それは球体の上に蜻蛉《とんぼ》が止まっている置物だった。くるりと丸く持ち上げた尻尾《しっぽ》や、透き通りそうに薄い翅《はね》など、細部まで生き生きと表現されている。彩色はされていないが、美術品を見慣れた愛作の目も、釘づけになるほどの傑作だった。

ライトが目を見張ったままで聞く。

――こんな薄い羽を、よく焼物で作れたものだ。まさか片手で作ったのか――

愛作が訳して伝えると、村井も蜻蛉を見つめたままで答えた。

「これは両手があった時に作ったもんや。利《き》き手をなくして、もう作れんようになった後で、スダレ煉瓦ゆうものを知って、性根《しょうこん》を傾けて製法を見つけたらしい。まあ、一種の天才やな。見た目も妙やけど、ちょっと扱いにくいところもあるから、それも覚悟しとってくれ」

ライトも言う。

――こんな焼物が作れる男だから、スクラッチブリックも工夫できたのだろう。ぜひ会ってみたい――

そこで愛作とライトと新の三人で常滑に向かった。

名古屋から南に向かって、知多《ちた》半島が伸びている。三河《みかわ》湾と伊勢《いせ》湾を分断する半島で、常滑はその中ほど、伊勢湾側にある港町だった。

東京駅から名古屋までは特急で五時間ほどで、常滑へは私鉄が開通しており、朝、出発して、夕方には常滑に着くことができた。

あらかじめ電報を打っていたので、久田吉之助本人が駅まで迎えに来ていた。さすがに人混みでも目立つ。

年の頃なら四十そこそこで、いかにも高価そうな紬《つむぎ》の着流し姿だが、右袖《そで》が旗のように風に揺らいでいる。左手には風呂敷包みを提《さ》げていた。

青い色ガラスの入った丸眼鏡《めがね》をかけている。銀縁《ぎんぶち》で、どうやら舶来物《はくらいもの》らしいが、傷は頬《ほお》にまで達しており、隠しようがない。とはいえ細面《ほそおもて》で鼻筋が通り、傷さえなければ、なかなかの優男《やさおとこ》だ。物腰も柔らかく、形の良い口元をほころばせて、三人を迎えた。

「ようこそ、おいでくださいました」

さっそく持っていた風呂敷包みを、愛作に差し出す。なんだろうと怪訝に思いつつ、受け取ると意外に重い。結び目をほどくなり、黄色い煉瓦が現れた。すぐさまライトが歓声を上げた。

――おお、これだ。まさしくスクラッチブリックだ――

縦置きすると、スダレのような横線が、びっしりと表面に刻まれている。日本語のスダレ煉瓦という表現が最適に思えた。

久田は口元をほころばせた。

「これでよろしければ、いくらでも作りますよ。もともとは武田五一《たけだごいち》という建築家の先生からの依頼で、ずいぶん苦労して作った煉瓦でしてね。日本中で私しか作れませんよ。特許も取っていますしね」

ライトは身振りも添えて説明する。

――この形で、中が空洞《くうどう》のものも作れるか。できるだけ建物の重量を軽くしたいんだ――

愛作が通訳すると、久田は左の拳《こぶし》で自分の胸をたたいた。

「そのくらいは朝飯前ですよ」

さすがに蜻蛉の作者だと、愛作もライトも感じ入った。

――まだ正確な数は出ないが、塊《かたまり》の煉瓦と空洞の煉瓦の両方で、発注は少なくとも数十万枚、いや百万単位になるかもしれない――

ライトが口にした数字を伝えると、さすがに久田は眉を上げたが、すぐに上機《じょうき》嫌《げん》で言った。

「とにかく今夜は、お近づきの印に、私が一席、設《もう》けましょう」

常滑は昔から焼物の里だ。華麗《かれい》な絵付けは少なく、無骨《ぶこつ》な急須《きゅうす》などに人気があった。土の性質から、硬く割れにくい陶器《とうき》が焼けるのだ。

近年は急須に加えて、土管を製造していた。全国の下水網の普及とともに、受注生産量が急激に伸びており、街全体が賑《にぎ》わっている。

もともと港町でもあり、花街も大きい。そんな中でも最大の茶屋で、久田は芸者を総揚《そうあ》げにして、三人をもてなした。特許を持つだけに、さすがに豪勢なことだと、愛作たちは感心するばかりだった。

翌日、ライトが見たこともないスケッチを何種類か描いて見せた。

——こういうテラコッタも焼けるかね——

三十センチ四方ほどの素焼《すや》きの立体板で、四角い枠の中に、一枚ずつ違う幾何学《きかがく》模様が施《ほどこ》されている。久田は気軽に答えた。

「こんなの簡単ですよ。枠を作って土を押し込んでいけば、お望み通りの数を揃《そろ》えますよ」

あちこちに穴や小窓が空《あ》いて、素通《すどお》しになっているものもある。ライトはスケッチを手にとって、太陽にかざして言った。

——こうして後ろに電球を持ってくれれば、素通しから光がもれて、いい感じの照明器具ができるのだ——

ライトの説明に、久田は声を上《うわ》ずらせた。

「この先生はすげえや。たいした先生だ。俺は、この先生のためなら、骨身を措《お》しまずに働きますよ」

ライトは両手で久田の左手を包んで、力強く握手を交《か》わした。愛作は新に言った。

「天才同士で理解し合えるものがあるのだな。村井さんが警告してくれたほど、扱いにくいわけではなさそうだ」

普段は無愛想な新も、珍しく破顔《はがん》して言う。

「これで煉瓦の問題が片づいて、本当によかったです。テラコッタも頼めそうだし」

久田は胸を張って請け合《う》った。

「何もかも任せてください。まずはテラコッタの試作品を送りますが、それでよかったら大量生産に入ります。完成したものから、どんどん送りますよ」

それから三人は山に連れて行かれた。黄色い煉瓦を作るための土は特殊で、その土が採れる山を、久田が所有しているという。

「それほど大量の煉瓦を焼くなら、いっそ帝国ホテルで、山ごと買い取ったらいかがですか。その方が得ですよ。こちらとしても大仕事を任せて頂くのだし、特別に安くしておきますよ」

そう勧められて、愛作は迷わず小切手を切った。そうしてライトと新とともに、すっかり安心して東京に帰った。

ほどなくしてテラコッタと、中が空洞のスダレ煉瓦の見本が届き、ライトが満足そうに言った。

——あの男は勘がいい。簡単に説明しただけなのに、これほどのものを作るとは。完璧《かんぺき》だ。大量生産に入ってもらってくれ——

愛作は手付金を送り、できたものから随時、送ってくるようにと指示して、完成品の置き場所も、急いで確保した。

一方、ライトは新を連れて、横浜から船に乗り、アメリカに一時帰国したのだった。

だが、それきり久田からは、待てど暮らせど何も届かなかった。いくら手紙で催《さい》促《そく》しても、いちども返事がない。

愛作は業《ごう》を煮《に》やし、もういちど常滑に出かけた。宿に来るようにと電報を打っていたのに、まるで来る気配がない。

聞いていた住所を頼りに、住まいを訪ねることにした。常滑は平地が少なく、町外れから山の斜面にかけて、焼物の窯《かま》が点在していた。

狭い急坂を登っていくと、道端《みちばた》には陶器のかけらが散らばり、空き地に土管が山積みになっていた。大荷物を背負った人々が行き来し、大八車《だいはちぐるま》で土管を運ぶ人ともすれ違う。

つい独り言が出た。

「こんなに港から離れているのに、どうやって百万枚も出荷するつもりだ」

番地の場所にたどり着いて、愛作は目を疑った。そこは軒《のき》や屋根が崩れそうな、あばら家だったのだ。隣にある小さな窯も崩れかけている。あの高価そうな紬姿や、芸者総揚げの大盤振るまいから察して、住まいがこんなだとは思いもかけなかった。

しかし窯に近づくと、テラコッタやスダレ煉瓦のかけらが散らばっており、ここで焼いたのは間違いなさそうだった。

家の中から子供の泣き声が聞こえて、意外な気がした。久田の年齢からして、子供がいてもおかしくはないが、まるで暮らしの匂いがしない男だったのだ。

家の外から声をかけたが、何も返事がない。開け放った縁側《えんがわ》にまわったが、誰もいない。子供の声がしたのに妙だなと思いつつ、縁側で靴《くつ》を脱いで上がった。

すると押し入れの中から、かすかに子供の嗚咽《おえつ》が聞こえてきた。引き戸に手をかけて開けてみると、下の段の奥に、女が幼児を抱いて、その口を手で押さえていた。久田の女房と娘らしいが、ひどく怯《おび》えてふるえている。

愛作は何ごとかと思いつつも、しゃがんで確かめた。

「ここは久田吉之助さんのお宅で、間違いないですか」

すると女房が今にも泣かんばかりに言う。

「堪忍《かんにん》してください。私が連れて行かれると、この子が飢えて死んでしまいます。もうじき大きなお金が入る当てがあるんです。だから、お金は待ってください。かならず、お返ししますから、どうか、どうか」

愛作は一瞬、呆気《あっけ》にとられたが、すぐに事情が呑み込めた。久田には多額の借金があるらしい。

「僕は借金取りじゃありません。帝国ホテルの林といって、その大きなお金を支払う者です」

女房は幼児を抱きしめたまま、疑わしげな上目《うわめ》づかいで、こちらを見る。愛作は、できるだけ穏やかな声で言った。

「とにかく、そこから出てきませんか。あなたを売り飛ばすつもりなど、毛頭ありませんし」

すると女房は娘の手を引いて、外に這《は》い出てきた。所帯やつれはしているものの、目鼻立ちはいい。幼い娘も垢《あか》だらけだが、やはり可愛《かわい》らしい顔をしている。

「旦那《だんな》さんは留守ですか。どこに行ったんですか」

聞いても、女房は首を横に振るばかりだ。

「わかりません」

まだ怯えている。どうやら信用されていないらしい。

「僕は本当に借金取りじゃありません。だいいち山の代金も手付金も、もう支払ったんで、借金は清算したんじゃないんですか」

すると女房は、いっそう激しく首を横に振った。

「あの人、最初にスダレ煉瓦を作った時に、山を買ったりして、大きな借金をしてしまったんです。それに利子や何やら、あれこれ加わって膨《ふく》れ上がって。まだまだ返せていないんです」

「いくら借りているんですか」

「よくわかりません。あの人、俺に任せておけって、そればかりで」

愛作は合点《がてん》がいった。前回の別れ際《ぎわ》、久田は「何もかも任せてください」と言ったが、どうやら、とんでもない見栄張りらしい。女房子供にこんな暮らしをさせておいて、高価そうな紬や、舶来の色眼鏡を身につける感覚も理解できない。

「お願いしたスダレ煉瓦やテラコッタを作って送ってくれれば、またお金は支払います。その相談に来たんです。でも、ご主人がいなければ話になりません」

女房子供には気の毒だとは思いつつも、心を鬼にして言った。

「僕は明日の朝、東京に帰ります。それまでに宿に来るように、旦那さんに伝えてください。来なければ、今度の約束は破談です」

久田に頼まないとしたら、スダレ煉瓦探しは振り出しに戻る。特許も取っているのだから、ほかで作るのは費用がかさむ。だが納品されないのであれば、仕方なかった。

だが、その夜も久田は姿を見せなかった。愛作は途方《とほう》に暮れつつも、翌朝、荷物をまとめて常滑駅に向かった。

　すると驚いたことに、改札口に久田が立っていたのだ。相変わらず紬姿で、青い色眼鏡をかけている。そして愛作に近づいてきて言った。

「わざわざ東京から足を運んで頂いて、申し訳なかったですね。いよいよ大量生産に入るんで、人の手配やら窯の準備やらで走りまわってましてね。お手紙を頂いたのに、返事も出せませんで失礼しました」

　愛作は腹が立って言い返した。

「窯の準備って、昨日、お宅に行ったけれど、まるで準備してる気配はありませんでした」

　すると久田は笑い出した。

「うちの窯で焼くと思ったんですか。あれは試作品だけですよ。もっと港に近いところで、大型の窯を借りたんです。手伝いも雇《やと》ったところですよ。だけど、そんなこんなで金がなくなっちまって」

「それだけで、僕が支払った金が、全部なくなったっていうんですか」

「いや、女房からも聞かれたとは思いますが、スダレ煉瓦の開発費やら、山を買った時の代金やらで、恥ずかしながら借金がありましてね。その返済もあって」

「そんなことのために前金を支払ったつもりはありません。とにかく約束通り、品物を納めてもらわないと困るんですよッ」

しだいに語気が荒くなった。すると久田は肩をすくめた。

「納めたいのは山々なんですが、それができなくてね」

「なぜ、できないんですか」

「実は燃料がなくてね。手持ちの金がなくって、とりあえず石炭が買えないんですよ。石炭さえ手に入れれば、もう窯も土もありますし、今すぐにでも焼けるんですけどね」

信用ならない話だったが、ちょうど駅員の大声が響いた。

「名古屋行きの列車が到着します。折り返し発車となりますので、乗車の方は急いでください」

ゆっくり話している時間がなかった。

「石炭さえあれば、納品するんですね」

「もちろんですよ。何しろ燃料がなけりゃ」

「わかった。とにかく手配します」

愛作は不信感を拭《ぬぐ》えないまま改札を通り、プラットホームに入ってきた列車に飛び乗った。すぐに列車は動き出す。振り返ってみると、久田は妙に律儀《りちぎ》に頭を下げていた。

名古屋駅に到着すると、そのまま大倉組の名古屋支社を訪ねて、常滑の久田吉之助宛に石炭の配送を頼んだ。

その足で名古屋高等工業学校を訪ねた。そもそも久田に黄色い煉瓦を開発させたのは、武田五一という建築家で、その工業学校の校長を務めている。

武田は短髪で、きちんと三つ揃いを着こなした人物だった。愛作と同年代で、遠藤新の帝大での大先輩に当たり、ロンドンへの留学経験もあるという。久田についいて聞くと、言葉を選びながら説明した。

「いわゆるスダレ煉瓦が、欧米で人気が高まっていたので、日本でも使ってみたいと思い、常滑に話を持っていったのですが、それに応じたのが久田吉之助でした」

久田は片腕を失って、造形作家としての道を絶たれており、心機一転のつもりで開発に取り組んだという。

「かなりな苦労の末に完成させたので、私が建物を設計する際に、何度か久田のスダレ煉瓦を使いました」

当時、武田五一は京都に拠点《きょてん》を置いており、手がけた建物も京都近辺《きんぺん》が多かった。その後、村井吉兵衛からスダレ煉瓦について問い合わせがあったので、久田を紹介したという。

「もともと久田は放蕩者だったようですが、私と仕事をしていた頃は真面目《まじめ》でした。でもスダレ煉瓦の注文が増えるにつれて、気が大きくなってしまったようで、村井さんには、ご迷惑をおかけしたようです」

武田自身、迷惑をこうむった様子だった。

「根っから悪い男ではないので、帝国ホテルの仕事を機に、立ち直ってくれるといいのですが」

愛作も、そう期待した。

東京に戻ってしばらくした深夜のことだった。愛作はホテル内を見まわっていて、洗濯室に明かりがついているのに気づいた。不審に思ってドアを開けてみると、牧口銀司郎《まきぐちぎんしろう》が針仕事をしていた。

「こんな遅くまで、どうしたんだ?」

銀司郎はボタンつけをしていたらしく、握り鋏《ばさみ》で糸を切って、針山に針を戻した。さすがに以前のニキビは消え、単衣《ひとえ》の着物姿ではなく、白いシャツに黒ズボンを穿《は》いている。

洗濯室の作業台の上には、洗いたての真っ白いタオルやナフキンが山積みになっている。明日、食堂や客室に配備するものだ。愛作は、それを崩さないように気をつけながら近づいた。

「ボタンつけくらい、誰かに任せればいいだろう」

銀司郎は今や洗濯室の主任で、部下もついている。だが針箱を片づけながら答えた。

「いえ、自分でやった方が早いですから」

特に残業代を申請しているわけでもなく、ただただ仕事熱心だった。とはいえ愛作は体を案じて言った。

「君が倒れたりしたら困るし、無理はしないでくれ」

その夜はそれで終わったが、愛作は不審に思った。ここのところ洗濯室は、以前ほど忙しくはないはずだった。

銀司郎が築地《つきじ》の洗濯屋から、帝国ホテルに転じたのが明治四十三年（一九一〇）。翌々年に元号が変わり、大正三年（一九一四）までは大忙しが続いた。

当時、欧米で世界一周旅行が流行し、来日する観光客が増えたのだ。そのうえ船中で帝国ホテルのランドリーが評判になり、誰もが大事な背広や繊細《せんさい》なドレスなどは、インドや中国のホテルでは出さず、東京まで溜《た》め込んでくるようになった。

そのため大きな客船が横浜に着いた翌日には、洗濯室は大量の洗濯物で埋《う》まった。銀司郎はしみがあれば生地は何の素材か、何のしみかを見分け、布を傷つけないように、細心の注意を払ってきれいにした。

取れかけたボタンをつけ直すのはもちろん、ポケットに紙でも入っていれば、たとえゴミのようなものでも捨てず、文字や数字が書いてあれば、かならず仕上がった洗濯物と一緒に返した。

そうして客室係が各部屋に届けると、感謝どころか、感激の言葉が返ってきた。帝国ホテルのランドリーの評判はいよいよ高まり、欧米を超えて世界一とまで評された。まさに職人冥利《みょうり》につきる賛辞だった。

だが大正三年の夏に、ヨーロッパで戦争が起きた。戦火は植民地であるアフリカやアジアに飛び火し、日本も連合国側で参戦した。世界大戦に拡大したのだ。すると欧米からの客足が、ぱたりと途絶《とだ》えた。観光業は、まさに平和産業だった。

ただし戦況が長引くにつれて、日本中が好景気に沸《わ》き始めた。ヨーロッパの工場が戦闘で破壊されて、植民地に物資が届かなくなり、空いた市場に日本が進出して、製造業が活気づいたのだ。帝国ホテルでも大きな晩餐会《ばんさんかい》が数多く催《もよお》され、日本人宿泊客も増えて、洗濯室以外は今も大忙しだ。

しかし洗濯室に持ち込まれるのは、ナフキンとタオルとシーツばかりになった。日本人宿泊客の出す洗濯物は、船旅の欧米人とは比べものにならないほど少ない。ナフキンやシーツだけなら、助手たちだけでも対応できるはずで、銀司郎が深夜までボタンつけに励む理由はないはずだった。

少し気になっていたところ、翌日、たまたま洗濯室の女性スタッフと行き合ったので聞いてみた。

「牧口くんは今でもボタンつけは、人任せにしないのかね」

女性スタッフは少し困り顔で答えた。

「ボタンつけだけでなく、何もかも主任がご自身でなさるので、申し訳なくて」

「何もかもとは？」

「洋服のしみ抜きはもちろん、仕上がったナフキンの確認から、客室係への指示までなさいます」

スタッフは言いにくそうに付け加えた。

「少しは私たちに任せてくださっても、とは思うのですが。どうも私たちの力不足のようで」

「忙しかった頃は、どうしていたのだ？」

「あの頃も、何もかも、ご自身でなさっていました」

愛作は驚いた。確かに忙しそうだとは感じていたが、愛作自身も忙しかったし、ましてとことん職人気質だけに、何ひとつ人任せにできないらしい。

だが新館ができれば、一気に宿泊客は増える。いずれは世界大戦も終わるはずだし、そうなれば以前よりも忙しくなる。その時になっても、ひとりで背負い込むわけにはいかない。人を使えるようにならないと、銀司郎自身のためにもならない。

思わず溜息《ためいき》が出た。久田吉之助と対照的だった。久田は、なんでもかんでも「任せてくれ」と安請け合いして、その実、いい加減なのだ。あれからも品物は、とんと送ってこない。大倉組の名古屋支社に問い合わせると、とっくに石炭は届けたという。

愛作は村井吉兵衛に相談を持ちかけた。久田のことを「ちょっと使いにくいところもある」と評した意味を、詳しく聞いてみることにしたのだ。

村井は自社製の煙草をふかしながら、愛作の話を聞いていたが、途中で火をもみ消して、いかにも残念そうに言った。

「そうかァ、あの男は相変わらずやったか。そうやったか」

以前も久田は契約を交わすまでは一生懸命だったが、やはり品物の納入は遅れがちだったという。

「廻船問屋の父親に見限られるほど、放蕩息子やったんは事実なんやろう。その頃の怠《なま》け癖が出たんかもしれへん。いくら催促しても、だんだんスダレ煉瓦は届かへんようになった」

「それで村井さんは、どうなさったんですか」

「うちの従業員を常滑に送り込んで、とことん見張らせた。それで煉瓦を焼かせたんや」

　なんとか全納入を終えさせ、建物が完成した時に久田を招待すると、泣きながら誓ったという。

「いい仕事をさせてもらいました。これからは心を入れ替えて頑張りますので、よろしくお願いします」

　その決意の証《あかし》として、村井に蜻蛉の置物を贈ったのだという。

　村井は自社製の煙草を、もう一本、取り出して、船来のライターで火をつけた。

「根っからの悪人やないし、それで帝国ホテルに紹介したわけやけど、そうかァ、まだ、あかんかったかァ」

　愛作は武田が同じようなことを言っていたのを思い出した。

「それなら、うちでも誰か管理する者を送り込むしか、ないでしょうか」

「そうやなあ。それが確実かもしれへんな」

　しかし適当な人材がいない。久田のいい加減さに押し切られずに、煉瓦を焼かせるだけの強い意志が必要だった。

　そんな時に洗濯室の女性スタッフから、牧口銀司郎の働きぶりを聞いたのだ。久田と銀司郎とが対照的だと思った時に、ふいに名案が浮かんだ。いっそ銀司郎を常滑に送り込んでみようかと。

最初に洗濯室を作った時に、タイルや陶器の流しも扱っている。舌先三寸《したさきさんずん》の久田に、無口な銀司郎をつければ、仕事が進みそうな気がした。

久田のほかにも焼物師たちを雇い入れて、銀司郎を束《たば》ね役に据《す》えれば、人を使う訓練にもなる。ちょうど洗濯室は忙しくないし、否《いや》が応でも仕事を部下に任せる好機だ。

愛作は誰よりも最適な人材だと確信し、本人を呼んで言い渡した。

「愛知県の常滑に長期出張して、スダレ煉瓦とテラコッタを、なんとしても完成させてくれ」

銀司郎は信じられないといった顔で聞き返した。

「長期出張というと、私の異動、ですか」

愛作は、あえてきっぱりと言った。

「そうだ」

そして久田が送ってきた見本を見せて説明した。

「君は最初に洗濯室を作った際にも、タイルや陶器を工夫してくれたし、今度の新館についても、フランクに具体的な希望を出してくれた。凝り性だし、建築にも向くと思う」

さらに現状を包み隠さずに打ち明けた。

「久田吉之助というのは一筋縄ではいかない男だ。僕も、すっかり騙《だま》されてしまった。でも君なら毅然《きぜん》とした態度で、きちんと管理できると期待している」

帝国ホテルで直営工場を設立し、焼物師たちを雇い入れ、大型窯で大量生産してくれと頼んだ。

「ほとほと困っているんだ。煉瓦ができなければ、新館は建たない。洗濯室には未練があるだろうが、どうか引き受けてくれ」

生真面目な銀司郎は黙《だま》り込んでしまった。なおも愛作は説得した。

「必要な煉瓦とテラコッタが、すべて完成したら、直営工場は解散して、設備は常滑の地元に引き渡してくれればいい。後始末まで終える頃には、新館も完成するだろうから、君は東京に戻ってランドリー部門を拡大させて、それを率いて欲しい。これは君のためにもなると、僕は確信している」

銀司郎はうつむいたまま、小声で答えた。

「わかりました」

不本意なのは嫌というほど伝わってくる。だが愛作が信頼して頼める相手は、銀司郎のほかにはいない。

すぐに銀座に連れていき、テイラーで夏冬の背広の上下から、シャツやコートまで誂《あつら》えた。さらに帽子や靴、蝙蝠傘《こうもりがさ》、大型の旅行鞄《かばん》も買い揃えた。身につけさせてみると、築地の洗濯屋にいた頃とは別人だった。

「よく似合っているぞ。帝国ホテルの看板を背負って、どうか頑張ってきてくれ」

そうして東京駅から東海道線の特急に乗り込むのを、祈るような思いで見送った。もう季節は夏になっていた。


数日後に銀司郎から手紙が届いた。大倉組から届いた石炭は、とっくに借金のかたとして消えていたという。とにかく久田本人が何百万枚でも焼いてみせると言って聞かないので、とりあえず仕事を始めさせたと綴《つづ》られていた。希望の持てる内容ではあるが、また久田の大法螺《おおぼら》かもしれず、楽観はできない。

その後、しばらく手紙は届かなかった。やはり銀司郎も手こずっているのかもしれなかった。気の毒に思うものの、愛作としては成功を祈るしかなかった。

秋になって、ようやく葉書《はがき》が届いた。久田に焼かせるのは難しいので、特許使用料を支払って、別の窯を借りて焼き始めたいという。適当な技術者も見つけたので、近いうちに東京に連れていくと書かれていた。

待っていると、銀司郎は伊《い》奈《な》長三郎《ちょうざぶろう》という若者を連れてきた。眉が濃く、がっしりとした体型で、一見して誠実そうだった。伊奈家は代々、常滑で窯元をしており、本人は東京高等工業学校の窯業《ようぎょう》科を卒業して、今、二十七歳だという。

愛作は快く応じた。

「さすが牧口くんだ。いい人を見つけてきてくれた。君たちなら安心して任せられそうだ。大型の窯を買い取って、帝国ホテルの直営工場を設立してくれたまえ」

だが長三郎は濃い眉をひそめた。

「特許使用料を払って、特許局で製作方法の書類を見せてもらったとしても、完成できるとは限りません」

役人が専門家でないのをいいことに、発明者は大事な部分を秘伝として公開しないことが多いという。

「何もかも公開して、あちこちで勝手に作られるのが怖いのです。それを取り締まる力が、まだ特許局にはないのが現状ですし、隠す気持ちもわからないではないです」

銀司郎も困り顔で言う。

「できれば久田さんに協力してもらいたいと思うのですが、病気を口実にして、どうしても焼こうとしません」

「病気だって？」

愛作は呆《あき》れ顔で言った。

「それは怠けるための言い訳だろう。あんな奴に期待しない方がいい。とにかく、ふたりで進めてくれ」

その日のうちに銀司郎と長三郎は特許局に出かけたが、やはり書類には、漠然《ばくぜん》とした製法しか記載されていないという。それでも長三郎は力強く言った。

「とにかく模索《もさく》してみます。僕も帝国ホテルの新館建設に、ぜひ、お役に立ちたいですし」

そうして、ふたりで常滑に戻っていった。だが成功したという知らせは、なかなか届かなかった。

年末から大正七年（一九一八）の正月にかけて、銀司郎は東京に帰ってきたが、表情は晴れなかった。

「どうしても、うまく焼けません。黄色が出ないのです」

愛作は首を傾《かし》げた。

「土が違うのだろうか。売りつけられた山は、もしかしたら偽物《にせもの》だったのかもしれないな」

「いいえ、土の色や粘りなどの特徴は、特許局で見た記述に合っていますので、間違いないと思います」

念のため長三郎が、土を替えて試作しているが、いい結果は得られないという。

「久田さんには教えて欲しいと頭を下げ続けていますが、ライトさんが帰国するのですし」

は、まだ先だろうと鼻先で笑われて。数が多いから、今すぐ始めないとと、いくら説得しても駄目《だめ》なのです」

　銀司郎は厄介《やっかい》な人物との関わりに、そうとう疲れている様子だったが、律儀な性格だけに、できないとは言わない。

「とにかく、もう少し頑張ってみます」

　そうして正月休み明けに、また常滑に戻っていった。


　世界大戦の開戦早々から、日本は連合国側で参戦し、中国大陸に出兵して、ドイツが持っていた利権を獲得した。ドイツはヨーロッパでの戦闘に手いっぱいで、アジアまで手がまわらなかった。その隙《すき》をついたのだ。

　日本の拡大路線は、味方である欧米各国の警戒を招いた。だが、その後、連合国からの要請に応じて、ヨーロッパ戦線にも派兵すると、国際的な評価は一転して高まった。

　すると帝国ホテルにも、海外からの宿泊客が戻ってきて、大正六年（一九一七）の上半期は満室状態が続いた。

　一方、帰国中のライトからは、新館の設計図が完成したとの手紙が届いた。内務大臣官邸の問題が解決し次第、東京に戻りたいという。問題の官邸は、いよいよ霞《かすみ》が関《せき》の代替地で新築工事が始まり、移転が現実化し始めた。

愛作はライトに手紙で現状を伝えると同時に、常滑の銀司郎にも、そろそろどうかと打診の手紙を書き送った。

それからほどなくして、銀司郎から返事が届いた。封を切って読んでみると、絶望が綴られていた。今まで弱音《よわね》は吐かなかった反動か、これ以上は、どうしても無理だという。

放ってはおけないと判断し、愛作は仕事を部下に割り振って、急いで常滑に向かった。常滑駅には銀司郎と、伊奈長三郎が並んで出迎えた。

「こんなことになって申し訳ありません」

ふたりで深々と頭を下げる。

「いや、僕も任せきりで悪かった。とにかく事情を聞こう」

まずは澤田忠吉《さわだちゆうきち》という窯元に、人力車《じんりきしや》で案内された。そこの大型窯を借りて、長三郎が試作を続けてきたという。

澤田の窯は、常滑駅から二キロほど南下した郊外だった。樽水《たるみ》川流域の広大な敷地に、大きな瓦葺《かわらぶ》きの屋敷と広い作業場、それに大型窯を、いくつも備えていた。

夕方にもかかわらず、揃いの半纏《はんてん》姿の若い衆が、きびきびと働き、窯元というよりも工場《こうば》といった雰囲気だった。

樽水川には何艘《そう》もの手漕《てこ》ぎ船がもやわれ、菰《こも》で包んだ焼物を荷積みしている。河口から海に出て、常滑の港まで運び、大型船に積み替えるという。

澤田忠吉本人が現れて、愛作に向かって丁寧《ていねい》に挨拶《あいさつ》した。

「遠路はるばる、ようこそいらっしゃいました。帝国ホテルの新館建設に、なんとか尽力させていただきたいと存じます」

頭は角刈り、上背《うわぜい》のある立派な体格で、若い衆と同じ半纏を羽織《はお》っている。

銀司郎は、住まいも澤田の屋敷の離れを借りており、澤田は愛作に申し出た。

「よろしかったら支配人さんも、わが家にお泊まりになりませんか。帝国ホテルのようには行き届きませんが」

愛作は詳しい話も聞きたかったし、好意を受け入れて泊めてもらうことにした。

夜は銀司郎と長三郎も交えて酒を酌《く》み交わし、澤田は腹を割って話してくれた。

「こんなことを言うのは、常滑の恥になるんで、本当は言いたくはないんですが、あの久田吉之助ってのは大嘘つきで、煮ても焼いても食えない男なんですよ」

すると銀司郎も重い口を開いた。

「最初に私が常滑に来た時、大倉組から届いたという石炭を見せられました。港の近くの石炭置き場に山積みになっていたんです」

燃料が手に入ったから、明日からでも煉瓦を焼くと、久田は胸を張って約束したという。

「でも、その石炭は赤の他人のものだったんです。大倉組から届いたものは、とっくに借金取りに持っていかれていて。あんなに簡単に嘘とわかることを、ぬけぬけと口にする奴を、私は見たことがありません」

愛作は疑問を口にした。

「なぜ煉瓦を焼こうとしないのだろう」

銀司郎は首を横に振った。

「わかりません。私には彼が何を考えているのか、さっぱり理解できません。特許料を上乗せするからと言うと、金じゃねえんだの一点張りだし」

すると澤田が吐き捨てるように言った。

「ただの怠け者なんですよ。根っからの」

長三郎が小首を傾げながら口を挾《はさ》んだ。

「もしかしたら百万枚でも二百万枚でも、本気で自分で焼くつもりなのかもしれません。それだけスダレ煉瓦に愛着を持っているんだと思います。でもやり遂《と》げる自信がないから、結局は逃げてしまうんでしょう」

愛作はなるほどと思った。銀司郎は目を伏せて話す。

「もうライト先生も戻って来られるし、今度こそ本気で教えてくれと頼んでも、のらりくらりとかわすばかりで、もう私の手には負えません」

長三郎も申し訳なさそうに言う。

「私が製法を突き止められさえすれば、いいのですが。どうしても黄色が出なくて」

愛作は盃《さかずき》を膳《ぜん》に置いた。

「わかった。とにかく明日、久田に会ってみよう」

銀司郎がついていくと言い張ったが、愛作は一対一の方が話しやすかろうと、ひとりで行くからと同行を断った。


久田の家に行くのは、かれこれ一年ぶりだった。山道を歩いてたどり着いてみると、あばら家の軒はいっそう傾いて、今にも崩れ落ちそうだった。窯を見ると、何もかも埃《ほこり》まみれで、ずいぶん火を入れた形跡がない。

愛作は声もかけずに引き戸に手をかけて、いきなり開けた。すると土間《どま》にいた久田の女房が、飛び上がらんばかりに驚いた。釜底の飯粒をこそげ落としていたらしいが、しゃもじを放り出して、板の間に駆け上がり、指をしゃぶっていた娘を抱きしめた。

愛作は、できるだけ優しく名乗った。

「前にも言いましたけれど、僕は借金取りではありません。帝国ホテルの林です」

あれからもずっと、この母娘は借金取りに怯えながら暮らしていたらしい。それが哀《あわ》れでならなかった。

狭い家は、ひと目で奥まで見渡せるが、どこにも久田はいない。それでも聞いてみた。

「東京から旦那さんに会いにきたのですが」

だが女房は警戒を解かず、娘を抱きしめたままで首を横に振った。

「うちの人は出かけてます」

「どこへ？」

「わかりません」

「話をしにきたんで、伝えてください。このままでは僕は、久田さんを契約不履行《ふりこう》で訴えなければなりません」

女房は恐る恐る聞き返した。

「訴えられたら、どうなるんですか」

「逃げる気配があれば、警察に連行されるかもしれません」

すると女房は顔色を変えた。

「待ってください。あの人、悪い人じゃないんです。お女郎《じょろう》だった私を身請《みう》けしてくれて、そこから借金が始まって」

「いや、借金の始まりは、スダレ煉瓦を作るための資金だったんでしょう。あなたも騙されてるんじゃないんですか。そもそもスダレ煉瓦だって、本当に焼けるんですか」

女房の顔色が変わった。

「煉瓦は本当です。あれができるまで無我夢中《むがむちゅう》で働いて。それで体をこわして、今も仕事ができなくて」

「病気だって言うんですか。あなたが甘やかすから、あんな大嘘つきに」

すると女房は叫ぶように言った。

「じゃあ私は、どうすればよかったんですかッ。あなたにはわからないでしょう。借金取りに追い立てられる気持ちなんかッ」

かたわらの幼い少女が怯えて泣き出す。愛作は、やりきれない思いがした。

「とにかく会わないと話にならないし、会いに来るように、どうか伝えてください」

そう言い置いて、澤田の窯場に戻ると、長三郎と銀司郎が法被《はっぴ》の作業着姿で、土を木枠に詰めていた。愛作に気づいて、長三郎がねじり鉢巻《はちま》きをほどいて言う。

「もういちどだけ試してみようと思っています。温度に秘訣《ひけつ》があるのは、間違いないと思うんです」

銀司郎も黙々と手伝っている。

普通の煉瓦は、粘土に砂を混ぜ、よく練って空気を抜いてから、しっかりと木枠に詰める。スダレ煉瓦も、そこまでの工程は同じだが、その表面に櫛《くし》のように釘を並べた道具を当てて、まっすぐに滑《すべ》らせ、引っかき傷をつける。それから木枠を外《はず》し、規定の大きさに切り分ける。それで形は完成だ。

長三郎が、ひとつ手に取って言う。

「これを、どう焼いたら、黄色に仕上がるのかが問題なのですが」

高温で一気に焼いたこともあれば、低温でじっくり焼いてみたこともある。窯も大型を使ったり、小型で試したりもしたが、どうやってみても黄色が出ないという。

「でも今夜、もういちど火入れして、温度を加減してみようと思います。支配人ご自身で見てみてください」

銀司郎は久田との関わりに疲れ切っているが、長三郎は諦《あきら》めたくはないらしい。

愛作はふたりに聞いた。

「とにかく久田に会いたいのだが、家にはいなかった。どこにいるか見当がつかないか」

ふたりは視線を交わしてから、銀司郎が答えた。

「たぶん、女郎屋だと思います。入り浸《びた》りなんで」

「どこの女郎屋だ？」

「ご案内します。何度も迎えに行ったことがありますから」

そのたびに金を払わされて、丸め込まれてきたらしい。銀司郎の顔に、そう書いてあった。


女郎屋は港の近くの花街にあった。初めて会った日に、久田が芸者を総揚げにした茶屋と、同じ一角だった。

女郎屋の玄関に現れた男衆《おとこし》に、愛作は壱円札を数枚、丸めてつかませた。

「久田吉之助の部屋に案内してくれ」

男衆は心得顔《こころえがお》で先に立って廊下を進む。愛作は銀司郎を玄関で待たせて、ひとりで後を追った。煙草と甘い香《こう》で、むせ返るような空気だった。

男衆が立ち止まって、黙って襖《ふすま》を示した。そこが久田のいる部屋らしい。愛作は引手《ひきて》に指をかけると、一気に音を立てて開けた。

中にいた遊女が小さな悲鳴を上げたが、久田は女と同じ布団に腹ばいになり、箱枕の上に顎《あご》を載せて、左手で悠々と煙管《きせる》を吹かしていた。

愛作は仁王立《におうだ》ちで見下ろした。

「久しぶりだな。最後通告に来た」

久田は腹ばいのまま、ちらりと見上げた。いつもの青眼鏡をかけておらず、その横顔は甘く、いかにも女に惚《ほ》れられそうだ。

「ああ、林さんですか。そろそろ始めようかって、思ってたとこですよ」

そう言いながら、煙管を煙草盆に置いて起き上がると、顔の右側があらわになった。目から頰にかけて傷が引きつり、その凄《すご》みに、愛作は思わず息を呑んだ。羽織っていた浴衣《ゆかた》が肩から外れ、右腕がないのも初めて目の当《ま》たりにした。

久田は、あえて見せつけるかのように、ゆっくりと浴衣を首まで引き上げた。

「そう驚かないでくださいよ。これが久田吉之助の姿なんですから」

愛作は気を取り直して言った。

「聞いているだろうが、特許の記載通りに作っても、スダレ煉瓦の黄色が出ない。できるように教えなければ、僕は法的手段に訴える。のらりくらりしていたら、手が後ろにまわるから覚悟しておけよ」

するると久田は鼻先で笑った。

「片腕じゃ、後ろにまわされても、どうってことねえですけどね」

「とにかく今夜、もういちど火入れをする。教える気があれば、今夜のうちに澤田さんの工場に来い。十二時までに来なければ訴える」

久田は大あくびをして答えた。

「わかりました。行きますよ。今夜、火入れですね」

「いろいろな人に、おまえの評判を聞いたが、誰もが言う。おまえは根っからの悪人じゃないと。おまえの女房だって、おまえを信じてる。せめて女房子供のために働け。僕が言えるのはそれだけだ」

久田は障子《しょうじ》の方を向いて答えない。

「今夜、待っているからな」

そう言い置いて女郎屋を後にした。

松明《たいまつ》だけが灯《とも》る闇の中、子《ね》の刻《こく》の鐘が遠くの寺から聞こえてくる。愛作は三つ揃いのチョッキのポケットから、銀の懐中時計を取り出して、松明の光にかざしてみた。きっかり十二時だ。

「やはり、来ないか」

溜息混じりにつぶやくと、半纏姿の澤田が、いまいましげに言う。

「まったく、どうにもしょうがねえ奴だ。せっかく支配人さんが温情をかけてくださっているのに」

銀司郎も深い溜息をついてから、愛作に聞いた。

「どうしますか。もう少し待ってみますか」

「いや、もういい。とにかく焼いてみてくれ。僕も焼くところを見たいし、それで駄目なら、フランクにも話のしようがある」

長三郎が藁束《わらたば》の端を松明にかざして火を移し、それを登り窯の焚口《たきぐち》に差し入れた。たちまち焚口の藁に燃え移り、さらに細い薪《まき》に火がついて、盛大に煙が立つ。

登り窯は工場の敷地の山際《やまぎわ》に設けられている。傾斜地を利用して、丸天井《まるてんじょう》の窯が五つつながっており、耐火煉瓦でできた巨大な芋虫のような形だ。いちばん下の焚口で火を燃やすと、熱気が芋虫の中を通って、上へ移動する仕掛けで、五つの窯全体が熱せられるのだ。

朱色の炎が太い薪から石炭にも燃え移り、熱気が中に吸い込まれて、自然に新しい空気が取り込まれていく。これから三日三晩、石炭をくべ続ける。そして、また三日間は放置して、窯が冷えてから中の煉瓦を取り出す。

着火後でもいいから、久田が来てくれないものかと、愛作は闇の彼方《かなた》を見つめた。だが期待は虚《むな》しかった。翌日も翌々日も、長三郎は石炭をくべ続けた。

時おり、芋虫の途中の小窓から中をのぞくと、窯の内側全体が神々《こうごう》しいほど白く輝いていた。焚口から離れていて、薪が燃える明かりが届くわけもないのに、空気自体が燃えているかのように明るい。窯の温度が充分に上がっている証拠だという。

三日目の深夜、長三郎が言った。

「これで火を落とします。あとは三日後に、ふさいだ入り口を突き崩して、中の煉瓦を取り出します。うまく黄色が出ているといいのですが」

だが期待はできず、誰もが肩を落として、それぞれの部屋に散った。

愛作は目が冴《さ》えて寝つけなかった。ライトに、どう説明したらいいものか。無意識のうちに口髭《くちひげ》をいじっていた。

ふと外が騒がしいのに気づいた。何人かで争っている声が聞こえる。こんな夜中に何ごとかと飛び起きて、外に出てみた。

すると松明が地面に落ちて燃え盛り、その光を受けて、法被姿の若い衆が寄ってたかって、ひとりを袋《ふくろ》だたきにしているのが見えた。

「ふてえ野郎だ。窯を壊すとは、どこのどいつだッ」

「あッ、これ、久田吉之助ですよッ」

「本当だッ、片腕がねえッ」

「焼き方を教えねえだけじゃなくて、腹いせに窯を壊しに来たのかッ。半殺しにしちまえッ」

ふたたび殴《なぐ》る蹴《け》るが始まった。愛作は夢中で駆け寄って、全身を盾にしてかばった。

「乱暴はやめろッ。やめてくれッ」

若い衆は手出しはやめたものの、ひとりが口をとがらせた。

「旦那、こんな奴、かばうことはねえ。窯を見てくださいよ。まだ火を落としたばかりだってのに、出入り口を突き壊して、中の煉瓦まで、めちゃめちゃにしやがって。せっかくの長三郎さんの仕事が台無しだ」

見れば、登り窯の出入り口が崩されて、外にまでスダレ煉瓦が飛び散っていた。

久田は地面に倒れたまま、背中を丸めて咳《せ》き込んでいる。愛作は左腕をつかみ、脇の下に肩を入れて立ち上がらせた。青眼鏡は壊れ、鼻からも口からも血が流れて、ぐったりしている。

「とにかく今夜は、この男の身柄は、僕に預からせてくれ。病院へ連れて行かなきゃ死ぬぞッ」

愛作の剣幕《けんまく》に、若い衆は引き下がった。銀司郎と長三郎だけが戸板を持ってきて、その上に久田を寝かせて、病院に運んだ。

その道すがら、愛作は久田に言った。

「いくら悔《くや》しいからって無茶が過ぎる。どういうつもりだ」

だが久田は薄笑いを浮かべるだけで、何も答えない。

怪我《けが》の手当てをしてから、医者が愛作に耳打ちした。

「もう何年も前からなんですけどね。この男は胃病で、それも末期なんですよ」

愛作は愕然《がくぜん》とした。病気だとは聞いていたものの、よもや事実だとは思わなかったのだ。明るい病室で見ると、確かに前に会った時よりも、ずっと顔色が悪い。

治療費の支払いを終えてから、銀司郎と長三郎を工場に帰し、包帯だらけの久田を、ひとりであばら家まで送り届けた。疲れ切って工場に戻ったのは、もう朝だった。

すると長三郎が待ちかまえており、意外なことに、黄色いスダレ煉瓦を差し出した。

「できたんです」

愛作は半信半疑で受け取った。

「成功したのか」

「わずかですけれど」

長三郎が壊された出入り口を示した。外に散らばっていたスダレ煉瓦は、割れているものも多いが、どれも美しい黄色に焼き上がっている。

「中をのぞいてみましたが、どうやら出入り口近くの煉瓦だけが、黄色くできているようです。壊されたところから外気が入ってきて、急激に冷やされたせいだと思います。急に冷やす方法で、もう一回、焼いてみます」

次の瞬間、愛作は駆け出していた。さっき降りてきたばかりの山を、もういちど駆け上がった。

無我夢中で山道を駆け通し、あばら家に走り込んだ。また、いきなり引き戸を開け、靴を脱ぐのももどかしく、久田の寝床に駆け寄った。

「製法を教えてくれたんだな」

荒い息で肩を上下させながら言うと、久田は横たわったまま、せせら笑った。

「俺は、そんなお人好《ひとよ》しじゃねえよ。製法は、俺があの世まで持っていくんだ」

愛作は、それも嘘だと確信した。

その年の九月半ば、新しい内務大臣官邸が霞が関に完成した。まだ引っ越し作業は残るが、スダレ煉瓦とテラコッタは続々と届くようになった。銀司郎が帝国ホテル煉瓦製造所を開設し、長三郎の指揮下で、煉瓦とテラコッタの大量生産が始まったのだ。

十一月になると、世界大戦の終わりを新聞が伝え、連合国側の勝利に日本中が沸いた。ライトも再来日し、いよいよ建築に着手する見込みが立った。

銀司郎は年末年始には東京に帰ってきた。そして神妙な顔で支配人室に現れた。

「年末に久田吉之助が亡くなりました。支配人に、お知らせしようと思ったのですが、久田本人が『これ以上、迷惑をかけたくないから、どうか知らせないでくれ』と拝むように頼むので、黙っていました」

「そうか」

あの男が、そんな殊勝《しゆしよう》なことをと意外でもあり、逆に、いかにも言いそうな気もした。

銀司郎は目を伏せて話した。

「ライトさんがスダレ煉瓦の出来栄えに感心しているという手紙を支配人から頂いたので、それを持って、年末に久田の見舞いに行きました」

久田は以前よりも、さらに痩《や》せこけていたという。ライトの感想を伝えると、横たわったままで微笑《ほほえ》んだ。

「あの大先生に褒《ほ》められたかと思うと、何より嬉《うれ》しいぜ」

そしてかすれ声で、つぶやくように話した。

「そもそもの俺の間違いはな、あの蜻蛉の置物だ。あんなのは片手間でできた。それが結構な金になった。そうなると放蕩で借金したって、また片手間で返せると思い込んだんだ」

右腕を失って窮地に陥《おちい》ったものの、スダレ煉瓦の成功で、いっそう大金が返済できて、悪循環に陥った。しだいに額が膨らみすぎて、金銭感覚がなくなった。嘘をつくのも、騙される方が馬鹿に思えて、だんだん楽しくさえなったという。

「けど俺は死ぬ前に、この世にスダレ煉瓦を残せた。銀司郎さん、ほかでもないライト先生の帝国ホテルに、俺の煉瓦を使ってもらえるんだ。あんたのおかげだ」

久田は、しばらく天井を見つめていたが、ふいに左手で拝むような仕草《しぐさ》をした。

「ひとつ頼みがある。もし、これからも特許料が受け取れるのなら、女房と娘を、どこかへ逃がしてくれ。借金取りが追いかけて来ないような遠くへ。それで、信用できる弁護士にでも頼んで、女房子供に金が届くように取り計らって欲しい」

枕元で女房が泣いていた。銀司郎は深くうなずいた。

「わかりました。できる限りのお世話を、させてもらいます」

少女に向かって言った。

「いい父さんだな」

少女が指をしゃぶりながらうなずく。久田の片方だけの目から、ひと筋の涙がこぼれた。

銀司郎は帝国ホテルの支配人室で、目を赤くして洟《はな》をすすった。

「久田が死んだのは、それから間もなくのことです。四十二歳でした」

久田の借金は清算し、名古屋の大倉組に頼んで、女房が飯場《はんば》の賄《まかな》いとして、子連れで働けるようにしてきたという。

「スダレ煉瓦とテラコッタの生産は、まだまだこれからですが、いずれ直営工場が解散する際には、長三郎くんが後を引き受けたいと言っています」

「それがいい。伊奈という苗字は珍しいし、社名は伊奈製陶所《せいとうじょ》にしたらいいだろう」

これからの建築には、焼物製品が不可欠になっていくのは疑いなく、愛作は伊奈製陶所の発展を確信した。

四章　待ちわびた着工

大蔵省臨時建築局の若い役人が、真鍮《しんちゅう》の丸取っ手をまわして扉を開け、石材標本室に入るよう促《うなが》した。

「どうぞ、見てください」

遠藤新《えんどうあらた》はフランク・ロイド・ライトに先を譲《ゆず》ってから入った。重厚なテーブルも椅子《いす》も端に寄せられ、ワックスの効いた板張りの床に、びっしりと石材の小型見本が並べられている。アメリカから戻って、真っ先に決めなければならない石材選びだった。

役人は胸を張って言う。

「正月明けに、これだけ集めるのは苦労しましたよ。それも暖色系で、加工しやすくて、軽いっていう条件に合うとなると」

確かにすべて暖色系で、白地《しろじ》や灰色の地に桃色や黄色がかった朱色などが混じっている。どれも小さな紙片が貼りつけられ、産地と石材の名前がペン書きされていた。

役人は、なおも胸を張る。

「でも、アメリカからいらした偉い建築の先生のご要望ですし、業者に急がせましたよ」

ライトは一瞬で見極めたらしく、迷いなく、ひとつに近づいていく。目当ての石の前でしゃがんで手に取った。

――これがいい。これだ――

そして立ち上がって、新に差し出した。受け取ってみると、ざらっとした手触《てざわ》りで、白地に薄桃色や朱色の結晶が点在していた。蜂《はち》の巣のような穴が、ところどころに空《あ》いており、紙片には「蜂の巣石」とある。

新は役人を振り返った。

「これを大量に買い入れたいのですが」

役人は算盤《そろばん》を手にして近づいてきた。

「蜂の巣石ですか。これは島根県で採れるんですが、採れる量が少ないんで、高くつきますよ」

弾《はじ》いた算盤の目を見ると、予算の数倍だった。新が伝えると、ライトは即座に首を横に振った。

ライトは施主《せしゅ》の予算を尊重する建築家だ。アメリカでも誤解されているが、けっして高価な建材は押しつけない。子供のいる若い夫婦などに低予算で設計依頼されれば、安い建材を選んで、デザインで勝負する。

当然、蜂の巣石は論外だ。役人は同じような色合いの石を勧めた。

「これなんか、どうですか」

だがライトは即座に首を横に振る。役人は床に広がる石を示した。

「とにかく一枚ずつ見て頂けませんか」

ライトは気乗りしない様子だったが、石をまたぎながら見て歩いた。だが蜂の巣石以外に気に入るものはない。新はライトの意向を役人に伝えた。

「蜂の巣石に似た石を、もういちど探してもらえませんか」

役人は口をへの字に曲げた。

「また集めるとなると時間がかかりますよ。それに蜂の巣石に似た石なんか、そうそう、ありませんしね」

「たくさん集める必要はないんです。使うのは一種類なんですから」

「そう言われても、暖色系の石は、これで集めつくしたつもりです」

「いや、僕が考えるに、たぶん暖色系じゃなくても、いいんじゃないかと思うんです。ライトさんが気に入っているのは質感というか、この風合《ふうあ》いなんだろうし」

「ちょっと待ってください。寒色系でもいいんですか？　だいいち風合いって、もっと具体的に言ってもらわないと」

役人の質問を、新が英語で伝えた。するとライトは、きっぱりと答えた。

――いいや、暖色系だ――

探している石材は、スダレ煉瓦《れんが》と組み合わせて、外壁にも内装にも使う予定だった。黄色に合わせるなら、確かに暖色系の方がいい。もういちどライトは蜂の巣石を手に取った。

――こういうエレガントな石がいいんだ。この白と朱色の軽《かろ》やかな感じが、天使の羽のようだろう――

そのまま新が訳すと、役人は呆《あき》れ顔を隠さなかった。

「石が天使の羽ですか。だいいちエレガントって、なんなんですか、エレガントって」

「優美というか」

「優美？　石がですか？」

癇《かん》に障《さわ》る言い方だったが、新は感情を抑《おさ》えて言った。

「とにかく、こんな手触りで、小さな穴が空いているような軽い石がいいんです。

建物全体の重量も軽くしたいので。もういちど探してみてください。よろしく、お願いします」

頭を下げて、ライトとともに部屋から出た。

霞《かすみ》が関《せき》の大蔵省の玄関前には、黒塗りの箱型シボレーが待っていた。愛作の自家用車で、お抱《かか》え運転手が前に、後部座席には愛作本人が乗っている。

新が愛作と初めて会った大正二年（一九一三）頃は、乗り物といえば人力車《じんりきしゃ》だったが、あれから六年の歳月が過ぎた。その間、世界大戦による大好況で、東京の町中には自家用車が増え、乗合《のりあい》バスも登場した。

新が助手席、ライトが後部座席に乗り込むと、愛作が待ちかまえていたように聞いた。

――石材は、どうでした？――

ライトが首を横に振った。

――駄目《だめ》だ。いいと思うものは高すぎて――

――そうでしたか。残念でしたね――

――とにかく今日は愛作の土地を見に行こう。あの調子じゃ、石はいつになるかわからないし、まずは愛作の家づくりだ――

愛作は運転手に告げた。

「駒沢《こまざわ》に行ってくれ」

内務大臣官邸の引っ越しが予想外に手間取り、いまだ新館は着工の見込みが立たない。ライトは再来日以来、手持ち無沙汰《ぶさた》で、愛作に住まいの新築を勧めた。それも郊外で、いい家を設計したいというのだ。

愛作が妻のタカに話すと、すぐに賛成したという。

「ライトさんの家のような暮らしも、いいかもしれませんね」

かつて愛作が初めて訪ねた時は、ライトはシカゴ郊外の住宅街に住んでいたが、その後、都会から遠く離れた田園に引っ越した。夫婦で渡米した際に訪れたのは、そちらで、タカもすっかり気に入っていたのだ。

愛作は自家用車で通勤することに決め、思い切って遠くに敷地を求めたところ、駒沢に広大な土地が見つかった。市電の終着駅である渋谷《しぶや》よりも、はるかに西に位置し、のどかな田園地帯だった。

駒沢に向かい始めたシボレーの後部座席で、ライトは不平をもらした。

――まったく日本の役人は仕事が遅い。内務省の役人も官邸の引っ越しでもたつくし、今度の石材見本も、いつになることか――

だが愛作は珍しく役人の肩を持った。

――今回は時期も悪かったんですよ。日本は正月休みが長いので――

ライトの再来日は十一月で、すぐに石材の見本を、各地から取り寄せてもらうことにした。しかし、ほどなくして十二月に入り、仕事納めにかかってしまった。

欧米ではクリスマス休暇は一月一日までで、二日からは通常通りに働く。そのためライトは一月初めには、石材見本が集まると期待していた。

しかし役所は休みが明けても、新年会やら何やらで一月半《なか》ばまでは落ち着かない。そのためにライトは待ちぼうけを食わされた形で、腹に据《す》えかねていたのだ。

シボレーが青山通りを走り、間もなく渋谷というところだった。突然、ライトが大声で叫んだ。

――あッ、あれだッ。車を停めろッ――

窓の外を指差す。新は一瞬でライトの意図《いと》を察し、運転手に言った。

「ここで停めてくれッ」

急ブレーキで停車するなり、ライトは後部ドアを勢いよく開けて、舗道《ほどう》に飛び出した。そして道路際《ぎわ》の郵便局に駆け寄っていく。

「何が起きたんだ?」

愛作が不審顔で外に出ながら聞く。新も助手席から降りて答えた。

「石ですよ。いい石材を見つけたんです」

ライトは郵便局の門柱に、愛《いと》しげに手を触れていた。そして新を振り返った。

――エンドー、これは何という石だ？――

新も近づいて門柱に手を触れた。

――たぶん、大谷石《おおやいし》だと思います――

それは寒色系の石材だった。全体が薄緑で、まさに蜂の巣石の色違いだ。薄桃色や朱色の代わりに、青っぽい結晶が入っており、穴も空いて、いかにも軽そうだった。

愛作は信じがたいという顔で聞く。

――暖色系でなくて、いいんですか――

――ああ、かまわない。これがいい――

ライトは平然と答え、新も嬉《うれ》しかった。

――大谷石なら高くないと思います。イメージと予算に合う石が見つかって、よかったですよ――

駒沢行きは取りやめて、すぐに霞が関に引き返した。すると担当役人が怒り出した。

「寒色系でいいなら、そう言ってくださいよ。さっきも暖色系だって、そのライト先生が、おっしゃったじゃないですか」

不満顔で大谷石の見本を取り出す。

「大谷石なら、探さなくてもありますよ。確かに軽いし、軟らかいから加工もしやすい。でも安物ですよ。土留《どどめ》や川の暗渠《あんきょ》に使ったりする石ですからね」

だがライトは、まったく意に介さない。

――実にいい。イメージ通りエレガントな石だ。すぐ、この産地に行きたい――

その日の夕方、新は支配人室に呼ばれた。行ってみると、愛作は、ちょうど出かけるところだった。

「今、仕事が立て込んでいて、一緒に大谷石の産地まで行かれないんだ。先にフランクとふたりで様子を見てきて欲しい。また山ごと買うという話になるだろうけれど、決める時は僕に相談してくれ」

愛作は常滑《とこなめ》で、スダレ煉瓦用の山を法外な値段で売りつけられたせいで、慎重《しんちょう》になっていた。さらに大倉喜八郎《おおくらきはちろう》にも話を通して欲しいという。

「あとで、ああだこうだ言われても困るし、先に大倉さんに了解してもらってくれ」

「わかりました。話しておきます」

「それにしても今回は驚いたな」

愛作は肩をすくめた。

「僕は古美術商だった頃から、顧客としてのフランクの気ままさは心得《こころえ》ているつもりだったが、さすがに赤を青と言うとはな。僕もエレガントという言葉に、振りまわされたことがあるんだ」

仏像の顔立ちが気に入らず、もっとエレガントなものをと指定されて、愛作が探し出して見せると、まったく意見が合わなかったという。

「エレガントかどうかは、あくまでも個人の感覚だし、それを推《お》し量《はか》って品物を提供するのも、古美術商の仕事だと割り切っていたが、フランクが建築家として、これほど気ままとはな。ちょっと心配になってきたな」

少し自信なさげに言う。

「今は僕より遠藤くんの方が、フランクの扱いは慣れていそうだから、どうか頼むよ」

新はアメリカで一年半もの間、ライトの助手を務めてきて心得ている。この程度の変更は日常茶飯事だった。

新が江原《えばら》都《みやこ》たちの見送りを受け、ライトとともに横浜からアメリカへ出航したのは、大正六年（一九一七）の四月だった。そして長旅の末に到着したのが、ライトがタリアセンと名づけた美しい事務所と住まいだった。

新はアメリカの建築事務所といえば、ニューヨークやシカゴのような大都会にあると思い込んでいた。しかしタリアセンはアメリカ中西部の穀倉地帯のただ中にあった。緑豊かな起伏《きふく》が、ゆったりと連なる田園に、ウィスコンシン川が蛇行《だこう》して流れ、時おり青い湖や池が現れる。水辺や谷あいを縫《ぬ》うように、薄茶色の道路が走る。

なだらかな丘陵地に、ライトが所有する広大な農場があり、親類たちの住まいや納屋《なや》、叔母たちが経営する私立学校などが点在していた。どの建物もライトの設計で、きわめて美しい景色を織りなしていた。

そんな農場の丘上に、ライト自身の住まいと事務所があった。タリアセンとはウェールズの神話に登場する言葉で、「輝く額」を意味する。ウェールズはライトの母方の故郷であり、広大な敷地は、もともと叔父が耕していた農場で、ライトが子供時代を過ごした場所でもあった。

丘を頭部に見立てると、頂上から少し下った額に当たる位置に建物があり、そこから「輝く額」という名前が生まれていた。

住まいと事務所はつながっており、大地に根を張ったような平屋だった。木材と石材の自然の色合いを生かし、大きく張り出した軒《のき》やバルコニーの手すりなど、地面と平行なラインが強調されている。そのために、いよいよ横広がりに見えて、雄大な雰囲気をかもし出していた。ライトが得意とするプレーリースタイルだ。

意外にも玄関は目立たないところにあり、玄関ホールは狭く、天井《てんじょう》も低かった。だが狭い空間を進むと、突然、開放的な居間《いま》に至る。吹き抜けの天井の下に、大きな縦長窓が一面に並び、ガラス窓を通して外の景色が取り込まれて、いっそう広々と感じる。

むやみに床面積を広げて、使い勝手を悪くするのではなく、人が暮らしやすい規模で、見せ方を工夫してあった。玄関や廊下など狭い場所からの劇的な変化も、広さを印象づける仕掛けだった。

内装の意匠《いしょう》も、石と木と土壁を巧《たく》みに使い分け、きわめて美しく演出されていた。新が息を呑《の》んで立ちつくしていると、ライトは片目をつぶった。

――あちこちに日本の影響がある。どこか探してみるがいい――

確かに各部屋には、額入りの浮世絵が飾ってあるし、日本の古寺にでもありそうな仏像も見かける。それが靴履《くつばき》の西洋建築に、違和感なく溶け込んでいる。ただし建物としての影響というのが、新には把握《はあく》できなかった。それでも長く滞在するにつれ、少しずつ納得できるようになった。

アメリカの一般的な住宅は、窓が小さく、ひとつひとつの部屋が、しっかりした扉で仕切られて鍵《かぎ》までかかる。だがタリアセンのみならず、ライトが設計する建物は、どれも縦長窓が圧倒的に大きく、外とのつながりがいい。これは日本の障子《しょうじ》や縁側《えんがわ》からの影響だと、新は気づいた。

さらにライトの建物には、玄関以外に扉がほとんどない。本来、扉があるべき場所は空いたままだ。動線をL字型にして、さりげなく部屋の目隠しにしたり、段差を設《もう》けたりして、区分を意識させる。これは襖《ふすま》が取り払える和室の感覚に近かった。

ほかにも気をつけて見ていると、部屋の中に人の目を引きつける装飾的な一角があり、床《とこ》の間《ま》のような働きをしていた。

また低い台の上に四角いクッションを置いただけの椅子《いす》が並んでおり、それに高さを合わせたテーブルもある。これは座布団《ざぶとん》と座卓に違いなかった。低い位置に座ることで、天井の高さを意識させるのだ。

狭い玄関や廊下から、劇的に広い空間に移る仕掛けも、新には思い当たることがあった。銀閣寺《ぎんかくじ》だ。

銀閣寺には広い参道がない。総門から入ると、目の前に小道が現れる。両側と正面とを、垣根《かきね》に囲まれた限られた空間が続く。だが、そこを進んでいくと、左側に隠れていた中門《ちゅうもん》が現れ、さらに、それをくぐると劇的に風景が変わる。広々と明るい白砂の庭と、簡素なまでに美しい本殿《ほんでん》が現れるのだ。いにしえの人々の類《たぐい》まれなる感覚だった。

ライトは京都も訪れているはずだし、銀閣寺からヒントを得た可能性はある。新が聞いてみると、ライトは茶目《ちゃめ》っ気《け》たっぷりに片目をつぶり、否定も肯定もしなかった。

ライトは日本の建物や暮らしを、そのまま模倣《もほう》はしない。いったん自分の中に取り入れてから、西洋の暮らしぶりに合うように、要素だけを取り出してみせる。だから日本人には、どこが日本的なのか理解しにくい。しかし西洋人には、きわめて新鮮に感じられるのだ。

帝国ホテルの設計者として、林愛作がライトを選んだ理由を、新は改めて理解した。この感覚で日本を代表するホテルを建てれば、日本人の目には西洋的に映り、西洋人の目には日本的に感じられる。世界のどこにもない魅力的なホテルが、かならずや日比谷《ひびや》の地に出現するはずだった。

その後、新はライトの設計した住宅を、ひとりで見てまわる機会を得た。アメリカ中西部最大の都市であるシカゴの郊外には、いくつもの傑作があった。

中でもウィンズロー邸と呼ぶ邸宅には、特に心を奪われた。この家のことは、学生時代に作品集で見て、気になってはいた。しかし実物は、紙面をはるかに超える存在感を放っていたのだ。

閑静《かんせい》な住宅街にある二階建てで、軒《のき》の深い大屋根を持ち、正面から見ると左右対称だった。中央に玄関、上下階で七つの窓が配置されている。初期の作品だけに、まだタリアセンのような大きな縦長窓はない。

屋根は茶色、二階部分の外壁は焦《こ》げ茶、一階は黄色に近い薄茶と、三色に色分けされている。さらに玄関の周囲と窓枠は、まばゆいばかりの白だ。

ほかにも軒の先端と、一階と二階の間、さらに足元の基礎部分に、それぞれ白の太い横線が配され、三本の平行線として際立《きわだ》っている。茶系と白の配分が完璧《かんぺき》で、まさしく一幅《いっぷく》の絵画のように美しかった。

興奮冷めやらぬまま、新はタリアセンに帰り、たどたどしい英語で、ライトに感動を伝えた。するとライトは満足そうに言った。

――ウィンズロー邸は、私が二十六歳で建築家として独立して、最初に手がけた作品だ。あれで名をあげるつもりで、こだわり抜いた。とんでもない枚数の図面を描き、模型を何度も何度も作り直して、完璧な形を追い求めたのだ――

それが思惑《おもわく》通りに評価され、雑誌にも取り上げられて、ライトは世に出たという。

そしてウィンズロー邸の立面図を広げて、新に聞いた。

――この家も日本の影響を受けている。わかるかね――

見当がつかずに首を横に振った。するとライトは、一階と二階を区切る白い横線を示した。

――このラインは二階の床の位置ではない。わざと二階の窓のすぐ下に引いてある。だから一階と二階の高さを比べると、一階の方が、ずっと嵩高《かさだか》く見えるだろう?――

上が焦げ茶、下が薄茶色という明暗の対比も相まって、一階の壁の方が、圧倒的に大きく見える。二階の外壁は、深い軒の陰に隠れてしまいそうだった。

――日本の町家《まちや》や農家の二階は、こんなふうではないかね――

ライトの指摘に、新は息を呑んだ。確かに蔵造《くらづく》りと呼ばれる町家は、一階が格子《こうし》戸《ど》の店舗《てんぽ》だが、二階が漆喰《しっくい》塗《ぬ》りで、上下で色や素材が異なる。また二階の方が一階よりも、圧倒的に丈《たけ》が低い町家も多い。

新が生まれ育った福田《ふくだ》村の家も、屋根裏が養蚕《ようさん》部屋だが、外観は低い二階のようにも見える。そのうえウィンズロー邸の大屋根や軒の深さは、日本の茅葺《かやぶ》き屋根にそっくりだ。

しかし新は不思議に思った。ウィンズロー邸を設計した頃、まだライトには来日の経験がなかったはずだ。するとライトは笑って答えた。

――これを設計した年に、シカゴで万博《ばんぱく》が開かれた。日本館は鳳凰殿《ほうおうでん》という寺社建築で、大人気を博したのだ。でも私は鳳凰殿そのものより、中に飾られていた浮世絵に興味を持った。そこに日本の町家や農家が描かれていたからだ――

新はこの説明によって、それまで自分が抱えてきた疑問や不満や苛立《いらだ》ちが、ことごとく氷解していくのを感じた。

仙台の二高を卒業後、初めて上京して上野に着いた際、若い女たちに東北弁を笑われて、東京では田舎者《いなかもの》は馬鹿にされるのだと思い知った。だが、その後、東京で暮らす人々は、ほとんどが地方出身者だと気づいた。東京人は、みずからを卑下《ひげ》しているのだ。

さらに大学で西洋建築の模倣ばかり教えられて、反感を覚えた。古くからある町家や屋敷を片端《かたはし》から壊して、まがいものの西洋建築に建て替える風潮も情けなかった。西洋至上主義で、日本の伝統を顧《かえり》みない。そこには東京人が、みずからを卑下する心情と、通じるものがあった。

だからこそ新は、東京駅にも違和感を覚え、批判する文章を新聞に載せたのだ。でも誰にも共感してもらえなかった。

しかしライトほどの天才が、日本の町家や農家の魅力を見いだしてくれた。都会ではなく、田舎暮らしの魅力も、新に再確認させてくれた。ずっと探し続けてきたものに、ようやく巡り合った気がした。

学生時代にライトの作品集を見て、弟子《でし》入りしたいと思ったのは直感だったが、あの判断は間違っていなかったのだ。

その後、新はライトのふたつのスキャンダルを知った。ひとつは住宅設計を依頼した施主夫人との不倫だった。設計の相談をしている間に恋に落ち、ふたりで相次いでヨーロッパに出かけたことが、示し合わせた駆け落ちとみなされたのだ。

もうひとつは、その後にタリアセンで起きた、奉公人による凄惨《せいさん》な殺人事件だ。その男は正気ではなく、家のすべての出入り口に鍵をかけて、凶行《きょうこう》に及んだという。ライトの内縁の妻と、幼い子供ふたり、そのほか四人の弟子が居合わせた。合計七人もが斧《おの》を振り下ろされ、放火された家の中で命を落としたのだ。

たまたまライトは仕事で外出中で、事件には巻き込まれず、焼失したタリアセンは再建された。しかし事件は広く報道され、ライトは心に深い傷を負った。

ふたつのスキャンダルを知って、新は同情を禁じ得なかった。それによって名声を失い、仕事の依頼も激減したことが、他人事《ひとごと》とは思えなかった。力があるのに仕事を干《ほ》される状態は、自分が東京駅を批判した後と、共通するように思えたのだ。

新はライトに拾ってもらえて救われた。だからこそライトがスキャンダルのせいで埋《う》もれてしまわないように、次は自分が手助けしたかった。

その頃、ライトが何気なく勧めた。

――エンドー、髭《ひげ》を生《は》やしてみたらどうだ？　きっと似合うぞ――

新は言われた通り、口髭と顎《あご》髭を伸ばしてみた。すると不思議なことに別人になったような気がして、英語がなめらかに口から出るようになった。

ライトの事務所には、スキャンダルを気にしない新しい弟子たちが何人もいた。だが新は英語がわからないせいもあって、常に疎外感《そがいかん》を抱いていた。その壁も、髭をきっかけに消えていった。

新はライトの指示通りに、帝国ホテルの図面を引き、それを丸めて収めた筒を何本も抱えて船に乗り込み、帰国を果たしたのだった。

大谷石の産地に出かける前に、新は愛作の勧め通り、まず大倉喜八郎に話を通すことにした。大倉は事情を聞くなり、横幅の広い顔をしかめた。

「大谷石というのは、下水の内壁に使う石だろう。そんなものを建物に使うのか。それも帝国ホテルの壁に」

新は毅然《きぜん》として言い返した。

「下水ではありません。川の暗渠です」

「似たようなものだ。石材を使うのなら、たとえば大理石《だいりせき》とか、そういう高級品でなくていいのかね」

大倉は、すぐに娘婿《むすめむこ》の大倉粂馬《くめま》を呼んだ。粂馬は新の大学の先輩に当たり、年はライトより一歳上。大学の土木学科を出てから大倉組に入社したが、大倉喜八郎本人に気に入られて娘婿になり、今では土木部門を全面的に任されている。

細面《ほそおもて》に銀縁《ぎんぶち》の丸眼鏡《めがね》をかけ、知的で上品な紳士という雰囲気があり、あくの強い舅《しゅうと》とは対照的だ。意見を求められると、少し首を傾《かし》げた。

「大谷石ですか。強度に問題があるし、私は勧めませんが」

そして新に話を振り返した。

「遠藤くんは、どう考えているのかね。図面を見て、大谷石が帝国ホテルにふさわしいかどうか」

新に言えることは、ひとつだった。

「優れた建築家が使いたいと言うのですから、僕は、その意思を尊重したいと思います」

ライトの頭の中にある確固《かっこ》たるイメージを信じたかった。すると意外なことに、大倉喜八郎が、あっさりと承知した。

「わかった。そこまで信頼するなら、ライトさんと一緒に大谷に行ってこい」

ペン先をインク壺《つぼ》に浸《ひた》すと、ホテルの便箋《びんせん》に何か書いて差し出した。

「紹介状だ。亀田易平《かめだやすへい》という男が信用できると聞いている」

亀田は大倉よりも十五歳下で、幕末の黒船来航の前年に、武州《ぶしゅう》の深谷《ふかや》近くで生まれたという。若い頃に剣術を身につけ、維新後は力ずくで荒くれ男たちを従えて、土木の請負《うけおい》業をしてきた。だが五十歳を過ぎてからは現場を退《しりぞ》き、縁あって伊《い》藤博文《とうひろぶみ》の用心棒になったという。

「伊藤公が満州《まんしゅう》のハルビン駅に降り立って、拳銃《けんじゅう》で撃たれた時、亀田は、まだ列車の中にいたそうだ。それで命を救えなかったと、ひどく悔《く》いているらしい」

初代総理大臣だった伊藤博文の暗殺は、十年前の出来事だ。以来、亀田は北関東に戻り、大谷で大日本亀田組と称して、石の切り出しをなりわいにしているという。

「多少は荒っぽいかもしれんが、伊藤公に信頼された男だ。嘘はつかんだろう」

そう言って大倉は送り出してくれた。ライトは亀田の経歴を聞いて面白がった。

――サムライの生き残りだな。それは会うのが楽しみだ――

宇都宮《うつのみや》まで東北本線の列車で行き、そこからは人力車に乗り換え、山道に入ると乗り物は荷馬車だけだった。ライトは荷物と一緒に揺られても、なおも上機嫌《じょうきげん》だ。

荷馬車を降りると、紋付袴《もんつきはかま》姿の老人が立っており、亀田易平と名乗った。髪も髭も真っ白だが、彫りが深く、若い頃はさぞやと思う顔立ちで、腰も低く言葉づかいも丁寧《ていねい》だった。どれほどの豪傑かと覚悟していただけに、新は拍子《ひょうし》抜《ぬ》けした。

茅葺きの屋敷に迎えられて、酒食でもてなされ、ライトが亀田本人に聞いた。

――日本で最初の首相の警護役を、していたと聞いている――

新が訳して伝えると、亀田は目を伏せた。

「私は何もしておりません。結局、あんなことになってしまって」

大倉が言った通り、伊藤博文を護《まも》り切れなかったことを恥じていた。新は、この男なら信頼できそうだと直感した。

翌日は石切場《いしきりば》を見に行った。大谷の山々には、あちこちに採石場があったが、亀田の現場は垣根掘りといって、山裾《やますそ》から奥へ奥へと、石の地層に沿って、水平に掘り進む方式だった。

洞窟《どうくつ》の中に絶え間なくノミの音が響き、陽光《ようこう》が届かないほど奥深くなると、篝《かがり》火《び》が焚《た》かれていた。垂直にそそり立つ壁に、大勢の男たちが張りついて、ノミを打ち込んでいる。一定間隔でノミを打ってから、一気に引きはがすと、縦長の直方体が壁から外《はず》れ、もう石材の形になっていた。

背負子《しょいこ》と呼ばれる男たちが、それを一本ずつ背中にくくりつけて外に運び出す。重さが一本四十貫《かん》（百五十キログラム）と聞いて、ライトが言った。

――帝国ホテルができたら、かならず大谷石は価値が見直される。そうすれば高値で売れて、動力が使えるようになる。運び出しも楽になるぞ――

垣根掘りは、ところどころに支柱になる部分を残すものの、膨大《ぼうだい》な石材が削り取られて、巨大な洞窟になっている。新は天井を見上げて、亀田に聞いた。

「落盤《らくばん》の危険はないのですか」

「気をつけてはいますが、もちろんないわけではありません。だから私も石工《いしく》も背負子たちも、いつも命をかけて働いています」

そんな言い方も真摯《しんし》な印象で、新は愛作を呼んで、亀田と契約してもらった。

やはり山ごと買い入れることになった。同時に石材の運搬用として、大量の荷馬車を手配し、宇都宮から東京までの貨物列車を、毎日、二車輌《しゃりょう》ずつ確保した。

ライト館の着工後は、大勢の石工たちを東京の現場に派遣してもらうことにした。ライトの指示通りに、石を彫刻する役だ。

一方、東京では、大倉喜八郎が臨時株主会を開いて、百八十万円の増資を提案した。近年の物価高で、資金不足が決定的になっていたのだ。

世界大戦は終わったが、繊維業界を中心に、なおも日本の製造業は盛況だ。欧米からの宿泊客も急増している。ホテル業界の未来は明るく、増資は認められて、帝国ホテルの総資本金は三百万円になった。

実際の工事は大倉組に丸投げではなく、帝国ホテルの直営事業と決まった。総責任者は林愛作であり、ライトと新たちによる設計組と、実際に工事を担当する大倉組、さらには大谷の大日本亀田組や、常滑の煉瓦製作所などを束《たば》ねる立場だった。

新は林愛作が建築に素人《しろうと》であることに、やや不安を覚えたものの、ようやく着工に至ることに、深い安堵《あんど》と期待を募《つの》らせた。

新はライトの建築で、もう一点、驚いたことがあった。ライトは子供の頃から積み木遊びを好んだというが、実際の建築も積み木的だった。

普通、三階建てを造る場合、一階から三階まで四方に柱を通す。だがライトの建築では一階から二階までの柱と、二階から三階までの柱の位置を、あえてずらすことがある。まさに積み木のような絶妙なバランスで、柱を組んでいくのだ。

玄関前のアプローチに、張り出し屋根を設けることも多いが、この屋根の下には柱を使わない。まるで飛び込み台のように、玄関から屋根板を張り出す。これも、きわめて積み木的だった。

バランスが取れるかどうか、ライトは、ほとんど直感的に判断する。そのために大型の建物を設計する場合は、数値で計算して、安全性を保証する専門家が必要だった。

帝国ホテルの場合でも、当然、欠かせない役割であり、ライトは早い時期からポール・ミュラーという技師に声をかけていた。すでに大型レストランの建設などで、ライトと組んだことのある人物で、現場監督の役割も兼ねる。

しかしミュラーは、はるか極東の国まで来る気はなく、あっさり断られてしまった。ただ、ほかに適任者がいない。その後もライトが説得を続け、年俸二万ドルという好条件を提示して、ようやく承諾《しょうだく》させた。

ところが来日直前になって、また大倉が難色を示した。

「たかが現場監督に、二万ドルもかける必要があるのか。粂馬に任せればいいだろう」

だがライトは引き下がらなかった。

――ここは地盤がよくない。重量のあるコンクリートの建物を建てるのだから、専門的な知識と実績が必要だ――

大倉喜八郎は娘婿の粂馬を呼んで、また意見を聞いた。すると粂馬は、眼鏡に軽く手を当てて答えた。

「アメリカから専門の方を呼ぶのでしたら、私どもは、その指図《さしず》に従いますよ。新しい技術を学べる機会ですし」

その結果、ようやくミュラーが、梅雨《つゆ》入り前に来日したのだった。

ミュラーはドイツ生まれで、いかにもゲルマン系らしく、大柄で、とがった高い鼻が険《けわ》しい印象の男だった。その風貌《ふうぼう》通り、仕事にはきわめて厳格だ。

さっそく地盤調査にかかった。ミュラーの指示を受け、ライト、新、大倉粂馬などの立ち会いのもと、大倉組の男たちの手で地面が掘り返された。

ほどなくしてスコップが刺さりにくい層が現れた。新が湿った穴の中に降り、素手《すで》で泥をかき分けた。

「どうやら昔の土留《どど》めみたいですね」

粂馬は麻の上着を脱ぎ、白シャツの袖《そで》をまくり上げて、指先で触れた。

「もしかしたら、徳川家康《とくがわいえやす》が日比谷入江《いりえ》を埋め立てた時の、しがらみかもしれませんね」

しがらみとは昔の土木工法で、海や川の底に等間隔に丸太を突き刺し、そこに竹や葦《あし》などの植物をからめて、土砂の流出を抑えたものだ。

さらに広範囲を掘ってみると、しがらみが、おびただしい数の縦層になって埋まっていた。しがらみを海岸沿いに立てては、その内側を土砂で埋め、さらに沖方向に次のしがらみを設けて、また埋めるという作業を、延々と繰り返したらしい。

かたわらで見ていた愛作が、信じがたい思いで言った。

「そんな昔のものが残っているとは」

粂馬が指先をはたいて立ち上がった。

「ずっと空気に触れなかったので、腐らなかったのでしょう」

城の石垣などを解体すると、下地になった丸太が何百年も腐らずに、地中から出てくることがあるという。

新は先人の努力に、頭の下がる思いがした。それを英語で説明すると、ライトがしみじみと言った。

――とてつもない苦労を経て、この土地が得られたのだな。先人の思いを引き継いで、素晴らしいホテルを建てよう――

しがらみは八尺（約二・四メートル）ほどの深さまで続いていた。掘っているうちに、水が滲《し》み出してくる。桶《おけ》で汲《く》み出しながら、さらに深く掘り続けた。

しがらみの層は土が硬かったが、その下が問題だった。軟らかい粘土《ねんど》層が現れたのだ。埋め立て前は海底だった地層らしい。予想を上《うわ》まわる地盤の悪さに、新は少なからぬ衝撃を受けた。

夕方に穴掘りの作業を終えて、続きを翌日に持ち越すと、翌朝、穴は泥水の池に変わっていた。粂馬が大倉組のポンプを手配し、水を汲み上げながら作業を続けたが、十間《けん》（約十八メートル）以上深く掘っても、まだ粘土層が続いていた。

ミュラーが険しい顔を余計に険しくした。

――硬い岩盤は、もっと下だな。そこまで基礎を打ち込むとなると、かなり厄介《やっかい》だ――

するとライトが意外なことを言い出した。

――いっそ浮き基礎にしてみたら、どうだろう――

浮き基礎はシカゴで始まった工法だった。基礎として地中に打ち込む杭《くい》を、あえて短く、本数を多くして、建物が泥の上に浮かぶような形にする。シカゴの町は五大湖に面しており、地盤の悪い場所も少なくない。そんなところで用いられ始めていた。

ライトは自信ありげに言う。

――日本は地震が多いから、むしろ、その方がいい――

基礎を深い岩盤まで到達させると、大きな地震が来た場合、途中の粘土層の揺れが、岩盤とは異なる動きとなり、建物を激しく振動させる。それなら逆に短い浮き基礎で、粘土層の揺れに建物を委《ゆだ》ねるべきだという。

だがミュラーは太い腕を組んで首を傾げた。

――そううまくいくかな――

それでも翌日からミュラーは、設計室として用意した客室にこもって、ライトの図面を検討し始めた。そして一定の広さに、どれほどの重さがかかるかを算出した。その一方で、大量の丸太を大倉組に用意させて、耐久実験にかかった。

まず敷地の数カ所に、三間（約五・四メートル）四方ほどの区画を設け、その中に二尺（約六十センチ）間隔で、丸太を地面に突き刺した。縦横十本ずつ合計百本を、区画の中に杭のように打ち込んだのだ。

均等に並んだ杭の上に、頑丈《がんじょう》な板を張り、算出した重量の石材を載せた。そのまま放置して、どれほど沈むかを調べるという。

新は実験の成功を祈った。ちょうど梅雨時の作業になったため、石材と杭は、大量の雨にさらされ続けた。梅雨が明けると、今度は夏の日差しが照りつけ、からからに地面を乾かした。大きく条件が変わり、どうなることかと、ライトも気をもんでいた。

今まで、さんざん苦労を重ねた末に、ようやく確保した敷地だ。まして日比谷公園前の一等地であり、今さら使えないという結果が出たら、振り出しに戻ってしまう。

ミュラーは小まめに沈み具合を調べ、夏の終わりには結論を出した。

――杭は完全に地中に埋まった。でも上に載った板張り部分が、地面に触れるまで沈み込むと、それ以上は沈まない――

ライトの言う通り、船のように浮かぶことが立証されたのだ。しかし粂馬が納得しなかった。

「実験の期間が短すぎませんか。新館は、これから半永久的に、この敷地に存在します。その実験が、わずか二ヶ月とは」

ミュラーは大きくうなずいた。

――もっともな指摘だ。メインの着工は、まだ先になるし、それまで実験を続けよう
とりあえず別棟《べつむね》である動力室から手をつけて、今後、もし実験区画が沈むようなら、その時点で考え直せばいいという。

そして九月に動力室が着工した。新館は厨房《ちゆうぼう》の熱源に電気を使う。そのためアメリカに発注していた大がかりな電源装置が到着した。

動力室の二階は、牧口銀司郎《まきぐちぎんしろう》が待ち望んだ洗濯室になる。ドラム式の巨大な業務用洗濯機もアメリカから届いた。銀司郎は常滑から何度も東京に足を運んでは、ライトや新に、あれこれと細かく要望を伝えていく。

だが粂馬が、また心配顔で製図室に現れた。

「浮き基礎のことですが、外国の文献を調べてみましたが、そんな工法は載っていないし、ライトさんの思いつきですか」

新は首を横に振った。

「いえ、思いつきではありません。主にシカゴで広まっている工法で、ニューヨークなどの都会では地盤が強固なので、まだ広く紹介されてはいないのです」

「でも新しい工法ですよね。ライトさんは、これが成功したら、アメリカの建築学会で発表すると張り切っているようですが、そんな実験的な取り組みを、ここでやるのは、どうなんでしょう」

粂馬は溜息《ためいき》混じりに言う。

「やはり場所を変更しませんか。この地盤では無理だと思います。実験ではうまくいっても、実際に丈夫な基礎になるのか、はなはだ疑問です」

新が英語でライトとミュラーに説明すると、ライトが怒り出した。

——ミュラーは信頼できる技師だ。彼が実験の結果を見て、大丈夫だと請《う》け合ったのだから、何も問題はない。今さら敷地を変えるなど、とんでもない話だ——

あまりの剣幕《けんまく》に、粂馬は主張を引っ込めた。だが後になって、新に不安を打ち明けた。

「ライトさんもミュラーさんも、新館が完成したら帰国しますよね」

「そうですね」

「この先、いつかは大地震が来ます。地震から逃れられない国なのですから。その時、もしホテルが傾いたり、地盤が沈んだりしても、ライトさんたちは遠いアメリカにいる。でも私たちは、ずっと東京にいるんです」

ひと言ひと言が心に突き刺さる。もはや新には反論できない。

そのため大倉喜八郎と愛作に、もういちど場所の変更を打診した。すると大倉喜八郎が断言した。
「場所は変更しない。なんのために年に二万ドルも払ったのだ。信頼できる技師だからではないのか。もう迷うなッ」

とうとう内務大臣官邸が完全に姿を消し、土埃《つちぼこり》の舞う空き地が広がった。日比谷通り際には、仮設の飯場《はんば》が建てられ、到着したばかりの大谷石やスダレ煉瓦や、膨大な数の丸太が山積みにされ始めた。揃《そろ》いの半纏《はんてん》に地下足袋《じかたび》姿の職人や作業員たちが、足早に行き交《か》う。

動力室の敷地には、二尺（約六十センチ）間隔で、びっしりと杭が並んでいた。実験と同様、丸太を地中に打ち込んである。

そこを大柄なミュラーが苛立たしげに歩きまわり、大声で指図していた。

――次は、この杭だッ――

新が通訳を務め、同じ杭を指差す。

「次は、これを抜いてくださいッ」

作業員の男たちが、三角錐《さんかくすい》型に組んだ丸太を、指示された杭の上に移動させ、杭に太綱《ふとづな》を掛けまわした。太綱は滑車《かっしゃ》を通って、人力のウィンチにつながっている。

ミュラーの大声に、新が訳を続けた。

「ウィンチをまわしてくださいッ」

いっせいに男たちが手押し棒を押し始める。すると太綱が張り詰め、丸太の杭が少しずつ持ち上がっていく。

「もっと押してッ。もっと力を入れてくださいッ」

そのかたわらで、職人たちがコンクリートに水を加え、スコップで混ぜている。

だがミュラーは混ぜ方が気に入らず、英語で怒鳴《どな》り散らしながら、ひとりからスコップを取り上げて、自分で手早く混ぜて見せた。

職人たちは納得しかねる様子だ。それでいてミュラーの剣幕に質問もできない。

丸太が抜けきる寸前に、ミュラーの指示を、また新が訳した。

「抜けたら、すぐコンクリート投入ですッ」

言い終わらないうちに、見事に丸太が抜けた。

——今だ。流し込めッ——

男たちが流し入れ始めた時、またミュラーがスコップを引ったくった。

——もたもたするなッ。こうするんだッ——

コンクリートを山盛りにすくい、次々と縦穴に投げ入れた。

——いいかッ。もたもたしてると、水が滲み出てくるぞッ。早くしろッ。早くだッ。そっちの奴らも手伝えッ——

戸惑う男たちに、さらに怒声《どせい》が飛ぶ。

——何を突っ立ってる？　こんな簡単なことが、なぜできない？　頭が悪いのかッ——

ミュラーは自分のこめかみを、指先でたたいて怒鳴る。その仕草《しぐさ》で、意味が伝わってしまい、男たちがむっとした。ひとりが聞こえよがしに舌打ちした。

「こんなことで、ああだこうだ言われる筋合いはねえよ。だいいち、こんな水の出る穴に、コンクリートを入れて乾くのかよ」

その間にもミュラーが怒鳴り続ける。

——早く穴をコンクリートで満たせ。早くしろッ——

とにかく水が滲み出てこないうちにと、ミュラーは叱咤激励《しったげきれい》する。

なんとか一本の穴にコンクリートを流し込み終えたところで、ミュラーが新に近づき、舌打ちせんばかりに言う。

——まったく、やることが遅くて、どうにもならん。あんなに、もたもたしていたら、水が滲み出てくるし、コンクリートに気泡《きほう》が入る。どいつもこいつも要領が悪すぎる——

小馬鹿にしたように肩をすくめる。新は責任を感じて言った。

——私の責任です。訳が遅いし、うまく伝わらないので——

しかしミュラーは首を横に振る。

——こんな作業に言葉など要《い》らん。見ればわかることだ——

粂馬が抑えた口調ながらも言い返した。

「うちの者たちは頭は悪くありません。大倉組の看板を背負っていますから、むしろ優秀な奴らです」

今まで大倉組は橋や土留などの土木工事で、何度もコンクリートを使ったことはあるが、建物の基礎に用いるのは初めてだった。

「初めてのことですから、あんな指示じゃ、戸惑うのが当然でしょう。早くしろ、こうするんだ、の一点張りじゃ」

新は、そのまま訳していいのか困った。ただ職人の疑問をミュラーに伝えた。

——こんな水の出る穴に、コンクリートを打ち込んで、乾くのかと聞いていますが——

——コンクリートは水が抜けて乾くわけじゃない。時間が経《た》つにつれて結晶するんだ——

その時、ミュラーが後ろを振り返り、またもや怒鳴った。

——いつ休んでいいと言った？　さっさと次の杭に取りかかれッ——

男たちは地面に腰を下ろして、煙管《きせる》を吹かしていた。新が促すと、男たちは文句を言いながら立ち上がる。

「なんでえ、一服しちゃいけねえのかよ」

そして、さっきと同じ作業が始まった。ミュラーは同じことを怒鳴り続ける。

また粂馬が話を蒸し返した。

「コンクリートが乾く乾かないの話ではなく、水が滲み出すような土地を使うこと自体が、やはり無理なんじゃないでしょうか」

不安が解消しないまま、動力室の工事は進んでいった。杭に続いて、床下一面に鉄筋が敷かれ、コンクリートが流された。さらに柱や外壁のための鉄筋も立てられた。

同時に大谷から石工たちがやって来て、彫刻の作業が始まった。外壁にも内壁にも、繊細《せんさい》な彫刻を施《ほどこ》した大谷石を、あちこちにあしらう予定だった。

だが図面だけでは、立体感が理解しにくい。それに大谷石は軟らかくて細工がしやすい反面、角々《かどかど》がもろい。ほんのわずかでも模様が欠けると、もうライトは気に入らない。そのうえ彫っている最中《さなか》でも、たびたび意匠が変更される。

トタン屋根を張っただけの仮設の作業場に、甲高《かんだか》いノミの音が、あちこちから絶え間なく響く。そんな中で、やり直しが度重《たびかさ》なると、石工たちは不満を隠さない。ライトの方も、伝わらないもどかしさから苛立ち始めた。

新が石工のかたわらにしゃがんで、どこがライトの気に入らないか、言葉をつくして説明していた時だった。

突然、怒声が響いた。いっせいにノミの音が止《や》む。新は何ごとかと振り返って、息を吞んだ。ひとりの石工が立ち上がって、ライトとにらみ合っていた。手にしたノミの切《き》っ先《さき》が、ライトの胸元に向いている。

新も立ち上がって叫んだ。

「何をしてるッ。ノミを下ろせッ」

石工に近づこうとした瞬間、ノミの鋭い切っ先が、こちらに向いた。思わず足が止まる。

気がつくと、ひとり、またひとりと石工が立ち上がっていく。全員、ノミをつかんだまま、新とライトを凝視《ぎょうし》している。異様な空気が張り詰める。

新は、まずいことになったと思った。この場を、どう収めたらいいかがわからない。下手《へた》に声を上げれば、いっせいに飛びかかられかねない。

自分はどうあれ、ライトを傷つけるわけにはいかない。なんとか盾にならなければと、じりじりとライトの方に移動した。全員のノミが、新に集中する。

もう少しでライトの前に出られる。だが石工たちの地下足袋の爪先も、少しずつ動いて距離を詰めてくる。ひとりが地面を蹴《け》ろうと身がまえた、その瞬間だった。背後から低い声が響いた。

「やめろッ」

石工たちの後ろから、杖《つえ》をついた老人が現れた。大日本亀田組の亀田易平だった。もういちど低い声で言う。

「やめねえか、源太《げんた》、ノミは、そんなことに使うもんじゃねえだろう」

最初にノミを持って立ち上がった男は、きまり悪そうに手を下ろした。別の石工が口をとがらせた。

「けど、親方、このアメリカ野郎は、ころころ言うことが変わるんですよ」

地面に落ちていた図面を拾い上げて、亀田に突きつけた。

「この通りに作れって言うから、そうしたのに、何度やっても駄目だ、そうじゃないって。そればっかりだ。やってらんねえよ」

すると源太が大股《おおまた》で仲間に近づき、その手から図面を引ったくるようにして裏返した。そこには別の絵があった。

「何度も何度も、やり直しをさせた挙句《あげく》、急に、こっちに変えろって言いやがる。いくらなんでも、このやり方はねえでしょう」

　すると亀田は平然と言い放った。

「やり直しだと言われたら、やり直せ。こっちに変えろと言われたら、変えろ。それが、おめえたちの仕事だ」

　源太は周囲の大谷石を指差して怒鳴った。

「けど親方、いちいちやり直しで、無駄が出てるんですよ。ちょっと角《かど》が欠けただけで、石が一本、まるまる使えねえんだ」

「無駄が出ようが出まいが、おめえたちの知ったこっちゃねえ」

「けど、これを切り出すのだって、手間隙《てまひま》かかってるんだ」

「そんなことは言われなくたって、百も承知だ。とにかく、おめえらは言われたことを、やりゃあいいんだよ」

「そりゃねえよ。汗水たらして切り出した石を、そう簡単に無駄にしてたまるか」

　ほかの石工たちも騒ぎ始めた。

「親方、こんな無駄の繰り返しは、願い下げだ。それも、たかが動力室の外壁で、ああだこうだ言われちゃ、たまらねえ」

　すると亀田は、手に持っていた杖の持ち手を、ほんの少し持ち上げた。一部が上下に分かれて、銀色に光る刃《やいば》が垣間《かいま》見《み》えた。仕込み杖だったのだ。

　亀田は一瞬で戻し、凄《すご》みを利《き》かせた。

「俺の言うことを聞けねえ奴は、どうなるか、わかってるだろうな」

ひとりひとりを睨《ね》めまわした。

「石工のひとりひとりやふたり、大谷の石切場で、石に埋もれて冷たくなってても、誰も怪しまねえぞ」

石工たちの顔色が変わっていた。

「さっさと仕事をしやがれッ」

亀田の一喝《いっかつ》で、源太たちは素早く自分の石に戻った。亀田は新とライトに近づいて、丁寧に腰を折る。

「失礼しました。田舎者で礼儀ってものを知りませんで、勘弁《かんべん》してやってください」

そして石工たちを振り返った。

「あいつら、地蔵を作れって言われたら地蔵を、石灯籠《いしどうろう》って言われりゃ石灯籠を、それぞれの了見《りょうけん》で作るもんですから、人に指図されるのは慣れてないんで」

大谷で会った時の好々爺《こうこうや》に戻っている。

新は、さっきノミを向けられた時より、なお背筋《せすじ》が凍《こお》る思いがした。同時に、自分では何もできなかった情けなさで、くちびるをかみしめつつ、その場を離れた。

するとと夜になって、ライトが言った。

——エンドー、今日のようなことはアメリカでも起きる。気にするな。おまえには初めての現場だし、だいいち喧嘩《けんか》を収めるのは建築家の仕事ではない——

新は今日のことだけでなく、粂馬の不安を跳《は》ねのけられないことにも、力不足を感じていた。

五章　ゆるぎない覚悟

翌日、大倉喜八郎《おおくらきはちろう》が渋い顔で支配人室に現れ、ソファに腰かけながら聞いた。

「昨日、ライト館の現場で、騒ぎが起きたそうだな」

帝国ホテルにはビクトリア調の本館の裏手に、明治三十九年（一九〇六）に建てられた客室棟がある。別館とも新館とも呼んでおり、そちらと区別するために、今度の新築館をライト館と呼ぶようになっていた。

林　愛作《はやしあいさく》は向かい合わせのソファに腰かけ、気楽を装って脚《あし》を組んだ。

「たいしたことじゃありません。荒っぽい奴が多いんでね。よくある喧嘩《けんか》ですよ」

すると大倉は、いきなり話題を変えた。

「粂馬《くめま》が手を引きたいと言ってきた」

愛作は耳を疑った。

「手を引く？　どういうことです」

「とうてい続けられないと言うんだ」

「待ってください。今、手を引かれたら」

話の途中でさえぎって、大倉が居丈高《いたけだか》に言う。

「粂馬は、ほかに頼めばいいと言ってる」

「でも天下の大倉組が断った現場なんか、どこも引き受けないでしょう」

「その通り。まともな会社なら、どこも引き受けん」

愛作は言葉を失った。粂馬が二の足を踏んでいるのは、わかってはいたが、よもや手を引くなどとは思いもよらなかった。大倉はソファの背もたれに寄りかかった。

「とりあえずは引き止めた。だが、このままでいいわけがない。喧嘩も現場が荒れている証拠だろう」

痛いところを突かれ、愛作は目を伏せた。

「粂馬さんは、場所を変えるべきだと主張しています」

「場所は変えん。ここで建てる」

大倉は、きっぱりと言い切った。

「場所以前に、粂馬はライトを信用していない。いっそ違約金を支払って、国に帰したらどうだ？　もう図面はできているのだし、ミュラーと遠藤新《えんどうあらた》がいれば建つだろう」

　信じがたい話に、思わず声が高まる。

「とんでもない。それじゃフランク・ロイド・ライトの作品だと、世界に発表できません」

「誰の作品だろうと、いいホテルができればいい。だいいちライトの名前を高めるために、このホテルを建てるわけではない」

「いや、たとえ違約金を払ったとしても、彼は図面を手放さないでしょう。細部にまでこだわる建築家ですし」

「そのこだわりが困りものだ。石工《いしく》に何度もやり直させるそうだな。あの調子では、そうとう工期が遅れると、粂馬は読んでいる。金も天井《てんじょう》知らずにかかるだろう。違約金の方が安く済むぞ」

　その時、廊下で荒々しい足音が近づき、ドアが手荒くたたかれた。ライトかミュラーに違いなく、愛作は英語で答えた。

　──どうぞ、入ってください──

　するとライトが飛び込んできて、まくし立てた。

　──あいつら、まるで使えない。浮世絵の色版を寸分たがわず刷る職人技《わざ》は、どこにいった？　それとも石工は別なのかッ──

また石工ともめたらしい。大倉は英語は片言《かたこと》だが、勘がいい。それ見たことかと言わんばかりの顔をした。

その夜、愛作が愛用のシボレーで、赤坂の自邸に帰ると、着物姿のタカが玄関に迎えに出て、小声で言った。

「父が来ています」

「お義父《とう》さんが? 何の用だろう?」

タカの父である長浜佐一郎《ながはまさいちろう》は、横須賀《よこすか》で土木業を手広く営んでいる。

もとは熊本藩士で、十七歳で明治維新《いしん》を迎え、明治十年(一八七七)の西南戦争では、官軍側として熊本城を守った。その後、海軍の事務方に転じ、日本海軍の中心というべき横須賀に移った。そこで港湾整備などに関わるうちに、土木や建築に興味が移り、退官して長浜組を立ち上げたのだ。

愛作はタカと結婚する際に、いずれは大倉組の下請《したう》けに入って、ライト館の新築工事に関わって欲しいと頼んだ。だが娘を人身御供《ひとみごくう》にして、仕事を貰《もら》うような真似《まね》はできないと断られたのだ。

目が鋭く、胸元まで届く真っ白な髭《ひげ》を蓄えている。幕末の動乱や明治の混乱期を乗り越えただけあって、どことなく大倉喜八郎や亀田易平《かめだやすへい》に共通する雰囲気もある。

愛作が応接間に入ると、着流しの佐一郎が、ソファに座ったまま片手を上げた。

「お、帰ってきたか。先にやっているぞ」

見ればテーブルの上に、クリスタル瓶《びん》のスコッチウィスキーと、揃《そろ》いのグラスが並んでいた。すぐにタカが愛作のグラスを盆に載せてきたが、佐一郎はドアを目で示した。

「おまえは席を外《はず》しなさい」

タカはグラスを置くと、黙《だま》って出ていった。その後ろ姿を見送って、佐一郎が言う。

「あれが女学校を出た後、英語の勉強になるから、帝国ホテルに勤めたいと言い出した時には、女房は猛反対した。うちは娘を働きに出すような家ではないと言ってな」

娘婿《むすめむこ》のグラスにウィスキーを注ぐ。

「でも、わしは面白《おもしろ》いと思った。帝国ホテルは、いわば日本の迎賓館《げいひんかん》だ。世界中の賓客《ひんきゃく》の顔を見るだけでも、いい経験になる」

「そうでしたか」

「そこで君と出会って、アメリカまで連れていってもらえて、少しはお国の役にも立てたのだろうから、わしの判断は間違っていなかったな」

愛作はネクタイを緩《ゆる》め、ウィスキーを口にしながらも、少し警戒した。持ち上げられすぎる気がしたのだ。

案の定《じょう》、佐一郎は口調を変えた。

「今日、ここに来たのは、ほかでもない。実は大倉粂馬さんが訪ねてきた。帝国ホテルの工事を引き継いで欲しいそうだ」

そっちに話がいったかと、思わず溜息《ためいき》が出た。佐一郎が愛作の舅《しゅうと》だということは、粂馬も承知だ。だからこそ大倉組が手を引いた後のことを、同業の長浜組に託そうとしたのだ。

「それで、お義父さんは何と？」

「断った」

当然のような気もしたし、身内にも見捨てられたかと、かすかな落胆《らくたん》もある。

「愛作くん、わしはな、君が心底、困っているなら助けたい。どこも引き受けないなら、やってもいい。だが今の君では駄目《だめ》だ」

愛作は冗談めかして答えた。

「今でも心底、困っていますよ」

「いや、そうではない」

佐一郎は音を立ててグラスを置いた。

「現場は勢いが大事だ。だが君は及び腰だ。覚悟が定まっていない。それじゃ誰もついてこない。ライトさんを信頼するなら、信じきればいい。それで駄目だったら、君が腹でも切ればいいんだ」

愛作はなるほどと思ったものの、次の言葉には違和感を覚えた。

「日本の家なんかな、二、三十年も保《も》てばいいんだ。たいがい地震や大火事で消えていく。未来永劫《えいごう》、残る建物なんかありはしない。もっと気楽にやれ」

思わず気色《けしき》ばんだ。

「待ってください。そんな安普請《やすぶしん》と比べられては困ります。ライト館は鉄筋コンクリートづくりで、半永久的に保《も》つんです」

「そんなことはわかっている。だが地盤のせいで、建物が傾くかもしれんのだろう。その時の話だ。その時は、もっとすごいのを建て直せばいい」

「いえ、今度の新館を超える建物なんか、できるわけがありません」

娘婿の剣幕《けんまく》が意外だったのか、佐一郎は両眉《りょうまゆ》を上げた。窓の外で風の音がする。

佐一郎は、ふたたびグラスを手に取り、声の調子を落とした。

「そこまで信用しているなら、突き進めばいい。なぜ迷う？」

愛作は答えられなかった。

「タカがな、アメリカから帰った時に、ライトさんの家が素晴らしかったと、目を輝かせて話した。何度も何度も、そう言った。その時、ライトという奴は、とてつもない建築家なのだと確信した。それほどの感動を人に与えるのだから。君の言う通り、ライト館も素晴らしいものになるに違いない」

白い顎鬚《あごひげ》に手を当てて、少し考えてから続けた。

「万が一、短い間になったとしても、あの場所に素晴らしいホテルがあったという記憶は、人の心に刻まれる。それが未来永劫、帝国ホテルの名を高めるだろう。それだけでも建てる価値は、あるんじゃないかね」

思いがけない指摘に、なおも愛作が答えられずにいると、佐一郎は、かたわらに畳《たた》んであった羽織《はおり》をつかみ、帰り支度《じたく》を始めた。

「そもそも何のために、支配人の仕事を引き受けたのか。どうして今の地位についたのか。もういちど考えてみるんだな」

そのまま立ち上がり、ドアを開けて足早に玄関に向かった。タカが廊下で気づいて、慌《あわ》てて追いかける。

「お父さま、今、車を用意させますので」

「いや、かまわん。新橋駅まで歩く」

結局、門まで見送ったらしく、しばらくしてタカが戻ってきた。

「余計なことを申しましたでしょう。父にはわからないのです、ライトさんの才能が。ライトさんの設計した建物を見たことのない人には、わかりませんわ」

「いや、お義父さんには、わかっている」

「そうでしょうか。でも私にはわかります。ライトさんのお宅を拝見しましたもの。帝国ホテルのライト館ができたら、誰にでもわかるようになります」

愛作は黙ってうなずいたが、何もかも納得できたわけではない。佐一郎の言葉が耳の奥で繰り返される。

「そもそも何のために、支配人の仕事を引き受けたのか。どうして今の地位についたのか。もういちど考えてみるんだな」

いつもの癖で口髭の先をいじりながら、みずからの来《こ》し方を、改めて振り返った。


愛作は明治六年(一八七三)に、群馬県の休泊《きゅうはく》という村で生まれ育った。家は裕福な農家で、愛作は小学校を飛び級するほどの秀才だった。

当時、生糸《きいと》の量産が広まり始めており、愛作の父は新事業に出資して失敗してしまった。そのため愛作は、高等小学校を終えたばかりで、横浜の遠縁に奉公《ほうこう》に出された。

奉公先は輸出用の煙草《たばこ》を扱う店だった。しかし村いちばんの秀才と呼ばれたのに、仕事は子守《こもり》や下働きばかりだった。力仕事ができず、店の大人たちに馬鹿にされて、つらい日々が続いた。

だが、しだいに読み書きや暗算が得意なことがわかって、店主が目をかけてくれるようになった。すると今度はやっかみを受けて、またつらい思いをした。それでも陰日向《かげひなた》なく働いた。横浜の商売には英語も必要だと気づいて、独学で身につけた。

奉公の年数を重ね、十九歳になった時、店主から意外なことを告げられた。

「村井吉兵衛《むらいきちべえ》さんを知ってるだろう」

「存じ上げています」

村井吉兵衛は京都の煙草商で、自社製の紙巻煙草も販売する資産家だった。店の得意先でもある。

「今度、村井さんがアメリカに煙草のことを調べに行くのだが、おまえを通訳として連れていきたいと仰《おお》せなんだ」

愛作は驚いた。村井は前から愛作を贔屓《ひいき》にしてくれていたが、渡米のお供など夢のような話だった。とはいえ難しい通訳ができるほど、英語に自信があるわけではない。

「村井さんは、おまえが望むなら、向こうで学校に入れるように、手続きをしてくれるそうだ」

そんな話があった後、愛作は直接、村井に会って、通訳として充分に役に立てるか、心もとないと打ち明けた。すると村井は顔の前で片手を振った。

「かまへん、かまへん。わしは、あんたの頑張りを見込んだんや。長旅の道連れには、あんたみたいなのがええし」

村井自身、子供の頃から苦労を重ねた末に成功を手にしており、似たような立場の愛作に、手を差しのべてやりたいと言う。

結局、村井は、愛作のために「学術研究」という名目でビザを取り、ふたりで横浜から蒸気船に乗ったのだ。

西海岸のカリフォルニアから、東部のニューヨークへと大陸を横断し、各地で煙草工場や煙草畑を見てまわった。最後はサンフランシスコに戻って、村井の帰国ぎりぎりまで煙草の販売店を訪ねて歩き、アメリカの煙草事情を調べ上げた。

そのために学校の入学手続きにまで手がまわらなかったが、愛作は胸を張った。

「留学用ビザを取って頂いたし、学校は自分で探します」

アメリカ滞在中に、英語の交渉事には自信をつけていた。村井はまとまった金を置いていこうとしたが、愛作は遠慮した。

「これ以上、お世話になれません。仕事を見つけて働きながら勉強しますから、お気持ちだけ頂いておきます」

しかし村井を見送って、いざ学校や仕事を探し始めると、後見人《こうけんにん》がいないために、どこからも相手にしてもらえなかった。日本人は若く見られて、十九歳だと言っても信用されず、旅券もビザも偽物《にせもの》ではないかと疑われた。

そんな時に柴田《しばた》という日本人と出会った。柴田はサンフランシスコのダウンタウンで、絹製品や日本の雑貨を扱う小さな店を開いており、そこに住み込みで働かせてもらった。

埃《ほこり》だらけだった品物を磨き、住まいの掃除《そうじ》もいとわずに働いたが、給料が安くて、学校どころではない。そこで図書館で本を借りてきて、店番をしながら辞書を片手に読んだ。

ある日、夢中になって読書していたところ、急に間近から声をかけられた。

――本が好きかい――

驚いて顔を上げると、いかにも気難《きむずか》しそうな老婦人が、杖《つえ》をついて立っていた。

――この店は、前にも来たことがあるけど、少しはましになったじゃないか。前は何でも埃だらけで、小汚《こぎたな》い店だったけどね。あんたが掃除したのかい――

そうだと答えると、老婦人は店の商品を、次々と指さし始めた。絹の反物《たんもの》や錦《にしき》の帯地を、何反も山積みにさせた挙句《あげく》に、ハンドバッグから小切手帳を取り出した。

――いくらだい？――

愛作は驚いた。よもや全部を買うとは思っていなかったのだ。とんでもない高額だったが、老婦人は平然とサインする。

――フェアモント・ホテルのミス・リチャードソンの部屋に届けておくれ――

ケンタッキー州から旅行で来ているという。

愛作は店番が終わってから、大荷物をまとめ、ひとりで担《かつ》いで出かけた。目当てのホテルは丘の頂上にあった。ケーブルカー沿いだったが、金がなくて乗れない。息を切らして急坂を登り、ホテルの豪華さに気後《きおく》れしながらも、部屋にたどり着いた。ドアを開けてミス・リチャードソンの顔を見た時には、ほっとして思わず笑顔になった。

ミス・リチャードソンはチップをくれたが、これまた法外な額だった。こんなに貰えないと固辞《こじ》すると厳命《げんめい》された。

――それなら買い物につきあいなさい――

もう日が暮れていたが、あまりに高圧的で言い返せず、仕方なくついていった。するとケーブルカーでダウンタウンに戻り、書店で本を大量に選び始めた。

それをすべて買い入れて、また荷物持ちをさせられ、挙句に高級レストランにまでつきあわされた。

あまりの豪華さに、どぎまぎしながら味もわからずに食べ進めると、あれこれと聞かれ、日本から留学のつもりで来たと話した。すると、さらに突っ込んで聞かれた。

――なんのために留学したんだい？　日本に帰って何をしたい？――

それは村井が帰国して以来、愛作が考え続けてきたことでもあった。

――僕はアメリカの文化を日本に伝えたいと思っています。でも日本にも高い文化があるので、できれば、それをアメリカにも紹介したいと思います――

帰りにホテルまで送り、本を部屋に置いていこうとすると、押し止められた。

――それは持っておいき。あんたなら面白く読めるから――

また固辞しようとすると、厳《きび》しい口調でたしなめられた。

――言われた通りにしなさいッ。あんたのために買ったのだから――

――でも、こんなにしてもらう理由がありません――

――私の道楽だよ。結婚もせずに今まで生きてきて、お金を残してもしょうがないし――

少し穏やかな口調に変わった。

――あんたみたいに見どころのある若い人に、久しぶりに会ったしね――

愛作は恐る恐る聞いた。

――どうして見込んでくれたんですか――

――本が好きな若者は大成《たいせい》するよ。それに、ひとりで店を掃除した気づかいもいいし、絹地やら何やらを、部屋に届けた時の笑顔が悪くなかった――

学校に行くつもりはないのかと聞かれたので、できれば行きたいと答えた。

――それなら、いい学校を選びなさい。いい友人ができるし、いい友人は一生の宝になる――

そう言って、ミス・リチャードソンはケンタッキーに帰っていった。

愛作が買ってもらった本を、すべて読みつくした頃、店の住所宛に封書が届いた。開けてみると、東部のノースフィールド・マウントハーモン校という寄宿高校への推薦状《すいせんじょう》と、大陸横断鉄道の切符と小切手、それに一行だけの手紙が入っていた。

――かならず使いなさい――

今度は好意を受けることにして、指定《してい》された東部の学校まで、はるばる出かけてみた。すると何もかも準備が整っていて、簡単な試験だけで入学が決まったのだ。

そこは東部に多い全寮制の私学で、アイビーリーグと呼ばれる名門私立大学を目指すための学校だった。生徒は良家の子弟ばかりで、最初は気後れした。

一方、ミス・リチャードソンは、季節ごとに高価な服や本を送ってくれた。休暇になるとニューヨークで落ち合って、話題の芝居や美術館に連れて行かれた。級友たちの会話についていかれるように、気を配ってくれたのだ。

しかし愛作の卒業を待ちかねたかのように、ミス・リチャードソンは他界した。知らせを受けてケンタッキーに駆けつけたが、すでに葬儀まで済んでいた。

突然の病死で遺言もなく、遺族たちには「遺産を減らした」と疫病神《やくびょうがみ》扱いされた。愛作は悔《くや》しさと悲しみをかみしめて、大学進学を誓った。それが恩返しになると信じて。

ただし経済的に自立せねばならず、アイビーリーグを諦《あきら》めて、奨学金が貰える大学を探した。その結果、州立大学の名門、ウィスコンシン大学に入り、文学や社会学を学んだのだ。ウィスコンシンはアメリカ中西部、五大湖の西に位置する州だった。

しかし大学卒業後に就職の壁が立ちはだかった。いずれ日本との文化の架《か》け橋になりたいと、一流商社の門戸《もんこ》をたたいたが、人種の壁は予想外に大きかった。

就職活動中、愛作はニューヨークで不思議な店を見つけた。マンハッタンの高級店が並ぶ五番街で、日本の骨董品《こっとうひん》がウィンドーの棚いっぱいに、美しく飾られていたのだ。

　ひとつずつ眺《なが》めているうちに、生まれ育った茅葺《かやぶ》きの家の記憶がよみがえった。幼い頃、床の間《とこのま》に飾られていた銅製の香炉《こうろ》や、正月になると桐箱《きりばこ》から出された蒔絵《まきえ》の重箱《じゆうばこ》。それらに形も色合いも似た品物が、目の前に並んでいた。

　その時、背後で馬の足音と、車輪が止まる気配がした。振り返ると、シルクハットをかぶった小柄な紳士が、馬車から降りてくるところだった。

　地面に降り立つなり、店の入り口に向かって真っ直《す》ぐに歩いてくる。金髪のドアマンが白手袋で内側から扉を開け、うやうやしく迎えた。

　愛作が脇によけた時、突然、日本語で声をかけられた。

「日本の方ですか」

　その紳士が日本人とは思いもよらなかったが、よく見れば髪も口髭も黒い。ただ何年ぶりかに聞く日本語で、愛作は、とっさに言葉が出てこない。紳士は改めて英語で聞き直した。

　――どこから来ました？――

　愛作も英語で答えた。

　――ウィスコンシンです。もとは日本ですが――

　紳士は穏やかな口調で聞いた。

　――ここに買い物に来たのですか――

愛作は慌てて否定した。

――いいえ、故郷の家にあったものと似ている品物があったので、懐《なつ》かしくて見ていました――

――ニューヨークには何をしに？――

――仕事を探しに来ました。ウィスコンシン大学を出たのですが、なかなか難しくて――

男は、また日本語に戻った。

「ほんなら日本語は？」

大阪弁だった。ようやく愛作の頭に日本語がよみがえる。

「話せます。十九歳まで日本にいたので」

男はポケットから名刺を出した。

「ちょっと中に入りませんか。日本のお茶を淹《い》れますし。よろしかったら、お酒でも」

名刺には日本語で「東洋古美術商　山中《やまなか》商会ニューヨーク店　山中定次郎《さだじろう》」とあり、本店は大阪の高麗橋《こうらいばし》と書かれていた。

「この店のご主人でしたか」

「五年ほど前にニューヨークに来て、あちこちに店を出さしてもろてます」

中に招き入れられて、美術館のようなしつらえに、ただただ目を見張った。

「わずか五年で、こんな立派な店を？」

驚きを口にすると、山中は微笑《ほほえ》んだ。

「古美術は、ごまかしが利《き》きませんから、目利《めき》きでないとあきませんけど、日本で二束三文《にそくさんもん》の古道具でも、ええ品やったら、こっちで欲しがる人がぎょうさんおりますねん」

奥の接客室も豪華だった。そこで緑茶と和菓子が出て、しばらく世間話をしていたが、ふいに山中が聞いた。

「あんさん、仕事お探しや言うてはりましたけど、身上書《しんじょうしょ》みたいなもん、持っておまへんか」

「ありますけど」

商社から突き返された英文の履歴書《りれきしょ》を、愛作はポケットから取り出した。山中は目を通しながら言った。

「東部の名門私立高校を経てウィスコンシン大学とは、たいそうな学歴でおますな。日本の家には道具類もあったて言うし、ええとこの出でっか」

「いいえ、生まれ育った家は北関東の農家でしたが、手を差し伸べてくれる人に出会って、こちらの学校を出ました」

「その東部の私立高校の人たちとは、今もつきおうてまんのか」

愛作はありのままに答えた。

「クリスマスカードは毎年、たくさん交換しています。今回、ニューヨークに来たと知って、大きなパーティに誘ってくれる友達もいます。大きな会社の社長や重役も来るから、仕事探しの役に立つと言って」

「なるほど。いわゆる社交界のつきあいは、苦手《にがて》やおまへんのやな」

「それは平気ですけれど」

するると山中は身を乗り出した。

「うちで働いてもらえへんやろか。いきなりあけすけな話やけど、年俸は欲しいだけ出さしてもらうさかいに」

愛作は突然の申し出に驚いた。

「なぜ、僕を?」

「友達に骨董を売れゆうわけやありまへん。ただニューヨークの社交界に出て、五番街の山中商会で働いていると話してくれたらよろしおす」

古美術品の真偽《しんぎ》は素人《しろうと》にはわかりにくい。だから信用が何より大事であり、林愛作が勤めている店なら安心だという評判が、上流階級に広まればいいのだという。

「上流階級のパーティほど、ええ宣伝の場はあらしまへん。けど、うちの日本人の社員たちは、みんなパーティが苦手ですねん。せやから、あんたみたいな社交上《じょう》手《ず》が欲しいんですわ」

「でも、骨董の目利きなんか、とても」

　山中は笑って答えた。

「それは教えまんがな。道具については、とことん教えまっせ」

　愛作は不思議な縁を感じた。身に余る親切を申し出てくれたのは、これで三人目だった。最初はアメリカに連れてきてくれた村井吉兵衛、ふたり目が名門校に入れてくれたミス・リチャードソン。自分が人生で停滞していると、誰かが手を差し伸べてくれるのだ。

　以前、愛作はミス・リチャードソンに、何をしたいかと聞かれて、こう答えた。

――僕はアメリカの文化を日本に伝えたいと思っています。でも日本にも高い文化があるので、できれば、それをアメリカにも紹介したいと思います――

　山中商会に入れば、少なくとも、あの言葉の後半は実現できる。そう思って、深々と頭を下げた。

「わかりました。一生懸命、勤めます」

　それからライトに出会い、大倉喜八郎にも見込まれて、帝国ホテルに転職したのだった。

愛作は口髭の先をいじりながら、独り言をつぶやいた。

「なぜ若い頃、あれほど自分を見込んでくれる人が、次々と現れたのだろうか」

当時は単に、自分が幸運なのだとしか思わなかったが、何かが運や人を呼び寄せたのは疑いない。それは若さと努力かもしれない。失うものなど何もなかったし、目の前に転がってきた運に、自分自身をかけてみる覚悟があった。

もういちど、つぶやいた。

「覚悟か」

ついさっき舅の長浜佐一郎から指摘された。

「君は及び腰だ。覚悟が定まっていない。それじゃ誰もついてこない。ライトさんを信頼するなら、信じきればいい。それで駄目だったら、君が腹でも切ればいいんだ」

翌朝、愛作は早めに出勤すると、ひとりで図面を携《たずさ》えて、ライト館の現場に行ってみた。

まだ作業員たちは現場に出ていない。大勢が住み込みで働いており、賄《まかな》いの煙が飯場《はんば》から立ち昇る。

秋の空を、鳩《はと》が群れをなして飛んでいた。有楽町《ゆうらくちょう》にある新聞社に向かう伝書鳩だ。新聞に載せる情報を、朝一番に運んできたに違いなかった。

愛作は手にしていた図面を広げた。アメリカでライトが考え、遠藤新が清書してきた全体図だ。すでに、あちこち変更されてはいるが、全体の印象は変わらないはずだった。それを見つめてから、広大な敷地に目を向け、ライト館が建った様子を思い描いた。

黄色いスダレ煉瓦《れんが》と、青味がかった大谷石《おおやいし》でできた壮麗《そうれい》な建物。車寄せには黒塗りの輸入車が次々と入ってくる。ドアマンが笑顔で車のドアを開け、西洋人や日本人の客を迎える。別の客たちが、空《あ》いた車に乗り込んで、また走り去っていく。

今、愛作が立っている辺りまで、歩いてくる西洋人もいる。立ち止まって、建物を振り返り、驚嘆の声を上げる。

――なんて美しいんだ。こんなホテルはニューヨークにもパリにも、アジアのどの町にもない――

その様子が、ありありと脳裏《のうり》に浮かんだ。昨夜の舅の言葉も耳の奥でよみがえる。

「素晴らしいホテルがあったという記憶は、人の心に刻まれる。それが未来永劫、帝国ホテルの名を高めるだろう」

愛作は図面を丸め直した。迷いを捨て、なんとしても、ここにライト館を建てると決意した。そのために支配人を引き受けたのだから。

そして本館に戻り、ライトに伝えた。

──職人たちの腰が引けていて、大倉組も手を引くと言っている。けれど、私はなんとしても完成させる──

ライトは一瞬、驚いたものの、すぐに愛作の覚悟を理解し、胸を張って言った。

──明日、みんなを集めてくれ。私が話をする。重役も大倉組の奴らも石工たちも、全員に話して聞かせて、やる気を高めよう──

翌日、愛作は作業を中断させ、全員を動力室前に集めた。大倉喜八郎も粂馬も姿を見せた。ライトは高く組んだ足場に登り、拳《こぶし》を振りかざして大声で叫んだ。

──私は帝国ホテルを建てるために、故国から遠く離れたこの地に、はるばるやってきたのだッ。何がなんでも建てるんだッ。手を引くなど許さない──

同じ声量で新が訳すと、男たちの顔が引き締まった。愛作は、これが佐一郎の言う勢いなのだと気づいた。

ライトの演説が終わってから、愛作は入れ替わりに足場に登った。そして話し始めた。後ろまで聞こえるように声は張ったが、とつとつとした口調になった。

「ここに建つホテルが、世界中から来る宿泊客の賞賛を浴びるのは疑いない。それは日本が世界の一等国になる証《あかし》だ。日本の未来を象徴する建物だ。僕たちは日本人の希望の星を造るんだ。それを設計できるのはフランク・ロイド・ライトただひとり。みんな、この工事に関わることを誇りにして、力をつくして働いて欲しい。きっと、きっと、子供や孫たちにまで、自慢できる仕事になる」

万感《ばんかん》の思いを込めて話すうちに、気が高ぶって、涙がこみ上げそうになる。なんとかこらえて話を締めくくった。

話し終えた時には、場が静まり返っていた。やはり自分には、勢いづけることなど無理なのだと思った。それでも何がなんでも遂行《すいこう》すると、改めて決意を固めた。

足場から降りた時だった。石工の源太《げんた》が駆け寄ってきた。

「支配人」

愛作が足を止めると、源太は力強く言った。

「支配人、俺はやるよ。何度、やり直しさせられても、やり遂《と》げる。先々、俺の息子が、帝国ホテルの大谷石は、うちの父ちゃんが彫ったんだぞって、自慢できるように」

背後の石工たちも、俺も俺もと続く。その無垢《むく》な純粋さに、とうとう涙がこぼれた。

夕方、粂馬が支配人室を訪ねてきた。

「工事を続けましょう。いや、続けさせてください。職人たちが、やりたがっています」

そして右手を差し出した。

「いい話でした。みんな心を打たれましたよ」

愛作は握手に応じながら言った。

「実は、長浜の義父に説教されたんです」

「そうでしたか。長浜さんさえよければ、一緒に工事に加わってもらいましょう」

「頑固親父《がんこおやじ》だから、引き受けるかどうか」

「頑固親父の扱いは、うちの舅で慣れています。かならず引き受けてもらいますよ」

愛作は泣き笑いの顔になって、もういちど固い握手を交《か》わした。

六章　天使たちの歌声

フランク・ロイド・ライトと林愛作《はやしあいさく》の演説によって、ようやく現場の気持ちがまとまり、大正八年（一九一九）の終盤には工事が順調に進み始めた。

その年の暮れになって、遠藤新《えんどうあらた》は身を固めようと決意した。

アメリカ滞在を終えて、一年八ヶ月ぶりに本郷《ほんごう》の下宿に戻った時、江原都《えばらみやこ》と母親の多喜《たき》が、とても温かく迎えてくれた。新は懐《なつ》かしさのあまり、つい卓袱台《ちゃぶだい》の前で涙をこぼした。

以来、結婚するなら都しかいないと決めていた。そこで本人の気持ちを確かめてから、多喜に思い切って頭を下げた。

「お嬢さんを、嫁に貰《もら》えないでしょうか」

すると多喜にも、思いがけないほど快く承諾《しょうだく》してもらえた。

クリスマスには帝国ホテルに連れていき、本館のホールに飾られた大きなツリーを見せた。

「なんてきれいなの」

振袖《ふりそで》で着飾ってきた都は、目を輝かせてツリーを見上げ、新はその横顔に見惚《みと》れた。

それから林愛作とライトに、改めて都を引き合わせた。するとライトは新を肘《ひじ》で小突《こづ》いた。

――とうとう、ものにしたか。最初に会った時から、いい娘だと思っていた――

愛作も満面《まんめん》の笑みで言う。

「おめでとう。結婚式はどうするんだい？」

「年末に田舎《いなか》に連れていって、あっちで仏前式《ぶつぜんしき》を挙げようと思っています」

「そうか。それなら早めに帰省して、正月は故郷で、ゆっくりしてくるといい。今夜は、ふたりで食事をしていきなさい。僕からのお祝いだ」

いったん遠慮はしたものの、結局、パリの一流レストランを超えると評判のフランス料理を、ふたりで堪能《たんのう》した。

都は女学校でテーブルマナーを習っており、そんな場にも違和感なく溶け込む。それどころか周囲の外国人が、都の美しさに目を留めるのが、新には誇らしかった。

そして翌々日には帰省に同行し、予定通り福田村《ふくだ》の寺で挙式して、そのまま正月を実家で過ごした。

老いた母を、家を継いだ兄夫婦と子供たちが囲み、近在の親戚たちも駆けつけて、兄嫁手づくりの正月料理で、酒を酌《く》み交《か》わした。

東京育ちの都が、田舎に馴染《なじ》むか不安もあったが、意外にも親戚の年寄りたちに、気軽に酌《しゃく》をしてまわる。

叔父が盃《さかずき》を片手に上機嫌《じょうきげん》で言った。

「新は、めげん嫁ば貰って、いがった、いがった」

都が徳利《とっくり》を持ったままで聞き返した。

「めげんよめ？」

「めげん嫁は、めげん嫁だ。わがんねか」

ほかの親戚も手を打って笑う。

「わがんねのも、すかたねえ」

新が見かねて説明した。

「めげんは可愛《かわい》いって意味だ」

すると都は眉《まゆ》と口角《こうかく》を上げて、周囲の口真似《くちまね》をした。

「めげん嫁ば、わがんね」

親戚一同が大笑いになった。

甥《おい》や姪《めい》たちは、洋服姿の若い女性が珍しいらしく、しきりにまとわりつく。

「お姉ちゃん、またヨーヨー教えてくんに」

ヨーヨーは東京で大流行している玩具《おもちゃ》だ。都が親戚の子供たちへの土産《みやげ》にと、いくつも買い求めてきた。子供たちは貰って大喜びしたものの、まだコツがつかめない。

都は笑顔で立ち上がり、差し出されたヨーヨーをつかむなり、沓脱石《くつぬぎいし》の下駄《げた》をつっかけて庭に降りた。ほっそりとした指で糸を巻いて、勢いよく下に投げ下ろす。ひょいと引き上げると、ヨーヨーは手に戻ってくる。そのたびに子供たちが歓声を上げた。

「ほら、みんなも、やってごらんなさいな」

ひとりひとりの手を取って教え始めた。子供たちは四苦八苦しながらも、笑い声が絶えない。

またたく間に三が日は過ぎていき、四日の朝のことだった。兄が玄関から新聞の束《たば》を持ってきた。

「帝国ホテルの記事が載るかと思って、いつも東京日日新聞を取り寄せてるんだが、年末から配達が休みだったらしい。まとめて届いたぞ。読むか」

新は受け取って、年末の日付のものから目を通した。ほんの数日、東京から遠ざかっていただけなのに、妙に懐かしい気がした。

だが十二月二十八日の新聞を手に取るなり、思いもかけなかった記事に凍《こお》りついた。「帝国ホテル新館焼く」という見出しが、二段抜きで載っていたのだ。

無我夢中《むがむちゆう》で全文を読み進んだ。新館とはライト館のことではなく、本館裏手にある客室棟で、新たちは別館とも呼んでいる。

それが二十七日の夜八時半頃、一階角部屋の漏電《ろうでん》で出火したという。消防自動車八台と小型蒸気ポンプ二十一台が駆けつけたが、強風にあおられて手の施《ほどこ》しようがなく、別館は全焼したと書かれていた。

二十七日といえば、新たちが帰省した当日だ。すぐさま新聞を手に立ち上がり、台所に走った。

台所の土間《どま》では、都は割烹着《かつぽうぎ》に姉《あね》さんかぶりという出《い》で立ちで、兄嫁とふたりで、楽しそうに煮物を重箱《じゆうばこ》に詰め直していた。

新は新聞を差し出して言った。

「すぐに東京に帰るぞ」

都は怪訝《けげん》そうに受け取り、記事を目にして顔色を変えた。

それからは大急ぎで荷づくりをして、家族や親戚に見送られ、なんとか常磐線《じようばん》の夜行列車に乗り込んだ。

正月四日の夜行は空《す》いており、ふたり向かい合わせに腰かけて、真っ暗な窓の外を見つめた。時おり蒸気機関車の煙の匂《にお》いが漂《ただよ》ってくる。新は車内の薄明かりで、新聞記事を何度も読み返した。

ちょうど夕食時の出火だったために、宿泊客たちは主食堂に集まっており、無事に避難できたという。表の本館には火がまわらずに済んだらしい。

よほど暗い表情をしていたのか、都が見かねて励ましてくれた。

「そんなに心配なさらないで。ライト館の工事には、きっと支障はないわ。本館が残ったのだから、営業は続けられるでしょうし」

新はうなずいたものの、こんな事件の最中《さなか》に、自分ひとりが故郷で呑気《のんき》に過ごしていたのが、居たたまれない気がした。

上野駅に着いた時には夜が明けており、とりあえず都を本郷の実家に帰した。新は列車を乗り換えて有楽町《ゆうらくちょう》まで行き、日比谷《ひびや》の帝国ホテルに直行した。

そして本館の前で立ちつくした。火事場の匂いが立ち込め、美しいビクトリア調の外壁が、煤《すす》で黒く染まっていたのだ。火の手の激しさが推《お》し量《はか》られた。

裏手にまわると、別館が消えており、真っ黒い瓦礫《がれき》が敷地の隅に積み上げられていた。年末年始にかかったために、片づけも進まないらしい。

本館の支配人室を訪ねると、早朝にもかかわらず、愛作は忙《せわ》しげに働いていた。そして新の顔を見て、ホッとした様子で言った。

「よく帰ってきてくれた。電報を打とうと思ったんだが、フランクがハネムーンを邪魔するなと言うので、遠慮したんだ」

「いいえ、新聞の配達が遅れて、気づくのが遅くなり、失礼しました」

「昨日の重役会で、別館の再建が決まった。本館だけでは、どうしても客室が足りないんだ。ただライト館ができるまでの建物だから、さほど凝《こ》った造りにはしない。今日から設計が始まるはずだから、とにかくフランクを手伝ってくれ」

朝食に出てきたライトにも挨拶《あいさつ》すると、大歓迎してくれた。

――ちょうど今日から別館の設計だ。大急ぎで仕上げよう――

ライト館の設計は一段落ついており、今も基礎工事が続いている。ライトは別館の再建を、むしろ楽しんでいる様子だった。

以前から設計室にしている客室に入り、新がペンや用紙の準備をしていると、ライトが三十歳前後の西洋人の男女を連れてきた。

――話したことがあったろう。アントニン・レーモンドとノエミ夫妻だ。年末に来日した。これから一緒に手伝ってもらう――

レーモンドはチェコ出身の建築家で、ノエミはフランス人のデザイナーだった。

ふたりともライトの事務所にいたことがあり、ここしばらくはニューヨークで働いていたという。新が握手を求めると、レーモンドは気軽に応じた。

——もっとゆっくりしてくればよかったのに。僕が来たからには仕事は間に合うし、新しい通訳も雇《やと》ったし、君がいなくても困らなかったよ——

悪気《わるぎ》はなさそうだったが、どことなく癇《かん》に障《さわ》る言い方だった。ノエミの方が印象はよかった。

——私は主に家具のデザインをさせてもらうけれど、一緒に仕事ができて嬉《うれ》しいわ——

その日のうちにライトは、次から次へとスケッチを描き始めた。短期間で建てられるようにと、簡素にはしてあるものの、どれもライトらしい設計だった。

新がレーモンドと競い合うようにして、スケッチをもとに図面を引いていると、ホテルのスタッフが呼びに来た。

「遠藤さま、大倉《おおくら》さまがご用だそうです」

何の用だろうと、いぶかしく思いながら、新は製図ペンを置いた。すると新しい通訳が伝えたらしく、またレーモンドが癇に障る言い方をした。

——こっちは僕ひとりで充分だから、せいぜい重役の機嫌取りにでも行ってこいよ——

さすがにノエミがたしなめた。

――なんて言い方するの？　あなたひとりじゃ無理よ。フランクのスケッチは、まだまだ増えるんだから――

無数のスケッチをもとに図面を引かせ、その中から選ぶのがライトのやり方だ。ノエミもライトの下にいただけに心得《こころえ》ている。ライト本人は一心に鉛筆を動かしていた。

新が応接室に出向くと、またもや大倉喜八郎《きはちろう》は、気難《きむずか》しそうな顔で待ちかまえていた。

「座りたまえ」

ソファに腰かけるなり、話を切り出した。

「年末にアメリカ人の客から、ライトについて嫌な噂を聞いた。なんでもライトは何年か前に、家の設計を頼んだ施主《せしゅ》の妻を寝取って、ヨーロッパに駆け落ちしたそうだな」

その話だったかと、新は思わず目を伏せた。大倉はかまわずに話し続ける。

「それからは最初の女房と別れて、駆け落ちした女を内縁の妻に据《す》えた。だが奉公人がその女を嫌って、子供ともども斧で殴《なぐ》り殺し、住まいに火を放った。そんなことを耳にしたのだが、本当かね」

それは新が渡米する前に起きた事件であり、噂には聞いていたが、話す気にはなれず、首を横に振った。

「僕は何も知りません」

「噂くらいは聞いただろう」

なおも白《しら》を切った。

「僕が一年半、働かせてもらった事務所も、ライトさんの住まいも、ごく穏やかな雰囲気で、そんな悲劇の気配はありませんでした」

「そうか。林くんも知らないと言うし、いちばん君が詳しいと思ったのだが」

大倉はソファから立ち上がって、手で部屋の扉を示した。

「戻っていい。代わりにレーモンドと通訳に、ここに来るように言ってくれ」

新は戸惑った。レーモンドなら自分よりも詳しいはずで、何をしゃべるかわからない。そこで思い切って言った。

「たとえ私生活で何か起きたとしても、建築家は作品がすべてです。それ以外のことで評価すべきではありません」

「だがライトはアメリカで悪い噂が立って、仕事がなくなった。それで日本に稼ぎに来たのではないのか」

新が黙《だま》り込むと、大倉は立ち上がって後ろ手を組み、ソファの周囲を歩き始めた。

「なぜ君に、こんなことを聞くか、わかるかね。ライトの名誉を取り戻すために、帝国ホテルが利用されるわけにはいかんのだ」

新は思わず言い返した。

「名誉を取り戻すのが悪いことですか。建築家は名声が高まるほど、仕事の依頼が増え、仕事を選べるようにもなります。だから名誉を求めるのは当然です」

「遠藤くん、私はな、仕事のない建築家などに、大事なホテルの設計を頼みたくはない。今からでも遅くないから、設計者を見直してもいいと思っている」

新は首を横に振った。

「その必要はありません。フランク・ロイド・ライトという建築家は、ここぞという時にこそ、誰もが絶賛する建物を創り出します。それは今までの作品を見れば、わかります。仕事が減っているとしたら、今こそが、ここぞという時です」

新の頭にはウィンズロー邸があった。日本の民家からヒントを得た、あの美しい住宅について、ライトはこう言った。

——ウィンズロー邸は、私が二十六歳で建築家として独立して、最初に手がけた作品だ。あれで名をあげるつもりで、こだわり抜いた。とんでもない枚数の図面を描き、模型を何度も何度も作り直して、完璧《かんぺき》な形を追い求めたのだ——

たとえ格安の規格住宅でも、ライトは設計に手を抜くことはない。だが、ここぞという時には、やはり満身《まんしん》の力を込める。アメリカでの評価が低い今だからこそ、ライトは起死回生《きしかいせい》のために全力をつくすに違いなかった。

だが大倉の反応は冷ややかだった。

「ならば君は、ライトの仕事が減っていることは認めるのだな」

「彼の仕事量まで、僕は把握《はあく》していません」

「君の口の堅いのはわかった。君が心からライトを尊敬しているのも」

そして、ふたたび部屋の扉を示した。

「もういい。とにかく仕事に戻れ」

新は扉に向かいかけ、振り返って、もういちど断言した。

「今のフランク・ロイド・ライトだからこそ、かならずや素晴らしいホテルを建てます。僕が言えるのは、それだけです」

二度めの梅雨《つゆ》の最中、珍しく晴れた日比谷の敷地に、けたたましい騒音が響き渡る。大きなドリル部分が縦穴の中に隠れ、土をかき出しながら地中深くへと、めり込んでいく。新しくアメリカから届いた電動掘削機《くつさくき》だ。まだまだ浮き基礎の杭《くい》打ちが続いていた。

地響きはすさまじく、遠藤新の足にも振動が伝わってくる。照りつける日差しに、額からは汗が流れ落ちるが、固唾《かたず》を呑《の》んで見守っていると、暑さを感じる余裕もない。

その時、ミュラーが大音響にも負けじと、大声を張り上げた。

――止めろッ――

「ストップ」や「ゴー」などの簡単な英語なら、今や新が訳さなくても、現場で働く日本人は理解できる。

すぐに回転が止まったが、今度は、あちこちから響いてくる石工《いしく》たちのノミの音が、ドリル音に取って代わって、鼓膜《こまく》に突き刺さる。そこにミュラーの大声が加わった。

――いいか。ドリルを抜いたら、すぐにコンクリートを流し込めッ――

周囲に控える作業員たちの顔が、いっせいに引き締まり、シャベルにコンクリートを山盛りにして待ちかまえた。

――抜けッ――

ふたたび機械音が始まる。掘り進む時よりも静かで、シュルシュルという回転音だけだ。

しかしドリルが上がってくるに従って、穴から泥水がガボガボと噴《ふ》き出す。掘っているわずかな間にも、地中から滲《し》み出していたのだ。

それを見ただけで、新は今日のコンクリート打ちは無理だと思った。埋立地のせいで、たとえ空が晴れていても排水が遅い。

銀色に光る螺旋《らせん》部分が、大量の水を引きずって地上に現れる。それでも先端まで抜け切るなり、作業員たちは穴に向かって、大急ぎでコンクリートを投げ込み始めた。

だが予定量の半分も入らないうちに、穴の口から、また水が溢《あふ》れ出る。ミュラーが太い両腕を交差させて、しかめ面《つら》を横に振った。

──もういいッ、もう止めろッ。今日は中止だッ──

新が訳すまでもなく、作業員たちはシャベルの手を止め、落胆《らくたん》の表情になった。

緊張が解けると同時に、耐えがたい蒸《む》し暑さが全身を襲う。

穴の周囲には大きな水たまりができていた。ミュラーはひとつ溜息《ためいき》をつくと、つかんでいたシャベルに、苛立《いらだ》ちをぶつけた。

──この水ッ。この水野郎ッ──

鬼のような形相《ぎょうそう》で、水たまりに突き刺し、引き抜いては、また突き立てる。

新にも作業員たちにも泥水のしぶきがかかるが、誰も避《よ》けようとしない。ドリルが引きずり上げた水で、すでに地下足袋《じかたび》や作業ズボンの裾《すそ》は、ぐっしょりとぬれている。

ミュラーは、もういちどシャベルを深々と突き刺してから、両肩で息をつきながら、新に聞いた。

――エンドー、この雨季は、いつまで続くんだ？――

――早ければ七月初め。下手《へた》をすると七月下旬まで続く年もあります――

ミュラーは、また声を荒立てた。

――そんなに待てないッ。もう大幅に工期が遅れているんだッ――

去年の末に焼失した別館を、今年の初めから再建し始めた。本館の裏手に続く、八十五室の客室棟だ。

別館と同時進行で、ライト館の方は動力室が建てられた。それ以外の敷地は、ようやく地ならしが終わって、一部で基礎の杭打ちが始まったところだ。

アメリカから輸入した電動掘削機が届いてからは、それまでとは段違いに作業がはかどるはずだった。しかし別館と動力室が完成し、いよいよライト館に集中しようとした矢先に、梅雨に入ってしまったのだ。

図面上、ライト館は大まかに四つに分けられる。西に顔を向けた玄関棟と、その東に続く主要棟。さらに、それらの両翼を固めるようにして、北客室棟と南客室棟が長く伸びる。

建物の基礎工事は、二尺（約六十センチ）間隔で短めの縦穴を掘り、そこにコンクリートを流し入れて杭にする。それが浮き基礎で、いわば巨大な剣山《けんざん》を地面に突き刺すような格好《かっこう》だ。

だが長雨のせいで基礎工事が進まず、建物に着手できない。日程に厳格なミュラーが苛立つのも道理だった。

作業員たちが道具を片づけて、飯場《はんば》に帰っていく。後ろ姿越しに声が聞こえた。

「今日、これから、どうする？」

「まずは銭湯《せんとう》で汗を流すとするか」

「その後、一丁、どうだい」

ひとりの男が花札を配る仕草《しぐさ》をする。別の男は片手を小刻みに振る。

「いや、こっちにしようぜ」

サイコロ賭博《とばく》の意味だ。手持ち無沙汰《ぶさた》になると、つい賭《か》け事に手を出す。

「けどなァ、賭ける金がねえや」

「手持ちの小銭で、いいじゃねえか」

「小銭まですっちまったら、煙草《たばこ》も吸えなくなるしな。とにかく雨が恨《うら》めしいぜ」

すでに百人単位の男たちが働いているが、日払いで賃金を貰う者も多く、長雨は死活問題だった。

ミュラーは別館の自室に戻って、工程を練り直すという。それと別れて、新は石工たちの作業場に向かった。ノミで石をたたく甲高《かんだか》い音が、絶え間なく響き渡る。

近づくと、作業場の屋根の下で、ライトが仁王立《におうだ》ちになっていた。石工たちを怒鳴《どな》り散らしているらしい。かたわらには新しく雇った通訳が、おろおろと立ちつくしている。新は、またかと思った。

いちど源太《げんた》にノミを向けられたが、その後、石工たちはライトや林愛作の演説を聞いて、人が変わったかのように働き始めた。新との仲も改善された。ただ、いまだにライトは、たびたび癇癪《かんしゃく》を起こす。

ライトは新に気づくなり、何か捨て台詞《ぜりふ》を吐いて、こちらに大股《おおまた》で向かってきた。そして救いを求めるように言った。

――エンドー、常滑《とこなめ》から届いたテラコッタを見てくれ。指定と違うんだ――

石工への不満よりも、そっちが先だという。そのまま新はライトと並んで、別館に向かった。

別館八十五室のうち、ライト、ミュラー、レーモンド夫妻が、ひと部屋ずつ使い、ひと部屋が設計室になっている。これから来日予定のアメリカ人技術者たちもいるし、日本人の設計助手も増やさなければならず、すでに設計室は手狭になり始めている。もうひと部屋、欲しいところだが、常に宿泊は満室で、一日も早いライト館の完成が期待されていた。

ライトは設計室に入るなり、テーブルに置いてあったテラコッタを、わしづかみにして新に突きつけた。

――見てくれ。ひどい出来だろう。エレガントさのかけらもない――

それは凝った意匠《いしょう》のテラコッタだった。素焼《すや》きの色は申し分ないが、こちらから送った指示書や図面よりも、ごつい印象に焼き上がっていた。

新はテラコッタを手に取った。

――じゃあ、ごつい部分を石工に削らせて、イメージ通りに直したものを、見本として常滑に送り返しましょう――

――そうしてくれ。でも、こんなことじゃ、手間がかかって仕方ない。いったい、どうしたら頭の悪い職人たちを、ちゃんと働かせられるんだ？――

職人たちの腕を引き出せないのは、いまだ自分に責任があると、新は感じている。ライトの意図を伝えられないせいなのだ。

それにライト自身、日本の優れた職人技《わざ》は、充分に承知しているはずだった。だからこそ、これほど手の込んだ細工《さいく》を要求する。

もともとライトは石材を多用する建築家だ。しかし新がアメリカで見た限りでは、これほど凝った細工は、どこにも使っていない。あくまでも日本の石工たちの腕を見込んで、とてつもなく高い水準を求めているのだ。

ライトがアメリカで最初に考えた帝国ホテルのイメージは、中国風の屋根を持つ建物だった。だが日本に来て以来、何度も何度も設計変更を繰り返し、そのたびに石の彫刻の重要性が高まっていく。今では建物全体が、まるで巨大な彫刻作品だ。

しかし言葉の壁もあって、石工や陶工《とうこう》が高度な期待に応《こた》えられない。そのせいでライトは苛立つのだ。

新はテラコッタをテーブルに戻した。

――今度、新しい意匠のテラコッタを発注する時には、あらかじめ、こっちで粘《ねん》土《ど》か厚紙で立体見本を作って、常滑に送りましょう。その通りに焼き上がるように指示すれば、きちんと作ってくると思います――

新は、そこまで言って、ふと思いついた。

――いっそ石の彫刻の方も、粘土で見本を作りましょうか。立体見本があれば、石工たちは図面よりも理解しやすいはずです――

ライトは目を輝かせた。

――いいアイディアだ。今すぐ粘土を手配してくれ――

その時、製図室の扉が開いて、甲高い女性の声が飛び込んできた。

――フランク、私、もう駄目《だめ》。この蒸し暑さで、具合が悪くなっちゃうわ――

ライトの三人目の伴侶《はんりょ》、ミリアム・ノエルだ。レーモンド夫妻とともに、去年の年末に来日し、以来、帝国ホテルのライトの部屋で暮らしている。それがレースのハンカチーフを振りまわしながら、大げさな身振りで話す。

――この暑さを嫌って、アメリカ人もイギリス人も、みんな箱根《はこね》や軽井沢《かるいざわ》のホテルに移ってしまったわ。あなたが仕事をしている間、私は話し相手もいなくて、たったひとりで暑さを我慢しているのよ。どうせ雨で工事は進まないのでしょ。早く涼しいところに出かけましょうよ――

服装は、ふくらはぎまでの丈《たけ》のドレスだが、袖《そで》なしで襟元《えりもと》が大きく開き、背中もVの字に切れ込みが入っている。パリの最新流行だというが、目のやり場に困る。

それでいて汗でまとわりつきそうな首飾りを、何重にも巻きつけ、頭をすっぽりと覆《おお》い込むような帽子を、深々とかぶっている。濃い化粧も汗で流れ落ちそうだが、目のまわりを黒々と縁取《ふちど》り、くちびるを真っ赤に染めている。

新はアメリカ滞在中から、ミリアムが苦手《にがて》だったが、日本では、その言動がいよいよ浮く。だがライトは妻の機嫌を取るばかりだ。

――ハニー、もう少し待ってくれよ。テラコッタが、うまくいかないんだ――

――待つって、いつまで？　いつも、そんなことをおっしゃって――

ミリアムは真っ赤なくちびるをとがらせて、不満顔を作る。それが一転、両眉《りょうまゆ》を上げて、笑顔に変わった。

――それより今夜、船遊びに行かないこと？　ヤカタブネという船が隅田川《すみだがわ》にあるんですって。川風が涼しいらしいわ――

――ああ、ごめんよ、ミリアム。今夜はホテルの株主たちと会食なんだ――

とたんにミリアムは、さっきとは比べものにならないほど不機嫌になった。

――会食って、またゲイシャガールが来るんでしょう――

アメリカでは会食は夫婦同伴が基本だ。だが日本の宴会は男たちしか出席しない。いちどミリアムも招かれたが、まるで蚊帳《かや》の外で、それきり懲《こ》りてしまっていた。

――あの白塗り女たちに誘われて、せいぜい楽しんでらしたらいいわ――

ライトが浮気性《うわきしょう》なのは事実で、疑われても仕方ない面もある。

――いや、誤解しないでくれ。ゲイシャガールは歌や踊りを披露《ひろう》して、酒をついでくれるだけだ。それに今夜はエンドーもアントニンも一緒だ――

しきりにライトが目配《めくば》せしてくる。新は事情を汲《く》んで言った。

――ええ、今夜は僕も行きます。遅くならないように戻りますよ――

するとミリアムはアントニン・レーモンドに声をかけた。

――アントニン、あなたも行くの？――

レーモンドは製図台で図面を引きながら、振り向きもせずに答えた。

――行くと思いますよ、たぶん――

ライトは妻の機嫌が少し持ち直したのを見計らって、製図室から連れ出した。

――喉《のど》が渇いただろう。そろそろ本館のバーが開く頃だ。冷たいものでも飲みに行こう――

ふたりが出ていって扉が閉まると、レーモンドは製図ペンを放り出した。

――まったくアメリカ女は厄介《やっかい》だな。フランクには同情するよ。だけど今夜、俺たちが出かけたら、またミリアムの機嫌とりは、ノエミに押しつけられるんだろうな――

レーモンドは自分の妻を目で示した。ノエミは部屋の隅の製図台で、ライトに頼まれたホテルの絨毯《じゅうたん》や椅子《いす》のデザインを、いかにも楽しそうに考えている。ノエミのデザインにも、ライトは容赦《ようしゃ》なく駄目出しをする。いったん承諾したものを、引っくり返すことも、たびたびだ。だがノエミは不満そうな顔もせず、また一からやり直す。その従順さが不思議で、新は質問したことがあった。

――どうして平気なんです？――

――こんなこと、フランスじゃ当たり前よ。たとえプロジェクトが進んでたって、もっといいアイディアが浮かんだら、ためらいなく、やり直すの。いいものを創るためなら、遠まわりでも気にしないわ――

　だからこそフランス人は、アートやデザインの分野で、世界最高峰の結果を出せるのだという。ライトはイギリス系アメリカ人だが、まさにフランス的だった。

　ノエミは肩をすくめて笑う。

　――ドイツ人は最初に時間をかけて決めて、それを曲げないから、創作には向かないの。ミュラーを見ればわかるでしょ。日本人もドイツ人に似ているわね――

　新はレーモンドの母国について聞いた。

　――じゃあ、チェコ人は？――

　――チェコの人たちはドイツ人っぽいけれど、そこまで厳格ではないわね。ボヘミアンっていって、人は人、自分は自分っていうのが、典型的なチェコ人よ。でもレーモンドは、ちょっと違うわね。あなたのことを妙に気にするもの――

　新は、なるほどと納得しつつも、質問を続けた。

　――じゃ、アメリカ人は？――

　――アメリカ人は、みんな他所《よそ》から来た人たちだから、ごちゃごちゃ。でも開拓時代に、女の人も命がけで働いたから、女の人が強い国よね――

　レーモンドは愛妻家ではあるものの、ノエミは夫が自分を置いて、芸者のいる宴席に出かけても平気だ。これがフランス女のやり方よと言わんばかりに、デザイン画を描いている。

一方、ライトはミリアムの機嫌をとるために、一日も早く避暑に行かねばならず、いよいよ工事の遅れに苛立つ。

今夜、男たちが出かけた後は、おそらくレーモンドの言う通り、ノエミがミリアムの話し相手になるしかない。ミリアムは誰よりもノエミを信頼している。

新は面倒な人間関係に溜息をつき、とりあえず粘土の手配に取りかかった。

その年の梅雨明けは遅かった。いよいよ現場の雰囲気が悪くなっていく。

七月半《なか》ばになると、新が都と暮らす四谷《よつや》の新居に、実家の兄から手紙が届いた。長雨のせいで充分に気温が上がらず、稲の成長が遅れているという。この調子では、秋になっても豊作は期待できそうになかった。

遠藤家は福島県内にあるが、宮城県との県境に近い。その辺りは日本有数の米どころだ。そこで不作になると、都会では米不足に陥《おちい》り、米価が跳《は》ね上がる。

そんな不安が広がり、日本中が重苦しい雰囲気に包まれて、深刻な不況が始まった。世界大戦の戦争特需以来、日本経済は急上昇と急降下を繰り返してきている。

大戦後の講和条約であるヴェルサイユ条約によって、国際連盟が創設されることになると、日本はイギリス、フランス、イタリアと並んで常任理事国に決まった。

まさに世界の一等国の仲間入りであり、その晴れやかさから、一時、景気は持ち直した。

今年一月には、いよいよ国際連盟が活動を開始した。だが世界の一等国という誇りだけでは、好況は長く維持できないことを、日本人は気づいてしまった。

戦争が終わってヨーロッパの工場が再開され、アジアの植民地の市場は取り返されていった。その結果、大戦特需で過剰《かじょう》に設備投資した機械類は、稼働《かどう》の機会がなくなり、人々は仕事を失った。そして、いよいよ事態は深刻化していった。

ただしライト館の建築現場は、梅雨明け以降、急に活気づいていた。土地が乾いた後は、基礎工事が一挙に進み、いよいよ建物に着手したのだ。

日ごとに働く人数も増えた。飯場も足りなくなって建て増しを繰り返し、道路沿いは仮設の飯場が、ずらりと並んだ。その外壁には「帝国ホテル新築工事場」と大書された看板が掲げられ、日比谷公園を訪れる人々の目を引いた。

連日、大谷《おおや》から貨物列車で、莫大《ばくだい》な量の石材が運び込まれ、常滑からは焼物が続々と届く。敷地内はところ狭しと大谷石が重ねられ、その間に、菰《こも》かぶりのスダレ煉瓦《れんが》やテラコッタが山積みにされた。

そのただ中で、ライトは上機嫌だった。

――素晴らしい。マヤの遺跡のようだ――

それらを使った建築方法は独特だった。

一般的なコンクリート建築は、まずベニヤ板などで仮囲いをした中に、鉄筋を配しつつ、コンクリートを流し入れる。それが固まってから仮囲いを外《はず》して、外壁や内壁を張っていく。

だがライトは仮囲いの工程を省略した。大谷石とスダレ煉瓦、テラコッタの三種類を、装飾的に組み合わせて、先に外壁と内壁を積み上げてしまう。その隙間《すきま》に鉄筋を配しながら、コンクリートを流し込んでいくのだ。そうすることによって、内外の壁がコンクリートと一体になり、分厚く、強固な壁が出来上がる。そのうえ手間や費用も省《はぶ》ける。

ただし、この方法は、やり直しが利《き》かない。従来の方法なら、気に入らなければ、石も煉瓦も積み直せる。だがライトのやり方では、すべてが一発勝負だった。

しかし、この作業は、意外に手際《てぎわ》よく進んだ。大倉組の男たちは基礎づくりの経験を経て、すでにコンクリートの扱いに慣れていた。それに石材などを寸分の狂いもなく正確に積むのは、最初から得意だ。

やり直しするのは、ライトの気が変わった時だけだった。石の彫刻が気に入らないとか、テラコッタの色が悪いなどと、文句をつけては、出来上がった壁を容赦なく突き崩させた。

そんな時、嫌な顔をする男たちに、新はノエミから聞いた話を伝えた。

「フランスでは、いったん出来上がったものでも、いいものを創り出すためなら、ためらいなく、やり直すそうだ。だからこそフランスは、創作の分野で世界一になれる。それを見習おう」

この説得は効果があった。ライトの気まぐれに文句を言っていた者も、それがフランス式と認識してからは、不思議なほど不平は鳴りを潜《ひそ》めた。

さらに内外の壁が形になり始めると、造形美が目に見えてきて、誰もがライトの実力を認め始めた。そうして、ようやく工事に拍車《はくしゃ》がかかったのだ。


現場中が活気づく中、ひとりだけ不機嫌な男がいた。大倉喜八郎だ。

秋も深まる頃、いつものように新が別館の設計室に出勤すると、ライト、ミュラー、レーモンドのほかに、林愛作と大倉粂馬《くめま》が顔を揃《そろ》えていた。大倉喜八郎から呼び出しがかかったという。

ホテルの若いスタッフが、六人揃ったのを確認しに来て、それから大倉自身が着流し姿で現れた。そして険《けわ》しい顔で新に命じた。

「遠藤くん、ライト館の平面図を出してくれたまえ。それと通訳を頼む」

平面図は地階から四階まで五枚ある。新は五枚とも製図台の上に広げた。その中から大倉は二階と三階の二枚を引き出し、主要棟の部分を人差し指でたたいた。

「ここの劇場を取りやめたい」

新は訳さずに突っぱねた。

「今さら、そんな変更はできません」

すると大倉は、新の目と鼻の先まで進み出て、脅《おど》しつけるように言った。

「君の意見は聞いていない。だいいち今までライトさんは、さんざん設計変更をしてきた。劇場を削るなど、お手のものだろう」

主要棟は下階に広い厨房《ちゆうぼう》と、バーやグリルと呼ばれる軽食堂などがあり、どちらも天井《てんじよう》が高く、一階部分が吹き抜けになっている。

その上の二階から三階にかけては、劇場が設《もう》けられる予定だ。二階には舞台と可動式の座席が置かれ、さらに上の階には、コの字型に回廊《かいろう》が配される。そこにも座席が設けられて、舞台を見下ろす形だ。

ホテル内に劇場を設けるのは、ライトのこだわりのひとつであり、新としては英語に訳す気にはなれない。黙り込んでいると、大倉は林愛作に言った。

「林くん、私の意向を、君からライトさんに伝えてくれ。それとも別の通訳を呼ぼうか」

「いや、待ってください」

新は覚悟を決めた。

「私が訳して伝えます」

そして大倉が劇場を削りたがっていると、簡単に伝えた。するとライトは眉をひそめて答えた。

――最初の依頼段階から、帝国ホテルは社交の場にしたいという話だった。だから劇場を設けるのだ。遠い国から来た、知らない同士の宿泊客たちが、見たばかりの日本の劇や音楽について感想を語り合って、たがいの交流を深める。そうすれば滞在の印象が高まり、日本への理解も深まるはずだ――

だが大倉も負けずに言い返した。

「観劇なら帝国劇場がある。ここから歩いて十分もかからない。それで充分だ」

帝国劇場は大倉の肝《きも》いりで建てられた大劇場だ。

ライトは首を横に振った。

――帝国劇場は日本人向けだ。シェイクスピアやオペラを上演していて、海外からの客には向かない――

「いや、歌舞伎《かぶき》も上演する。だいいち歌舞伎や浄瑠璃《じょうるり》を見たいなら、専門の小屋に行けばいい」

――駄目だ。日本の伝統的な劇場は、客席が正座用の桟敷《さじき》で、西洋人は座りにくい。それに帝国劇場は舞台が客席から遠すぎる。私は浄瑠璃の人形の衣装の繊細《せんさい》さまで、西洋人に見せたいのだ――

言い合いになって声が高まる。だが大倉は一転、声を低めた。

「ライトさん、工期が大幅に遅れて、費用がかかりすぎている。ここは劇場をなくして、主要棟を二階分、低くしてもらいたい。そうすれば完成も早まるし、費用も減らせる」

――駄目だ。このホテルは正面から奥にいくに従って、階層が高くなる。劇場の二階分がなくなったら、日比谷公園からの景色がだいなしだ――

計画では前庭に大谷石の池があり、その向こうに一階のみの玄関がある。その奥には二階建てのロビーと主食堂、さらに先には、劇場を含む四階建てが計画されている。

日比谷公園側から望むと、まさに天空に向かって階段状にそびえていく感覚だ。さらに両側には、二階建ての客室棟が手前から奥へと、地を這《は》うように細長く伸びる。その全体の均衡《きんこう》が、美しさの鍵《かぎ》だった。

今までに、おびただしい数の図面が、描かれては破棄《はき》されていった。そうして到達した設計であり、完璧に出来上がっている。それを今さら一部を変えるとなると、均衡が崩れてしまう。まして主要棟は、すでに地下と一階部分が着工していた。

　しかし大倉は悪びれもせずに言う。

「とにかく劇場はやめて、その代わり宴会場を二階分の吹き抜けにして、せめて三階建てにしてもらいたい。それに劇場のように大人数が入る施設を、この地盤の悪い中に造って大丈夫かと、粂馬も案じている」

　遠藤新は通訳をしているうちに腹が立ってきて、訳さずに言い返した。

「劇場を設ける件は、大倉組でも納得済みのはずです」

「遠藤くん、君の意見は聞いていない。私の言葉を伝えてくれればいいんだ。通訳が嫌なら、林くん、頼む」

　当然と言わんばかりに命じられ、林愛作は困り顔を新に向ける。なおも新が黙り込んでいると、愛作は仕方なさそうに話の内容をライトに告げた。案の定《じょう》、ライトは粂馬も了承済みだと主張した。

　すると大倉は次々と文句を言いだした。

「だいたい浮き基礎などという実績のないものを、どうやって信用しろというんだ。それにライトさんは自分の建てるものを、有機的建築と仰《おお》せのようだが、有機物というのは燃えるもののことだろう」

　確かにライトはアメリカの建築雑誌などで、自分の作品を「有機的建築」と称している。大倉は近くにあったテラコッタを手にした。

「今、建てているホテルの建材は、大谷石と煉瓦とテラコッタ、それに屋根の銅板と窓ガラス。どれをとっても無機質なものばかりだ。どこが有機的なのかね」

新は黙っていられず、また割って入った。

「有機的建築というのは、有機物を使った建物という意味ではありません。茅葺《かやぶ》き屋根や材木や障子《しょうじ》のようなものこそが有機物ですが、たとえば、そういった日本の民家の真髄《しんずい》を取り入れた建物を、ライトさんは有機的建築と呼んでいるのだと思います」

ライトにとっては、ニューヨークやシカゴで注目されている摩天楼《まてんろう》のように、四角いコンクリートの巨大建築が無機的建築であり、自分の建てるものは、その対極にあるという意識だった。

だが大倉は、いっそう不愉快そうに言う。

「そういう上《うわ》っ面《つら》な言葉が、気に入らんというのだ。有機的建築だの、浮き基礎だのと」

少し口調を落として続けた。

「それにライトさんは、アメリカでは住宅の建築で名をあげたらしいが、そもそも今までにホテルのような大きなものを、建てたことはあるのかね」

いかにも大規模建築には素人《しろうと》だと言いたげだった。林愛作は厳《きび》しい表現を少し和《やわ》らげつつ、ライトに訳を伝えている。また新が言い返そうとするのを、ライト自身が制した。

――確かに私は住宅の設計家として、世界に名を知られている。だが大型レストランやビルも手がけているし、経験は充分だ――

しだいに議論は堂々めぐりを始めた。すると愛作が通訳を中断し、背広の袖を少しめくって腕時計を見た。

――少し休みませんか。こんな時間だ――

とうに昼をまわっていた。レーモンドとミュラーは、さっきから何度も腹に手を当てており、揃って賛成した。

「私は午後から別件があるから日を改めるが、とにかく劇場は、なしだ」

大倉は念を押すが、ライトも負けずに言い返す。

――劇場も浮き基礎も、いったん決まったことを蒸し返すのは、やめてもらいたい――

大倉は設計室から大股で出ていく。新は納得できなかったが、大倉相手に議論する気力は、すでに失《う》せていた。

ライトが劇場にこだわる理由を、新は理解できる。

ライトの自邸と設計事務所のあるタリアセンには、叔母たちが運営する私立学校が、丘陵《きゆうりよう》地《ち》の中に設けられている。

その学校の講堂は、洒落《しやれ》た劇場として造られていた。全体がすり鉢《ばち》状で、底に当たる部分に舞台があり、三方を取り囲むように客席が配置されている。そこで生徒たちが芝居や楽器の演奏などを披露するのを、ライトは何より楽しみにしていた。

またライトが設計する住宅にも、子供部屋などに、ちょっとした舞台が設けられることが多い。その家の子供たちが、劇などをして遊ぶのだ。ままごとも一種の芝居だが、それを親たちに披露することで、自主性を育《はぐく》むという意図《いと》があった。親たちも子供の遊びを見て楽しむ。それが家族の絆《きずな》だった。

帝国ホテルの劇場は、その延長線上にある。違うのは、観る側の人たちが世界中から来ており、客同士の絆が目的という点だ。

だが新は大倉に、うまく説明できる自信がない。話したところで返事は予想できる。

「そんな子供の遊びと、帝国ホテルとが、どう関係するのかね？」

その後も設計室の雰囲気は悪くなる一方だった。ライトとミリアムとの喧嘩《けんか》は繰り返され、そのたびにノエミが仲裁《ちゆうさい》に入る。

そのかたわらで、おびただしい数の図面引きに、レーモンドが倦《う》み始めた。ましてレーモンドは自分自身の創作にこだわりを持っており、それがライトの意向に反するために、たびたび口論になった。

新が見かねて忠告すると、レーモンドは、せせら笑った。

――フランクはドン・キホーテで、さしずめ君はサンチョ・パンサだな――

新は自分のことよりも、ライトを罵《ののし》られたことが不愉快だったが、これ以上、人間関係を悪くしたくなくてこらえた。

現場の雰囲気も、また悪くなった。

主要棟の一階ホールには「光の籠柱《かごばしら》」と呼ぶ柱を四本、立てることになっている。一部が素通《すどお》しのテラコッタを、床から天井まで重ねて、四角柱を形づくる。中に光源を仕込むと、素通し部分から光がもれて、柱全体が照明器具になる仕掛けだった。

だが、その積み具合がうまくいかない。凝った柱だけに、一カ所でもテラコッタに傷がついたり、わずかでも歪《ゆが》んで積まれたりすると、ライトは容赦なく言い放った。

――やり直しだッ。壊せッ――

そうなると、一本すべて壊して、また床から積み直さなければならない。それが二度、三度と繰り返された。さすがに職人たちも不機嫌になる。

新は言葉をつくして励ました。

「この『光の籠柱』こそが、ライト館の最高の見せ場なんだ。面倒だろうが、頑張ってくれ。かならず素晴らしい空間ができる」

そんな時、新は、羽仁《はに》もと子と吉一《よしかず》という夫妻から、個人的に設計依頼を受けた。

ふたりは「婦人之友《ふじんのとも》」という画期的な女性誌を発行しており、毎号、美しく快適な暮らしを提案していた。賢く家計を節約できるようにと、記入式の家計簿を年末に売り出して、毎年、大人気を博している。それまで家計簿というものがなかったのだ。

その儲《もう》けを社会に還元する意味もあって、夫妻は独自の女学校を開こうと考えていた。校名は自由学園とし、校舎の設計を、新に依頼してきたのだった。

夫の吉一は紳士然として寡黙《かもく》だが、もと子の方は饒舌《じようぜつ》で押しが強い。着物姿で、自由学園について熱く語った。

「ずいぶん前から、私たちは学校を創る夢を持っていました。子供たちの自主性を大事にしたいのに、そういう学校がないのです」

既存《きそん》の女学校には、教師になるための師範学校や、英語教育に力を置くミッションスクールなどがある。もと子はクリスチャンだが、既存の学校とは違うものを求めていた。

「学業のかたわら、生徒たちに給食の調理や仕入れを任せて、実体験から学ばせたいのです。手作業にも力を入れます」

新は、タリアセンの学校と共通するものを感じ、即座に提案した。

「それなら僕ではなく、ライトさんに依頼しては、どうでしょう」

ライトなら帝国ホテルと同時進行でも可能なはずだった。だが、もと子は驚いた。

「まさか、そんな世界的な建築家の先生に、小さな学校の設計など頼めません。お金も限られていますし」

尻込みする夫婦を、新は帝国ホテルに連れていき、ライトと引き合わせた。すると予想以上に意気投合したのだ。

もと子は尻込みが嘘だったかのように、女学校で習ったという片言《かたこと》英語で話し、ライトは二言三言、聞くだけで、何もかも理解した。それほど共通する思いがあったのだ。

婦人之友社は池袋《いけぶくろ》駅の近くにあり、社屋の向かいの空き地が建設予定地だった。もと子は以前「婦人之友」の読者と家族を集めて、そこで運動会を催《もよお》したことがあり、その時、読者の子供たちにふさわしい学校を、ここに創ろうと決意したという。

ライトは敷地を見てから、間取《まど》りや完成時期などの希望を聞き、すぐに設計すると約束した。予算が少なくてと、しきりに恐縮する夫妻に、心配は要《い》らないと請《う》け合った。

以来、ライトは上機嫌になり、ミリアムとの喧嘩も激減した。新は、ライトが描き出すスケッチに胸を高鳴らせた。予想をはるかに超える建物だったのだ。

ライトはアメリカで住宅を設計する際に、いつも玄関を重視しない。通り抜けるだけのものだからだ。その代わり、滞在時間の長いリビングルームを広く取り、窓も大きくする。むしろ玄関は狭く、天井も低くして、吹き抜けのリビングに出た時の開放感を演出するのだ。

自由学園も、学校の昇降口《しょうこうぐち》は正面という常識をくつがえし、建物の真ん中にホールを位置づけた。その両側に小ぶりの出入り口を一カ所ずつ設け、さらに左右に教室を連ねた。

その結果、外観は、三角屋根の中央のホールが強く印象づけられる。屋根の下には、地面から屋根下まで至る五本の縦長窓が、外壁に切れ込みを入れたように並ぶ。ライトが得意とする窓の形だ。

　普段のライトの設計なら、窓には幾何学《きかがく》模様のステンドグラスを用いる。だが価格を抑《おさ》えるためにステンドグラスは避けた。

　その代わり、焦《こ》げ茶色に塗装《とそう》した細長い木片を、ステンドグラスの枠のように、窓枠から窓枠へと斜めに渡すことにした。それによって五本の縦長窓全体で、大きな幾何学模様を描き出すのだ。それぞれの板ガラスは変形にはなるが、大きな一枚ガラスを使わずに済む。その点でも価格を抑える工夫だった。

　ホールの中に入ると、二階まで吹き抜けの天井から板張りの床まで、まばゆいばかりに光が差し込み、美しい幾何学模様を際立《きわだ》たせる仕掛けだった。

　天井や内壁の意匠は、タリアセンから流用してある。ライトは新に指示した。

　――内壁は安い合板《ごうはん》を使って、ペンキを塗ってしまえばいい――

　建物の足元には大谷石を用いるが、帝国ホテルの現場で失敗した石を、四角く整え直して、安く譲《ゆず》らせるという。

　新は建築模型を作って、ライトと一緒に池袋の婦人之友社まで持っていった。すると羽仁夫妻は、七、八人の少女とともに待っていた。読者の娘たちで、自由学園の入学希望者だという。

　新が模型を取り出して見せると歓声が上がった。もと子も吉一も目を見張った。

「こんな素敵な校舎になるんですか」

　少女たちも口々に言う。

「こんなところで学べるなんて」

「ここで勉強したい」

「私、早く入学したい」

　新は施主だけでなく、少女たちが喜んでくれたのが、ことのほか嬉しかった。ライトも満足そうだった。

　ひと通り説明が終わると、もと子は少女たちに言った。

「ライトさんと遠藤さんに、歌をお聞かせしたら？　せめてものお礼として」

　少女たちは教会の聖歌隊に属しているという。最初はためらっていたが、もと子が促《うなが》すと、二列に並び、ひとりが手で合図《あいず》した。

　すると驚くほど伸びやかな声で、賛美歌が始まった。素朴《そぼく》な縞《しま》の着物姿の少女たちが、一生懸命、歌っている。

　その無垢《むく》な姿に、思いがけないほど心揺さぶられた。歌を聞いて感動したことなどなかったが、ずっと続いていた人間関係の煩《わずら》わしさが、洗い流されるかのようだった。

　歌が終わるなり、新は力いっぱい手をたたこうとした。だが寸前に気づいた。隣の椅子に腰かけているライトが、泣いていたのだ。ポケットからハンカチーフを取り出して、目元に押し当てている。

羽仁夫妻も少女たちも驚いて言葉もない。するとライトはハンカチーフを顔から外し、潤《うる》んだ声で言った。

――素晴らしい。何よりのお礼だ――

新はライトの思いを推し量った。かつてタリアセンで殺された子供たちを思い出したのか、それとも新と同様、人間関係の煩わしさやうまくいかない工事から、いっときでも解き放たれたのか。

ライトは常に強気で、時には、ちょっとした法螺《ほら》も吹くし、やや軽佻《けいちょう》浮薄《ふはく》な印象もある。それでいて心の中には、きわめて重いものや、弱い部分を抱《かか》えている。繊細だからこそ、あれほど美しい建物を創れるのだ。

その隠された一面が、少女たちの歌声で、ふいに表に出たに違いなかった。もと子や少女たちも、もらい泣きしている。ライトは何度も涙を拭《ふ》いて、新に言った。

――こういうものをこそ、私は帝国ホテルの劇場で見せたいのだ。海外から来た人々に、日本人の美しい姿を見てもらいたい。美しい歌声を聞いてもらいたい。どれほど日本の印象が高まることか――

新は、その意図を理解した。旅行の楽しみのひとつは、地元の人々とのふれあいだ。歌舞伎や浄瑠璃ではなく、こんな普通の少女たちの歌を聞いて、少しでも言葉を交わせたら、さぞ満足してもらえるに違いない。

その一方で、日本人の理解を得られるかどうかが心もとない。また大倉喜八郎の反応が目に浮かぶ。

「そんな子供の素人歌など、帝国ホテルで披露できるはずがないだろう」

自由学園の校舎に着工する一方で、帝国ホテルの工事は「光の籠柱」の五回目のやり直しが終わった。

新は、今度こそ承認してもらえるようにと祈りながら、ライトとともに現場に向かった。四本のうち三本は、すでに認めてもらえたが、あと一本が駄目だったのだ。

職人たちの落胆した顔を見るのは、もう嫌だった。それに「光の籠柱」ができない限り、二階の工事に移れない。これ以上、工期を遅らせるわけにはいかなかった。

地面に置かれた大谷石やスダレ煉瓦を、ライトは器用に避けながら、まだ扉もない玄関から入っていく。新は後を追った。

いつものライトの手法通り、玄関の天井は低い。しかし数段の階段を昇って、ホールに至ると、一気に天井が高くなり、劇的に開放感が高まる。その四方に「光の籠柱」が配置されている。

ホールには大倉粂馬と、揃いの半纏《はんてん》姿の職人たちが、緊張の面持《おもも》ちで勢揃いしていた。野太《のぶと》い声でライトを迎える。

「おはようございます」

「オハヨゴザイマス」

ライトも片言の日本語で応え、やり直しの一本に近づいた。素通しのテラコッタに手を触れながら、ゆっくりと全体を見上げる。新には完璧としか思えないが、ライトの目は厳しい。高々とそびえる四角柱を、一面ずつ、下から上へと丁寧《ていねい》に確認していく。粂馬も職人たちも固唾を呑んで見つめた。

ライトが「光の籠柱」を一周するのを待ちかねて、新は聞いた。

――どうですか――

するとライトは黙って粂馬に近づき、右手を差し出した。粂馬が硬い表情のまま握手に応じた。ライトが口を開く。

――これでいい。今度こそ完璧だ――

新は即座に大声で訳した。

「いいそうだッ。許可が出たぞッ」

次の瞬間、職人たちの口から、うなり声のような大歓声が飛び出した。飛び跳ねて喜ぶ者もいれば、周囲と抱き合う者もいる。その場にしゃがみこんで泣き出す者さえいた。

ライトが振り返って言う。

――皆に、よく頑張ってくれたと言ってくれ。私も嬉しい――

新が大声で伝えるなり、大騒ぎが静まっていった。今度は立ったまま泣き出す者が続出した。粂馬も目を赤くして言う。

「また駄目だったら、今度こそ辞めさせてくれと言うつもりだった。職人たちも限界に来ていたし。本当に、よかった」

新はライト館の工事の中で、最大の山場を乗り越えたと感じた。

十二月に入ると、ライトは林愛作に相談を持ちかけた。

――このクリスマスシーズンに、ミセス羽仁のところの少女たちを呼んで、本館で賛美歌を歌わせたい。ホテルの客だけでなく、ミスター大倉にも聞いてもらいたいのだ――

いずれはライト館の劇場でも披露させたいと話した。すると愛作が新に聞いた。

「遠藤くんも、その歌を聞いたのかね」

「聞きました。なかなかレベルが高いし、着物姿の少女たちが歌う賛美歌は、外国人に喜ばれると思います。ただ大倉さんが許可するかどうか」

愛作は口髭《くちひげ》に手を当てて、少し考えてから言った。

「いちおう僕も事前に、その歌を聞いてみたいが、いずれにせよ大倉さんには黙っておいて、サプライズで見せよう」

翌日、新は自由学園の建築現場に足を運びがてら、羽仁もと子に企画を持ちかけた。すると、もと子は手を打って喜んだ。

「素晴らしい案だわ。これから充分に稽古《けいこ》して、恥ずかしくないものにします」

次に行った時には、チラシを手渡された。筆文字で英文が書いてあり、少女たちが一枚ずつ手づくりしたという。

――日本の少女たちによる　クリスマスの小コンサート　十二月二十三日から二十五日までの毎夕五時から　帝国ホテル本館ホールにて　ぜひ、お立ち寄りくださ い――

紙面の隅には鶴や羽子板など、一枚ずつ違う図柄が描いてある。素朴ではあるものの、日本的なものが筆で描かれており、西洋人が喜びそうなチラシだった。もと子は女性誌を作っているだけに、こういった感覚には特に優れている。

帝国ホテルに戻って、愛作に渡すと目を細めた。

「これは受けそうだな。とりあえず二十三日の様子を見て、大倉さんをクリスマスイブに呼ぼう。工事の相談があるとでも言って」

初日の二十三日、もと子は少女たちを伴って、昼過ぎに帝国ホテル本館に現れた。少女たちは揃いの新しい着物を着ていた。赤と緑の縦縞で、婦人之友社で反物《たんもの》を用意し、各人が縫ったという。

本館ホールのクリスマスツリーの前で歌わせようと、新が立ち位置などを打ち合わせていると、突然、大倉喜八郎が現れた。

「何を勝手なことをしているッ」

片手に例のチラシを鷲づかみにしている。あまりの剣幕《けんまく》に、少女たちはすくんでしまった。新が言い返そうとした時、愛作が支配人室から飛び出してきた。

「僕が許可しました。お客さまへのサービスで、クリスマスの歌を披露するのです」

案の定、大倉は気に入らなかった。

「この娘たちは素人だろう。そんな歌など」

そこに西洋人の女性客が通りかかり、少女たちの着物に目を留めた。

——あら素敵。クリスマスカラーのキモノね。あなたたち夕方のコンサートで歌うんでしょう。楽しみにしているわ——

新は赤と緑の縞がクリスマスカラーとは気づかなかったが、もと子は少女たちの後ろで、嬉しそうに肩をすくめている。大倉は客が楽しみにしていると聞いて、黙らざるを得なかった。

夕方になると客が集まり始めた。用意した椅子は埋まり、すぐに立ち見が出た。ホールには人が行き交う余裕もなくなり、新が最後列に立つと、大倉が不満そうに言う。

「なぜ、こんな狭いところで演《や》るんだ？」

ここぞとばかりに答えた。

「ほかに場所がないので」

照明が暗くなり、少女たちが蠟燭《ろうそく》を手に現れて、ツリーの前に立った。新は昼間の大倉の剣幕で、少女たちが萎縮《いしゅく》してしまわないか気がかりだった。

しかし歌が始まって、すぐに杞憂《きゆう》だと気づいた。以前に聞いた時よりも、さらに美しい歌声がホールに響いたのだ。稽古のたまものに違いなかった。

「きよしこの夜」から始まり、穏やかな曲が続いた。日本語の歌も英語もラテン語もあり、西洋人の客たちは誰もが聞き惚《ほ》れる。

最後は照明がつき、華やかなハレルヤコーラスだった。もと子が大きな身振りで観客も歌うように誘い、皆、高らかに歌い始めた。

曲が終わるなり、盛大な拍手が湧いた。座っていた客たちは、いっせいに立ち上がって手をたたき、「ブラボー」と「アンコール」の声が飛び交う。

大倉は何もかも察した。

「要するに、ライトさんは、こういうものを劇場で見せたいというわけだな」

新は大きくうなずいた。

「その通りです」

「わかった。劇場は造ろう。こんなところで演られちゃ、行き来もできん」

新が訳して伝えると、ライトは満面の笑みで大倉に握手を求めた。新はライト館建築の、ふたつ目の山場を越えたと感じた。

七章　失われた本館

大正十年（一九二一）二月の日曜日、林愛作《はやしあいさく》は久しぶりの休日を、駒沢《こまざわ》の自邸で過ごしていた。フランク・ロイド・ライトが設計してくれた住まいだ。南北に長い洋間棟と、東西に伸びる日本間棟が、玄関を介《かい》して、ほぼTの字につながっている。

愛作は大島紬《おおしまつむぎ》の着流し姿で、いったん日本間棟から玄関に出て、草履《ぞうり》を履《は》いた。洋間は絨毯《じゆうたん》敷きだが、完全に西洋式で、靴《くつ》のまま出入りする形式だ。

南北に長い洋間は、玄関に接する一角以外、四方全面に、ずらりと縦長窓が並ぶ。外の景色を取り込む、ライトらしいデザインだ。ただ、その分、冬は日が射さない限り、とても寒い。

愛作は玄関脇の暖炉《だんろ》前にしゃがんで、薪《まき》を中高《なかだか》に盛り上げた。新聞紙をねじってマッチで火をつけ、薪の下に押し込む。煙とともに、木の燃える香りが漂《ただよ》い始めた。

普段は、もっぱら日本間で暮らしており、暖炉に火を入れるのも久しぶりだ。今日はアントニン・レーモンドと、妻のノエミが遊びに来る予定だった。

火がついたのを見極めてから、愛作は暖炉から離れ、南向きの大窓の前に立った。

窓の下にライト好みの四角い池があり、その先は緩《ゆる》やかな下り勾配《こうばい》だ。坂下には冬枯れの田園が広がり、さらに先には武蔵野《むさしの》の森が望める。一万坪に及ぶ広大な敷地で、建物と前庭以外は、ほとんどが西洋野菜の畑か、乳牛の放牧場だ。

裏手から、トラックのけたたましいエンジン音が聞こえた。温室で特別に育てたブロッコリーやレタスなど、普通では手に入らない西洋野菜や、新鮮な牛乳などを荷台に載せて、毎朝、帝国ホテルの厨房《ちゅうぼう》まで運んでいる。

だが穏やかな田園風景を前にしても、愛作は気が重かった。ライト館の工事を考えると、まだまだ難題が山積みで、溜息《ためいき》が出るばかりだ。

費用が莫大《ばくだい》に膨《ふく》らんでいた。五年前に渡米して、ライトと契約の覚書《おぼえがき》を交《か》わした時点では、予算は百三十万円だった。だが、その金額では、とうてい収まらなくなり、去年の十月には、ライトに見積もりをやり直してもらった。

煉瓦《れんが》やコンクリートはもちろん、ガラスから電気設備まで細かく算出した結果、総工費は二百七十二万円に及ぶという。

だがライト館のほかに、前に建っていた内務大臣官邸を壊して、霞《かすみ》が関《せき》に新築した費用や、火事で焼失した別館の再建費も必要だった。今までに出ていった分だけに限っても、すでに二百二十万円にのぼる。

今度の見積もりにしても、この先、増えないという保証はない。あれやこれやと計算すると、どうしても百五十万円は足りなくなる。そんな大金を、どこからひねり出すかと思うと、数字を見るのも嫌になる。

費用超過の最大の原因は、工期の遅れによる人件費だった。当初の予定では、今年の秋に完成するはずだった。しかし現状では、ようやく北客室棟の形が見えてきたところで、フロントや宴会場が入る主要棟は一階しかできていない。南客室棟に至っては手もつけられていない。

去年、大倉喜八郎《おおくらきはちろう》が主要棟の劇場をなくしたいと、ライトに申し入れた。愛作も内心、劇場がなくなれば、少しは安く済むかと期待したが、結局、大倉自身が劇場を認めた。この調子だと、いつまで長引くか、空《そら》恐ろしい。

愛作は南向きの大窓から離れて、また暖炉前に戻った。この家を建てた時には、ライトは驚くほど素早く図面を引き、日本人の大工《だいく》に、てきぱきと指示を出して、あれよという間に完成させた。

そのほか関西の芦屋《あしや》まで出向いて、山邑太左衛門《やまむらたざえもん》という灘《なだ》の造り酒屋のために、気軽に別邸の設計もした。こちらは、まだ着工には至っていないが、始まれば早いのは目に見えている。

そういった個人の建物と帝国ホテルとでは、力の入れようが違うのは当然ではあるものの、もう少し、なんとかならないものかと思う。

もういちど大きな溜息をついた時、玄関から女性の声が聞こえた。

「コンニチワー、ノエミト、アントニンデース」

日本間の方から、妻のタカが出てくる気配が続く。

「あら、日本語が、お上手《じょうず》になりましたね」

そのままタカは洋間のドアを開けた。

「あなた、レーモンドさんと、ノエミさんが、おみえになりましたよ」

「ああ、通してくれ。あとコーヒーを頼む」

すぐに、ふたりが洋間に入ってきた。分厚いコートを着込み、毛糸の襟巻《えりまき》と帽子を目深《まぶか》にかぶっている。寒い中を歩いてきたらしく、ふたりとも鼻の頭が赤い。

——どうやって、ここまで来たのだ？——

——三軒茶屋《さんげんぢゃや》の電停《でんてい》から歩いて——

——ジャリ電に乗ったのか。三軒茶屋からでは遠かっただろう。タクシーで来ると思っていたが、迎えの車を出せばよかったな――

渋谷《しぶや》から続く玉川通りには、路面電車が走っている。多摩《たま》川の砂利《じゃり》を運ぶための貨物電車で、人も乗れないことはないが、ジャリ電と呼ばれている。

ノエミが襟巻を外《はず》しながら、片言《かたこと》の日本語で言う。

「ハヤシサン、キモノ、イイネ」

愛作は少し照れて応《こた》えた。

――家では着物も多いんだ――

ふたりがコートを脱ぐと、玄関で待っていた若い女性の奉公人《ほうこうにん》が受け取って、奥に片づけに行く。

三人が暖炉前の肘掛《ひじか》け椅子《いす》に座ると、タカがコーヒー茶碗とポットを銀の盆に載せて、それぞれの前に置いた。タカはコーヒーと紅茶は人任せにしない。

そして三軒茶屋から歩いてきたと聞いて、やはり目を丸くした。するとレーモンドが肩をすくめた。

――これからは金のない暮らしになりそうなので――

タカは込み入った話らしいと察して、笑顔で座を外した。愛作は何のことかといぶかしみつつ、コーヒーを手にして聞いた。

――金のない暮らしというのは、どういう意味だね？――

レーモンドは待っていたとばかりに答えた。

――実は、フランクの手伝いを、辞めることにしたのです――

――辞めるって、ライト館のプロジェクトから外れるのか――

――そのつもりです。もうフランクには伝えました――

ライトとレーモンドの仲が、うまくいっていないことは、以前から勘づいていた。ライトとミリアムの喧嘩《けんか》に、毎度、ノエミが巻き込まれて、嫌気が差しているのだ。だが、よもや辞めると言い出すとは思わなかった。

――考え直さないか。君がいなくなると、フランクが困るだろう――

――いいえ、日本人の助手が増えたし、もう僕は、いなくても大丈夫です――

今や遠藤新《えんどうあらた》の後輩など、若くて優秀な建築士たちが顔を揃《そろ》えている。

――でも、辞めて、どうするつもりだ？　アメリカに帰るのか――

レーモンドは首を横に振った。

――東京にいるアメリカ人の友人で、設計をやっている者がいて、一緒に事務所を立ち上げようと誘ってくれたのです――

愛作は、なるほどと思った。日本では西洋建築の需要は高まる一方だし、帝国ホテルでの経歴があれば信用も充分だ。それなりに注文は取れそうだった。

レーモンドはコーヒーを口にした。

――今のままでは、僕はクリエイティブなことが何もできないし。やり直しが果てしなく続いて、もう疲れました――

ライトは何もかも自分で抱《かか》え込むわけではない。ノエミには宴会場の孔雀《くじゃく》の壁画を描かせたし、遠藤新や、そのほかの日本人の助手に、大きな彫刻の意匠《いしょう》を任せたりもする。

ただ彼らは、ライトから指示されない限り、勝手な真似《まね》はしない。その点、レーモンドは、命じられたことに自分の独自性を加えなければ、気が済まない。そこがライトの癇《かん》に障《さわ》るのだ。

ノエミはコーヒー茶碗を両手で包んで、冷えた指を温めていたが、それを受け皿に戻し、思い切ったように口を開いた。

――私たちが辞めるに当たって、実はフランクが条件を出したのです。サンフランシスコから横浜までの船賃と、今までの帝国ホテルの滞在費を払えと――

愛作は、ふたりが寒い最中《さなか》、わざわざ家まで訪ねてきた理由を、ようやく合点《がてん》した。その支払いをなんとかして欲しいというのだ。案の定《じょう》、レーモンドが言った。

――払わないというわけではありません。ただ、新しい事務所が軌道《きどう》に乗るまで、少し待って欲しいのです。できれば分割にしてもらえれば助かります――

愛作には即答できなかった。金のことよりも、せっかく帝国ホテルのために来日した夫婦を、手放したくないという思いが先に立つ。レーモンドがいなくなった後の不安も大きい。ノエミが遠慮がちに聞く。

――お願い、できませんか――

愛作は小さな溜息をついた。

――君たちを金で縛《しば》るような真似はしたくない。それに渡航費や滞在費など、総工費からしたら微々《びび》たるものだ――

――じゃあ、分割でも？――

もはや覚悟を決めるしかなかった。

――わかった。契約があるから、返さなくていいとは言えない。分割で払ってくれ――

ふたりが満面《まんめん》の笑みで顔を見合わせる。愛作はコーヒー茶碗を空《から》にして言った。

――ただし、日本で仕事を続けるなら、ふたりで腰を落ち着けて、いい建物をたくさん造ってもらいたい――

――そのつもりです。僕たちは日本が大好きだし、できれば一生、日本で暮らしたいと思っています――

帰りは、運転手を別棟《べつむね》から呼び、シボレーで送らせることにした。

「アリガトゴザイマス。ドーモ、アリガト」

ノエミもレーモンドもコートを着込み、何度も礼を言いながら、後部座席に乗り込んだ。

愛作はタカと並んで、ボンネット型のシボレーが走り去るのを見送った。黒い車体が土埃《つちぼこり》の向こうに霞《かす》んでいく。

タカが形のいい眉《まゆ》をひそめた。

「おふたりが辞めたら、寂《さび》しくなりますね」

「そうだな」

溜息とともに本音《ほんね》が出た。

「あのふたりが、うらやましい」

できることなら自分も手を引きたい。でも林愛作はライト館建築の総責任者だ。かつて古美術商から、まったく未経験だったホテル業に転じて、成功を収めた。だから建築も不可能ではないと信じた。むしろ責任者になって、自分が理想とするホテルを建てたかった。それが創れるのはフランク・ロイド・ライト、ただひとりだと信じた。

しかし、その思いは空まわりするばかりで、ライトにも大倉喜八郎にも伝わらない。板挟《いたばさ》みはつらかった。

一階ロビーホールの現場に、至急、来て欲しいと呼ばれて駆けつけると、ライトが苛立《いらだ》たしげに立っていた。そのかたわらで、揃いの半纏《はんてん》姿の石工《いしく》たちも不満顔だ。

愛作の顔を見て、石工の若頭《わかがしら》になった源太《げんた》が言った。

「遠藤さんが出かけてて、どうしても話がわかんねえんだよ。この人の通訳じゃ」

通訳は建築には素人《しろうと》で、恐縮するばかりだ。愛作が何ごとかと聞く前に、ライトが怒鳴《どな》り出した。

――まったく駄目《だめ》だッ。すべて、やり直しだッ――

そして壁際を指差した。

――アイサク、見てくれ、この金箔《きんぱく》だ――

それは彫刻した大谷石《おおやいし》に貼《は》られた、十数枚の小さな金箔だった。大人の胸ほどの高さから足元まで、斜めに削り出した部分に、一枚ずつ縦に並べて貼ってある。

――これの何が問題なのです？――

愛作が聞くと、ライトは背筋《せすじ》を伸ばして、その前を歩いて見せた。

――ここを客が通る時に、光の籠柱《かごばしら》からの照明が、すべての金箔に同時に反射して、目に入らなければならない。この突起《とっき》ひとつずつに、わずかな角度の違いをつけて、いちどに光らせるのだ――

さすがに愛作は言葉を失った。そんな細かい意図《いと》は、通訳の理解を超えていたに違いない。だから源太たちも、ただ金箔を貼ればいいと思い込んで、作業してしまったのだ。

しかし、それほど微妙な角度をつけるとしたら、これから何度、やり直しが繰り返されるか、思わず鳥肌が立つ。源太たちには訳さず、ライトに提案した。

——金箔を大谷石に貼る時に、接着剤の厚みで角度をつけたらどうですか——

——駄目だ。そんないい加減なことはできない。帝国ホテルは完璧《かんぺき》に仕上げるのだ——

——待ってください。光の籠柱は誰もが注目する見せ場です。だから何度、やり直しをしても、私は黙《だま》っていました。でも、こんな小さな金箔に目を留める人は滅多にいません。こんなことでやり直しをさせて、作業を遅らせては困ります——

思わず声が高まった。ライトも負けずに言い返す。

——いや、金箔が同時に光れば、誰でも目を向ける。そこで驚きが生まれるのだッ——

驚きという言葉を、もう何度もライトの口から聞いている。

同じロビーホールの四隅に、光の籠柱ほどではないが、特徴的な柱がある。テラコッタとスダレ煉瓦のほかに、三十センチ四方ほどの大谷石の彫刻板を、一面に六枚ずつ組み合わせてある。四面で二十四枚あるのだが、それが、すべて違う意匠なのだ。

それを見た大倉喜八郎が、呆《あき》れ顔で言ったことがある。

「一枚ずつ変えたところで、誰が気づくのだ?」

するとライトは、むしろ得々《とくとく》として答えたのだ。

──確かに滅多に気づく者はいないだろう。だが、ある時、気づいた客は目を見張る。その驚きが、帝国ホテルに泊まる喜びになるのだ。これは世界中の注目を集めるための、周到《しゅうとう》な仕掛けだ──

そう断言されて、大倉も口をつぐむしかなかった。

今度もライトは金箔を見つめて言う。

──この小さな仕掛けにも、光の籠柱と同じくらいの意味があるんだ。けっしていい加減にはできない──

愛作は、仕方なく石工たちに訳を伝えた。すると源太が大きくうなずいた。

「ああ、そういうことですか。ようやくライトさんの言っていることが呑《の》み込めた」

そして両手を打った。

「わかりました。やり直しましょう」

だが愛作は喉《のど》まで出かかった。おまえたちがよくても、これ以上、作業を遅らせるわけにはいかないのだと。

すると憂《うれ》い顔に気づいたらしく、源太は拳《こぶし》で自分の胸をたたいた。

「大丈夫ですよ。理屈がわかったんだから、一発で完璧に彫ります。俺たちだって、やり直しは願い下げだ」

源太の自信が伝わったらしく、ライトも満足そうに拳を掲げて応える。さっきまでの不機嫌《ふきげん》は、双方とも消えていた。

もはや愛作は、石工の意地と技《わざ》に頼るしかなかった。


百五十万円の不足の件は、上半期末の五月の重役会にかけられた。すると役員たちは、口々にライトを非難し始めた。

「工期と予算を守るのが、建築家の基本だろう。こんないい加減なことで、よく世界的な建築家などと名乗れたものだ」

「本当に世界的な建築家なのか」

「私はライトの悪い噂を聞きましたよ。女に手が早くて、施主《せしゅ》の女房を寝取ったとか」

「ああ、私も聞いた。そのうえ奉公人に女房子供を殺されたとかで、もうアメリカでは、誰も仕事を頼まないらしい」

「なぜ、林支配人は、そんな男に設計を依頼したのかね。そんな男の名誉回復のために、帝国ホテルを利用されては困るよ」

愛作は、またその話題かと、うんざりしたが、言葉をつくして反論した。

「殺人事件のことは、ライトさんこそが被害者ですし、だいいち建築家は作品で評価されるべきで、女性関係うんぬんは関わりないことです」

思わずテーブルをたたいた。

「それにライトさんが名声を回復するのは、帝国ホテルにとっても悪くはないはずです。あのライトが復活をかけた建築として、世界に印象づけられますし」

だが役員のひとりが言い返した。

「名誉を回復するのであれば、まず工期と予算を守ってからの話だな。日本人を軽《かろ》んじているのではないか」

そうだそうだと、座がざわつき始めた。すると大倉喜八郎が、よく通る声で言った。

「例の女学校は、もうできたのかね」

羽仁《はに》もと子の自由学園のことだ。愛作はうなずいた。

「先月、校舎の中央部分と、教室の半分が完成して、無事に開校しました。とても美しい校舎です」

　すると大倉は片手を額に当てた。

「発注から数ヶ月で完成か。その速さが、なぜ帝国ホテルでは、できんのだ」

　愛作は目を伏せた。

「小さな女学校と、日本を代表するホテルとでは、力の入れようが違います」

「力みすぎだ。ライトは」

　大倉は舌打ちせんばかりに言う。

「とにかく百五十万円を、どうするかだ。この不況の最中に、増資は無理だぞ」

　また役員たちが言い立て始めた。

「ならば計画を見直して、工費を削るしかないでしょう」

「玄関前に四角い池を造ることになっているが、あれをやめて駐車場にしたら、どうだね。池なら日比谷《ひびや》公園にあるし、いくらか安くはなるだろう」

　愛作は腹が立ってきた。

「池をなくすわけにはいきません。池、玄関の庇《ひさし》、二階の屋根、さらに後ろの建物と、階段状に高くなっていくのが、ライト館の特徴です。池は、その基本部分なのです。だいいち池など総工費の中では少額です」

「だが少しずつでも削っていかなければ、どうしようもないだろう」

　また別の役員が口を挟《はさ》む。

「いっそ南側の客室棟を、やめたらどうかね。工事は手つかずなのだし」

　いよいよ腹が立ったが、なんとかこらえて答えた。

「そんなみっともない真似はできません。世界に恥をさらすようなものです」

「じゃあ、林くんは、どうすればいいと言うんだ？　増資もできないのだぞ」

　すると大倉喜八郎が、また口を開いた。

「ならば、こうしよう。本館の土地を抵当《ていとう》にして、なんとか銀行から借りられるように、もういちど私が努力してみる」

　愛作はすがるような思いで言った。

「そうして頂けるのなら、ぜひ」

　大倉は口をへの字に曲げた。

「簡単に考えてもらっては困る。借りられるかどうか、私でも自信はないのだからな」

　しかし大倉喜八郎は、さすがに凄腕《すごうで》の実業家だった。ほどなくして百五十万円の借り入れに成功したのだ。

「私は維新《いしん》前から、さんざん危ない橋を渡ってきたが、こんな思いは、さすがに初めてだ。もう、これきりで勘弁《かんべん》してもらいたい」

だが半年後の大正十年（一九二一）末になると、さらに百五十万円の不足が明らかになった。もういちど大倉が銀行に掛け合ったが、さすがに年内の融資《ゆうし》は無理だと断られた。

そこで年末ぎりぎりの十二月三十日に、大倉は臨時株主総会を開き、株主たちに思い切った増資を迫った。

「今、当ホテルの資本金は三百万円ですが、これを倍の六百万円にしたいと思います」

半年前には、増資は無理だと言っていたのに、突然の強気だった。

「皆さんには、今の持ち株と同額の新株を、ぜひとも引き受けて頂きたい。長引く不況で余裕はないとは思いますが、この危機を乗り越えてライト館が完成すれば、かならずや世界中から宿泊客が押し寄せ、皆さんに充分な配当を提供できます」

もしも増資できなければ、倒産の危機を招くと匂《にお》わせて、強く協力を求めた。株主たちは気迫に呑まれたか、反対意見は出ずじまいで、増資が決定した。

ただしライトの報酬に関して、厳《きび》しい意見が出た。ライトとの契約では、基本設計料十二万五千円のほかに、総費用の五パーセントが支払われることになっている。だがライトのせいで費用が増大したのだから、超過分に関しては支払わないのが当然だという。

ともあれ増資が決まったことで、愛作は胸をなでおろし、大正十一年（一九二二）の正月を迎えた。

三ヶ日が過ぎるのを待ちかねて、はや四日には重役会が開かれた。今度は愛作の責任が問われ、設計料に関するライトとの交渉が任された。

仕方なく会議の後で、ライトに話を持ちかけたが、取りつく島がなかった。

――契約は守るべきものだ。今さら変更など、私は断じて認めない――

――でも、あなたのせいで工事が遅れ、費用が跳《は》ね上がったのだから、責任を感じてもらわないと――

――工事が遅れたのは私のせいではない。内務大臣官邸をどかすのに手間取ったのと、石工たちが何度も失敗したからだ――

――石工のせいにしないで欲しい。彼らの優秀さは、わかっているでしょう――

――だが私の言う通りに、できなかったのは事実だ――

――それは細かいところまで、こだわりすぎるからです――

――そんなことにまで、口出ししないでもらいたい。設計家は私だッ――

口論が繰り返され、ライトは愛作を避けるようになった。会いに行くと雲隠れをしてしまう。仕方なく部屋に置き手紙をした。しかし、いくら待っても返事はなかった。

今まで、どれほど敵が現れようとも、愛作はライトの味方をしてきたつもりだった。なのに、そんな自分が避けられようとは。

当初の完成予定日は、とっくに過ぎており、改めて設定し直した期日も迫りくる。愛作の焦《あせ》りは募《つの》るばかりだった。

前年の十一月四日に、現役の首相だった原敬《はらたかし》が東京駅で殺害され、暗い世相が続いていた。

そんな中、久しぶりに日本中が沸《わ》き立つ出来事があった。イギリスのエドワード皇太子の来日が決まったのだ。

赤坂にある壮麗《そうれい》な東宮御所《とうぐうごしょ》が迎賓館《げいひんかん》になり、皇太子と側近を受け入れることになった。侍医《じい》や御召艦《おめしかん》の艦長など随行者の宿泊は、帝国ホテル本館に決まった。

愛作はライト館が完成していれば、どれほど喜んでもらえたかと残念でならなかった。ビクトリア調の本館は、建てられてから三十二年が経《た》っており、万が一にも不都合がないようにと、徹底的に準備した。

四月十二日にイギリス軍艦レナウン号が横浜に入港し、一行が上陸した。若くて美男の皇太子は、たちまち大人気を博した。帝国ホテルでは随行者たちを迎え、連日、愛作は最大限のもてなしに努めた。

十九日には駒沢の東京ゴルフ倶楽部《くらぶ》で、日英両皇太子による親善試合が予定されている。東京ゴルフ倶楽部は、愛作の自邸の隣地で、その設立には愛作自身が関わっており、今度の親善試合の開催にも奔走《ほんそう》した。

親善試合を三日後に控えた四月十六日、歓迎のための日英交歓音楽会が、日比谷公園で華やかに開催された。イギリス側は軍艦の楽隊が演奏する。

主だった随行者は、新宿御苑《しんじゆくぎょえん》での観桜会《かんおうかい》に招かれていたが、帝国ホテルでは音楽会に伴って、昼から大きな宴会が催《もよお》された。

愛作が陣頭指揮を執《と》っていると、燕尾服《えんびふく》姿のライトが、ひときわ派手なアフタヌーンドレスのミリアムとともに現れた。来日したイギリス人たちに取り囲まれ、ふたりとも上機嫌だ。さすがにライトの名声は、いまだ健在だった。

その時、ひとりの従業員が小走りで駆け寄ってきて、愛作に耳打ちした。

「支配人、地下室で火事です」

愛作は耳を疑った。

「火事？」

この国際的な催しの最中に、どんな小火《ぼや》でも許されない。騒ぎになる前に、なんとしても消し止めなければならなかった。

小声で指示した。

「消火器だ。手の空《あ》いている者に消火器を持たせて、今すぐ地下に行かせるんだ」

愛作自身、目立たぬようにフロント裏の消火器をつかんで、階段室に飛び込んだ。ものが燃える匂いが鼻につく。夢中で階段を駆け降りると、途中で煙が上がってきた。予想以上に火の手が速いらしい。

地下の扉を開けるなり、その場に立ちすくんだ。すさまじい煙が、一気に押し寄せたのだ。

思わず腕で顔を防いだが、刺激で目を開けていられない。激しく咳《せ》き込む。それでも消火器を手に、中に飛び込んだ。

だが、またすぐに立ちつくした。煙を透《す》かして巨大な炎が見えたのだ。朱色の炎が、すでに床から天井《てんじょう》まで達している。

愛作は夢中で消火器の発射ホースをつかんで、さらに煙の中に踏み込み、先端を炎に向けて、発射レバーを押した。一気に白い泡が噴《ふ》き出し、かかったところだけ、炎はわずかに弱まる。

後を追ってきたスタッフたちも、次々と消火器を噴射させた。だが火の手は予想以上に激しく、まさに焼け石に水だった。

顔も手も激しい熱気で火傷《やけど》しそうだ。息が苦しく、目が痛くてたまらない。それでも愛作は消火器を使い続けた。なんとしても消し止めなければならない。イギリス皇太子来日という国を挙げての慶事《けいじ》に、水を差すわけにはいかなかった。

しかし噴射の勢いが弱まっていく。中身が出つくしてしまったのだ。ほかのスタッフの消火器も同じだった。もはや消し止められない。愛作は痛恨の思いで声をからした。

「もう駄目だッ。階段室へ戻れッ」

その場に消火器を投げ捨て、全員で階段室に突進した。そして扉を閉めて煙を防いだ。愛作は肩で息をつきながら、覚悟を決めてスタッフに指示を出した。

「君は舞踏室《ぶとうしつ》のお客さまを避難《ひなん》させてくれ。慌《あわ》てさせないように誘導するんだ。君はマスターキーを使って、すべての客室を開けて、大声で火事を知らせてくれ」

スタッフたちは地上階へと駆け上がっていく。愛作はポケットから懐中時計を取り出して、素早く文字盤を見た。午後四時少し前だった。

地下には倉庫やスタッフの控室《ひかえしつ》がある。この時間帯には控室には誰もいないはずだ。いたとしても、この火では、とうてい助けに行かれない。どうか裏階段から逃げていてくれと祈りつつ、階段を駆け上がった。

地上階に出ると、まだ避難は始まっていなかった。スタッフが懸命に誘導するが、客たちは何が起きたのか理解できず、ざわつきながら不審顔を見交わすばかりだ。

愛作は玄関から外に飛び出した。前庭を突っ切って門から出た道端《みちばた》に、火災報知器が立っている。赤いペンキで塗られた鉄柱に、全速力で駆け寄り、目の高さの火災報知器に手をかけた。安全蓋《あんぜんぶた》を開けたものの、ほんの一瞬、迷いが心をよぎる。

ボタンを押せば、丸ノ内《まるのうち》の消防署に電信が伝わり、消防車やポンプ車が駆けつける。たちまち大騒ぎになり、ホテル内の宴会はもとより、日比谷公園で開かれている音楽会もだいなしだ。そんなことになっていいのか。

だが、すぐに迷いを打ち消した。火は燃え広がるばかりだ。今すぐ消防隊に来てもらうしかない。

愛作は安全蓋の中のボタンを、力いっぱい押した。とたんに、けたたましい非常ベルが鳴り響く。

通行人たちが何ごとかと振り向く。愛作は大急ぎで前庭に立ち戻った。宴会の客たちも外の非常ベルに気づき、さすがに顔色を変えて、玄関から出てきた。

外国人たちは燕尾服やアフタヌーンドレス、日本人は紋付袴《もんつきはかま》や留袖《とめそで》姿だ。振袖《ふりそで》の若い令嬢《れいじょう》たちもいる。それが次々と外に出てくる。だが前庭に出たきり、右往《うおう》左往《さおう》するばかりだ。

愛作は大声で告げた。

「どうか立ち止まらず、日比谷公園まで、お進みください。急がなくて大丈夫です。落ちついて避難してください」

英語でも繰り返す。客たちが日比谷公園に向かって、列をなして歩き出すのを見極めてから、愛作は玄関に突進した。

だがロビーは、外に出ようとする人で押し合いになっていた。すでに異臭《いしゅう》が漂い、うっすらと煙が立ち込めて、人々が咳き込む。あちこちから怒号《どごう》が上がった。

「早く進めッ、何をのろのろしてるんだッ」

舞踏室の手前も人で溢《あふ》れており、愛作は総毛立《そうけだ》った。さっき見た炎は、その真下だったのだ。木造の床が燃え落ちたら、とてつもない犠牲者《ぎせいしゃ》が出る。

愛作は夢中で人をかき分けながら、声をからした。

「どうか、お下がりください。舞踏室にお戻りください。ここは危険ですッ」

だが人々は動かない。愛作は必死に舞踏室に向かい、スタッフたちに命じた。

「窓だッ。窓から逃げて頂くんだッ。ロビーの床が焼け落ちるぞッ」

だが舞踏室の窓は斜めに開くだけで、全開しない。愛作は宴会用の椅子をつかむなり、顔を背《そむ》けて、力いっぱい窓ガラスに打ちつけた。ガラスが飛び散る。窓枠に残ったガラスを、素手《すで》でつかんで外に投げ捨てた。

スタッフたちも次々と窓を割り始めた。愛作はロビーへの出口に集まる客たちに、大声で告げた。

「どうか、窓から逃げてください。前に進むと危険です。その先の真下が燃えています」

　客たちは一転、窓に突進した。もうロビーの床から炎が上がり始めており、近づくと、ひどく熱い。愛作はかまわず玄関に戻り、外のスタッフに向かって叫んだ。

「消防車はまだかッ」

「まだですッ」

　悲壮な声が返ってきて、電信が消防署に伝わったのか不安になる。

「駅の火災報知器も鳴らしに行けッ」

　もう室内には煙が充満《じゅうまん》して、あちこちから悲鳴が上がる。気がつけばロビーの床が激しく燃えていた。すぐに壁にも燃え移る。

　愛作は手近なスタッフたちに命じた。

「一階客室のお客さまは、各部屋の窓から逃げて頂けッ。玄関は危ない」

　そして階段を駆け上がった。二階にも客室が並んでいる。この辺りの宿泊客はイギリス皇太子の侍医や御召艦の艦長などで、まだ観桜会から戻っていないはずだった。

　その時、廊下の角《かど》から、数人のスタッフが現れた。すぐさま愛作が聞いた。

「宿泊のお客さまは？」

「裏階段から逃げて頂きました」

「ならば、できる限り、お客さまの荷物を窓から下ろそう。非常用のロープを持ってきてくれ」

ひとりがロープのあるリネン室に向かって、駆け出していく。残った者たちで手分けして、マスターキーでドアを開け、部屋に飛び込んだ。

愛作は、クロゼットにかかっていたイギリス海軍の軍服を、部屋にあった革《かわ》のトランクに、手早く詰め込んだ。蓋《ふた》と金具を閉め、外側の革ベルトを巻き終えた時、ロープが届いた。すぐにトランクに掛けまわす。

そうしているうちに、ようやく遠くからサイレンの音が聞こえた。けたたましい鐘も打ち鳴らされる。愛作はスタッフたちに言った。

「後は頼む。でも無理はするな。火が迫る前に、かならず逃げろッ」

廊下に出たとたんに、階段の方から悲鳴が聞こえた。駆けつけると、数人の外国人男女が立ちつくしていた。まだ逃げていない客がいたのだ。階段からは炎が上がっていて、もう降りられない。

——裏階段ヘッ——

愛作は東側の廊下へと誘導した。だがそこも、すでに火の海だった。慌てて西側に向かったが、そちらも燃えていた。女性客が泣き出す。

――大丈夫です。梯子車《はしごしや》が来ます――

愛作は全員を正面に誘導し、ガラス扉を開けて、車寄せ上のテラスに出た。もう赤い消防自動車が到着し、放水の準備にかかっている。その向こうに梯子車が見えた。

「ここだッ。ここに梯子をかけてくれッ」

必死で手招きすると、梯子車が前庭に入り、折り畳《たた》み式の鉄梯子を伸ばし始めた。

目の前に伸びてきた梯子の先端を、愛作はつかんで、しっかりとテラスの手すりに載せた。下から、するすると消防士が登ってくる。

その場を消防士に任せて、また廊下に戻った。もうあちこちから火が迫る。愛作は炎を避けながら、必死で突っ走り、荷物を出していた部屋に飛び込んで怒鳴った。

「もう逃げろッ。正面テラスに梯子がかかっているから、そこから降りるんだッ」

懸命に急《せ》き立ててテラスに戻り、全員が降りたのを見極めてから、最後に梯子に手をかけた。もう廊下から炎が迫りきて、背中が火傷しそうに熱かった。

放水のしずくを雨のように浴びながら、地上まで降りた。消防士たちが怒鳴る。

「すぐに建物から離れてくださいッ」

前庭は消防士や避難客にやじ馬が入り混じり、大混乱だった。

愛作は門から通りに出た。周囲が薄暗く、もう夜なのかと怪訝《けげん》に思いつつ、空を見上げて息を呑んだ。空が一面、黒煙に覆《おお》われて、陽光《ようこう》をさえぎっていたのだ。

本館の中から、すさまじい崩落音《ほうらくおん》が響く。同時に屋根から火柱が上がり、膨大《ぼうだい》な量の火の粉《こ》が、黒煙に向かって舞い上がった。

激しい感情が湧き上がる。今の今まで無我夢中《むがむちゅう》だったが、大変なことになってしまったという思いで、足がふるえた。愛作は門柱に取りすがり、どうか犠牲者が出ないようにと、懸命に祈った。


夜になって、ようやく鎮火《ちんか》した。本館は全焼し、二年前に火事にあって建て直した別館は、なんとか焼け残った。建設途中のライト館は、耐火建築だけに無傷だった。

別館のライトの設計室を借り、犬丸徹三《いぬまるてつぞう》という副支配人が、ほかのホテルや旅館に片端《かたはし》から電話をかけ、宿泊客の受け入れを頼んでいた。決まった端《はな》から、若いスタッフたちが客をタクシーに乗せるために、設計室から飛び出していく。

もはや愛作は茫然自失《ぼうぜんじしつ》で、部屋の片隅に座っていた。そんな最中に消防隊長が設計室に現れた。

「支配人さんは、いらっしゃいますか」

愛作は気を取り直して立ち上がった。

「私ですが」

消防隊長は帽子を脱いで言った。

「火事の原因がわかりました。煙草《たばこ》の火の不始末です」

昼間、地下室で、ベッドの綿《わた》を詰めていた作業員たちがいた。その中のひとりが、煙草のマッチを床に投げ捨て、それが綿に燃え移ったのだという。

愛作は憤《いきどお》りを感じずにはいられない。マッチの火はもとより、よりによって、こんな大事な日に、そんな作業などさせなくてもいいものを。

隊長は声を低めた。

「ちょっと確認して頂きたいのですが」

そのまま先に立って外に出た。愛作が後を追うと、懐中電灯で足元を照らしてくれる。足元には真っ黒に焼け焦《こ》げた瓦礫《がれき》が続き、異様な匂いが漂っていた。

そんな焼け跡の一角が、何本もの懐中電灯で照らされ、大勢の消防士が集まっていた。

「こちらです」

隊長が示した先には、何かに毛布が掛けてある。ちょうど人の大きさに盛り上がっており、愛作は胸を突かれた。

怪我人《けがにん》は出たものの、宿泊客もスタッフも、ほとんどの無事が確認できたところだった。よもや犠牲者が出ていようとは。

愛作は信じがたい思いで、毛布のかたわらにしゃがんだ。消防士が毛布の一部を、持ち上げて見せた。

思わず息を呑んだ。そこには長期滞在のギリシャ人が、無言で横たわっていたのだ。喉から声を絞り出すようにして言った。

「宿泊のニコ・ミリアレッシーさまです」

かつて遠藤新たちが初めてホテルの見学に来た時にも、行き合った通信社の特派員だ。あの頃は、まだ片言だったが、長い滞在で日本語も達者になり、気さくな人柄で、誰にでも愛されていた。

消防士が遺体の胸元を示した。そこには猫が抱かれて死んでいた。

「猫を助けようとして、火の中に飛び込んでいったと、目撃者がいます」

あの頃から、ずっと可愛《かわい》がっていた愛猫だ。おそらくミリアレッシーは仕事から戻って火事を知り、年老いた猫を助けるために、全員が避難し終えた建物の中に戻ってしまったに違いなかった。

愛作は両手で顔をおおって泣いた。猫にまで気がまわらなかった。だが、そのせいで死者を出してしまおうとは。悔《く》やんでも悔やみきれなかった。

その夜は別館の廊下の隅で、床に座って過ごした。ベッドはひとりでも多くの客に提供したかったし、駒沢の家はライトたちに提供し、愛作は居残ったのだ。眠る気にもなれず、これからのことを考え続けた。いっそ煙に巻かれて死んだ方が楽だった気がする。独り言が口から出た。

「多摩川の鉄橋から飛び込むか」

死んで詫《わ》びるしかないように思えた。

その時、廊下の反対側から入ってくる人影があった。愛作は誰にも会いたくなくて、立膝《たてひざ》を両腕で抱え、その上に顔を埋《うず》めた。

足音が近づいてくる。そして間近で止まった。腕の隙間《すきま》からのぞき見ると、白い足袋《たび》と草履が見えた。女性の足元で、着物の裾《すそ》模様に見覚えがある。妻のタカだと気づいて顔を上げた。

タカは、その場に膝をついた。つい顔がこわばり、口調が冷ややかになる。

「何をしに来た？」

タカは抱えていた風呂敷《ふろしき》包みを見せた。

「お着替えを持ってきました」

そういえば愛作の私服は、本館の支配人室に置いたまま焼けてしまった。着ている服は放水を浴びて湿ったままだ。

その袖を、タカはつかんだ。

「私を置いて、どこかに行ってしまわないでくださいましね」

袖を小さく揺すった。

「あなたが、どこかに行ってしまったら、私もついてまいりますから」

タカは夫の自殺を案じていた。愛作が死ぬなら、自分も後を追うというのだ。

「たとえ、どんな暮らしになっても、あなたさえいてくださったら、私は、それでいいの」

わずかに声が潤《うる》む。

「だから、どうか一緒にいさせてくださいませ。もし遠くに行くのなら、どうか、置き去りになさらないで」

袖を強くつかむ妻の手の上に、愛作は黙って片手を重ね、深い溜息をついた。

翌日、銀座にある大倉商事の会議室で、帝国ホテルの重役会が開かれた。その席で、ライト館の完成まで、ホテルの営業は中止と決定した。その間、従業員の雇用は続け、被災した宿泊客への慰謝料《いしゃりょう》も決めた。

散会後、大倉喜八郎から昼食に誘われた。だが愛作は昨夜から何も食べる気になれず、力なく首を横に振った。すると大倉は拍子抜《ひようしぬ》けするほど、穏やかな口調で言った。

「今日は、とにかく家に帰りたまえ。君は疲れすぎて、顔つきが尋常《じんじよう》ではない」

「でもまだ片づけなければならないことが」

「後のことは副支配人に任せろ」

副支配人の犬丸徹三は、まだ三十代の半《なか》ばだ。凜々《りり》しい顔立ちで、もともと男気《おとこぎ》があるが、それが災いして、人生のまわり道をした人物だった。東京商科大学在学中に学生の紛争に巻き込まれ、卒業後の就職が危うくなったのだ。

そのため満州《まんしゆう》に渡り、彼《か》の地の一流ホテルであるヤマトホテルに勤めた。その後は上海《シヤンハイ》を経て、ロンドンに移り、ホテルの窓拭《まどふ》きなどの雑用係から始めて、厨房の仕事に転じた。しだいに料理の腕と細やかな気配りが評価され、ニューヨークのリッツ・カールトンやウォルドルフ・アストリアでも働いた。

英語が堪能《たんのう》で、厨房の経験もあることから、料理には今ひとつ不案内な愛作が見込んで、副支配人として迎えたのだ。

昨日の火事に際しても、いち早くフロントから宿泊者名簿を持ち出して、避難後の人数を確認したし、ほかのホテルへの宿泊客の分宿《ぶんしゆく》も手配した。後を任せても心配ない人物ではある。

大倉は大倉商事の玄関までついてきて、愛作をシボレーまで送ってくれた。そして車の前で言った。

「この際、重役全員で責任を取って、辞任しようじゃないか。私の役目は長男に引き継がせる。後は犬丸くんに任せればいい。君は相談役に退《しりぞ》け」

そして愛作の背中を軽くたたいた。

「もう潮時だ。私としては、むしろ肩の荷が下りる思いがする」

大倉はシボレーの後部ドアを開けて、乗り込むように手で促《うなが》した。愛作が後部座席に座ると、運転手に向かって言った。

「かならず駒沢の家まで送り届けろ。途中で降ろすんじゃないぞ。かならず奥さんに引き渡すんだ。これは社長命令だからなッ」

大倉もまた愛作の自殺を案じていた。そして運転手の「かしこまりました」を待って、力を込めてドアを閉めた。シボレーは重厚なエンジン音をかきたてて走り出す。

窓越しの大倉の顔が急にゆがんだ。への字に曲がったくちびるがふるえ、目に涙が溜《た》まっていく。鬼のような男の初めて見る泣き顔が、見る間に遠のいていく。

愛作は、ただただ申し訳ないという思いで号泣《ごうきゅう》した。いっそ殴《なぐ》られたり、怒鳴られたりする方が、どれほど気が楽かと思った。

ライトたちは愛作と入れ替わりに、すでに帝国ホテルに戻っており、駒沢の家では、タカひとりが心配顔で迎えた。

風呂に入るように勧められ、湯から上がって浴衣《ゆかた》で部屋に戻ると、かかりつけの医者が来ていた。タカが呼んだらしい。

愛作は舞踏室のガラスのかけらを、素手で外した際に切り傷を作っていたし、いつの間にかあちこちに火傷も負っていた。医者は丁寧《ていねい》に薬をつけてから、元気づけだと言って注射を打ってくれた。

「とにかく横になって、今は体を休ませることです」

どうせ眠れまいと思いつつも、いちおう布団《ふとん》に横になると、強い睡魔《すいま》に襲われた。

注射が睡眠薬だったと気づいた時は、もう朝になっていた。起き出して茶の間に出ると、柱時計が七時をまわっていた。睡眠薬のおかげで、何時間も眠り続けたらしい。

明日は隣地の東京ゴルフ倶楽部で、日英皇太子による親善ゴルフ試合が催される。明日の今頃は、開会を知らせる花火が打ち上がる予定だ。

去年、日本の皇太子が渡欧《とおう》した際に、イギリスの皇太子と、ロンドンでゴルフを楽しんだ。「次は東京で」と約束したと、愛作が聞きつけ、「それなら、ぜひ駒沢で」と申し出た末に実現した催しだった。火事さえなければ、愛作は大会の運営委員として活躍しているはずだった。

今回のイギリス皇太子来日は、ライトの名誉回復の好機でもあった。パーティで皇太子に近づき、イギリス人がライトを見直せば、おのずから日本人の見方も変わる。だが今や、それどころではなくなった。

愛作は朝食を摂《と》り、背広に着替えて出勤することにした。タカが着替えを手伝いながら、まだ心配そうに言う。

「この家を手放してもいいのですよ。もっと小ぢんまりした家で暮らしても」

「すまないな。そうなるかもしれない」

愛作は、ようやく微笑《ほほえ》むことができた。

「もう大丈夫だ。よく眠って落ちついたし、おまえを置いて行ったりはしない」

そうして、いつものように出勤した。

本館があった焼け跡は、真っ黒な瓦礫が積み重なっていた。その中に、煉瓦づくりの煙突《えんとつ》だけが何本も突っ立って焼け残り、異様な光景だった。

焼けずにすんだ別館が、通りから見通せる。二年前には、この別館も焼けたし、何の因果《いんが》かと情けなさが込み上げる。

その時、背後から声をかけられた。

「林くん」

振り返ると大倉喜八郎だった。肩を並べて立って焼け跡を見つめた。

「私も含めて今の重役連中は、明後日、辞表を提出することにした」

愛作は覚悟を決めて答えた。

「わかりました。一緒に辞表を出します」

そして改めて礼を言った。

「古美術商だった僕を見込んでくださって、長い間、お世話になりました。こんな終わり方で残念でなりませんが」

「まあ、仕方ない。君のせいではないし」

大倉は、あえて気軽な調子で片手を上げて、その場から離れていく。昨日の泣き顔が嘘のようで、背中には大人物《だいじんぶつ》の風格が漂っていた。

愛作は、そのままライト館に足を向けた。いよいよ完成が急がされ、昨日も今日も作業は続いていた。

すでに主要棟は二階までできており、北客室棟も、ほぼ完成している。三階以上の工事は続いていて、けたたましい音が響く中、ひっきりなしに作業員たちが出入りする。

愛作は日比谷公園に向いた正面玄関から、建物に入った。左手にフロントがあり、天井の低いロビーから、幅広の階段を数段昇っただけで、一転、大空間のホールが広がる。

光の籠柱が四方にそびえ、ライトがこだわり抜いた金箔貼りの石壁が、あちこちで光を放つ。二階の窓からは、陽光が斜めに差し込み、大空間の中に、明るい光の帯が浮かぶ。

ホール手前には、左右にひとつずつ階段があり、中二階には男女別のサロンが、やはり左右ひと部屋ずつ設《もう》けられている。さらに三階まで昇れば、カフェラウンジに至る。

どこにも扉や仕切り壁はなく、階段や手すりだけで空間が区切られている。ホール同様、大谷石とテラコッタとスダレ煉瓦が組み合わされ、幾何学《きかがく》模様があふれている。

窓は、まだまだ作業途中だが、焦げ茶色の木枠にガラスがはめ込まれ始めていた。これも独特な意匠で、透明ガラスの中に、帯状の装飾ガラスが水平方向に配されている。そこには一寸足らずの小さな枠が三列に並んでおり、金箔が市松《いちまつ》模様風に貼られて、きらきらと輝いている。

ただガラスの片面に貼るだけでは、金箔がはがれてしまう。そのために、わざわざ二枚のガラスの間に、はさんである。職人たちが小さな金箔が飛ばないように、息を詰めてピンセットを握《にぎ》りしめ、一枚ずつ、丁寧にはさんでいく。これまた気の遠くなるような作業の末に、形になる窓だ。

ホールの奥には主食堂があるが、やはり間仕切りもドアもない。ただ、いったん天井が低くなって、食堂に足を踏み入れると、また大空間が広がり、別の部屋に入ったことが意識されるのだ。

主食堂の左右の壁沿いには、スダレ煉瓦を積み上げた柱が五本ずつそびえ、天井との接点に方杖《ほうづえ》と呼ぶ支えが据《す》えつけられている。普通の方杖は、柱から天井へと、斜めに入れた筋交《すじか》いのようなものだが、ここの方杖は大谷石でできている。柱と天井の接点を要《かなめ》にして、扇を広げたような形で、表にも裏にも緻密《ちみつ》な幾何学模様が彫り込まれている。

ホール側から眺めると、五本の柱と、その上に連なる五枚の方杖が、視覚的に重なり合う。そこに天井のシャンデリアから光が届いて、彫刻の凹凸《おうとつ》を浮き上がらせ、圧倒的な存在感を放つのだ。

主食堂のさらに奥は、地階の厨房の吹き抜けになっており、一階部分は設けられていない。その代わり、人の動線が違和感なく二階へと導かれる。

二階には南北の客室棟をつなぐ廊下が設けられ、プロムナードと呼ばれている。ここは実にライトらしい洒落《しやれ》た空間だ。

天井は緩やかな屋根型に傾斜し、柱ごとに装飾的な下がり壁が連なる。プロムナードを歩きながら見上げると、廊下の端まで家型のアーチが繰り返される形だ。

柱そのものにも、大谷石とテラコッタの華やかな装飾が施《ほどこ》され、下がり壁の縁取《ふちど》りも大谷石だ。ライトが、あれほど軽い石材にこだわった理由が、今になってわかる。

客室のしつらえは、まだ途中だが、ほかの重厚な空間とは異なり、明るい雰囲気にする予定だった。作りつけの家具は自然の木肌を活かし、カーテンやベッドカバーや絨毯は、ローズ色やアイボリーなど、部屋ごとに色を統一する。

愛作はプロムナードを、ゆっくりと歩いた。最初に期待したプレーリースタイルではないものの、それをはるかに超える美しいホテルだ。ここで支配人を務められないのが哀《かな》しかった。だが焼死者まで出したからには、地位を離れざるを得ない。

きびすを返して階段付近まで戻った時に、三階の現場から降りてきたライトと遠藤新に行き合った。

ライトとは気まずくなったままで、顔を合わせるのは久しぶりだった。だがライトは気まずさなどなかったかのように、握手を求めて言った。

――火事は不運だったな。気の毒に思うよ――

愛作は握手に応じた。

――私は支配人を辞めることになった――

さすがにライトは驚いて聞き返した。

――本当か――

――本当だ。明後日、私も重役も全員、辞表を提出する――

――それは残念だ――

――もう、かばってやれないが、なんとしても、この建物を完成させてくれ――

愛作が辞めれば、新しい重役たちの要求は、直接、ライトに向けられる。今までより、はるかにつらい立場になるのは明白だ。

新にも英語で伝えた。

――どうか、フランクを助けて欲しい――

さらに日本語で、強く言い添えた。

「頼むぞ」

新は深くうなずいた。

八章　激動の竣工

火事の翌日、遠藤新《えんどうあらた》はフランク・ロイド・ライトに提案した。

――ライト館の北客室棟の中に、ひと部屋でもふた部屋でもいいので、内装を急いで完成させて、設計室を移しませんか――

北客室棟は水道の配管も電気の配線も、おおむね済んでいる。今までの設計室は明け渡して、ひとりでも多くの客に提供すべきだった。ライトは即座に快諾《かいだく》した。

――そうしよう。すぐに手配してくれ――

新は急いで内装業者を呼んで、作業を始めてもらった。

そうしてライトとともに北客室棟の現場を見に行った帰りがけに、林愛作《はやしあいさく》と行き合い、重役全員が辞職すると聞いたのだ。

愛作と別れるなり、ライトが不愉快そうに言った。

――うるさい重役連中は、さっさと辞めてもらった方がありがたい。若手と交代すれば、こっちも少しはやりやすくなるさ――

今やライトは愛作に背を向けている。しかし新は心が痛んだ。どれほど愛作が、重役たちの突き上げから、かばってくれてきたかを知っている。

その後、新は、愛作や大倉喜八郎《おおくらきはちろう》をはじめとした取締役全員が、辞表を提出したと聞いた。それからほどなくして北客室棟ふた部屋の内装が済み、さっそく設計室を引っ越した。

すると犬丸徹三《いぬまるてつぞう》が現れて言った。

――ライトさん、とりあえず北客室棟の全室と食堂と地下の厨房《ちゅうぼう》を、六月下旬までに使えるようにしてもらえませんか――

犬丸はロンドンやニューヨークで働いていた経験があり、流暢《りゅうちょう》な英語を話す。

――七月の初めに、アメリカの海軍卿《きょう》が来日します。国賓《こくひん》待遇で、うちで宿泊を受け入れることになっているのです――

イギリス皇太子に続く賓客《ひんきゃく》だった。ライトは新の作った工程表を確認して答えた。

――わかった。宴会場や劇場が工事中でもいいなら、寝泊まりと食事だけは、できるようにしよう――

以来、突貫《とっかん》工事が始まった。

そして火事から十日後の四月二十六日のことだった。設計室にはライトと新、それに設計助手の若い日本人たちと、何人かの職人たちもいた。すでに昼は過ぎていたが、忙しくて昼食が摂《と》れていなかった。

その時、突然、床から突き上げるような揺れが襲った。

「地震だッ。大きいぞッ」

新が叫んだ時には、職人たちも設計助手たちも、設計室から逃げ出そうとしていた。揺れでよろけながらも、われ先にとドアに向かう。

地鳴りと建物のきしみ音の中、製図板が次から次へと台から外《はず》れ、激しい音を立てて床に落ちていく。インク壺《つぼ》が飛んで、黒い飛沫《ひまつ》が舞う。

ライトは立っていられず、部屋の床にうずくまっていた。新は近づこうとしたが、足がもつれて進まない。

なおも揺れは収まらない。生まれてこの方、新が体験したことのない大地震だった。どうか建物が保《も》ってくれと祈りつつ、必死にライトに近づき、手をつかんで引き起こそうとした。

次の瞬間、新は総毛立《そうけだ》った。雷鳴《らいめい》のような、すさまじい音が鳴り響いたのだ。建設途中の三階が崩落《ほうらく》したのか。だとすると二階も、その下の食堂も無事ではいられない。

雷鳴のような崩落音は、何度も繰り返される。ようやく揺れが収まった時には、設計室には新とライトしか残っていなかった。

ライトは真っ青になって立ち上がった。

――どこかが崩壊したのか。それとも足場が崩れたか――

足場であれば職人が危ない。とっさに新は廊下に飛び出して、主要棟側の窓に駆け寄って外を見た。丸太を組んだ足場は、まだ揺れ続けているが、どこも崩れた気配はない。中庭には、建物から逃げ出した職人たちが、肩を寄せ合って立っていた。

後を追って出てきたライトがつぶやく。

――やはり建物か――

新は窓から身を乗り出して、下の職人たちに向かって叫んだ。

「建物に何か起きていないか、手分けして見まわってくれッ」

だが、その時、余震が来た。さっきほどではないが、そうとうの揺れだった。また崩落音が起きた。しかし間近ではなく、だいぶ離れた場所から聞こえる。新は音の出処《でどころ》に気づいた。

――これは建物ではなく、本館で焼け残った煙突《えんとつ》かもしれません――

――そうだッ。あの煙突だッ――

ライトは目を輝かせ、ふたりでプロムナードを突っ切り、主要棟を通り抜けた。屋内は、どこも壊れてはいない。

余震が続く中、裏口から外に飛び出した。そこにも不安そうな職人たちがたむろしていたが、その先の焼け跡には、焼け残っていたはずの煉瓦《れんが》づくりの煙突が、案の定《じょう》、すっかり消えていた。

本館の火事に続いて大地震とは、新は災難続きに嘆息するしかない。だがライトは建物を振り返って胸を張った。

——見てくれ、エンドー、私のホテルは、びくともしていない。浮き基礎の耐久性が証明された——

新も振り返った。確かにライト館は、さっきまでと寸分たがわず、そこにそびえている。災難を嘆くよりも、無事を喜ぶべきであり、さらに工法の選択を誇るべきだと気づかされた。

この地震は震源地にちなんで、浦賀水道《うらがすいどう》地震と名づけられ、日比谷界隈《ひびやかいわい》でも倒壊した建物が少なくなかった。

ライト館は全体がコンクリートで一体化しているわけではなく、十個もの箱がつながったような形状だ。ジョイント部分は、表面上は見分けがつかないが、細長い客室棟だけでも三つに分割されている。

日本の建物が、敷石《しきいし》の上に柱が載っているだけなのと同じように、各部所が離れていることで、揺れを逃がす構造になっている。だからジョイント部分は、あえて壊れてもいいように造られているが、そこにすらズレは見られなかった。

ただ主要棟の奥部分が、わずかに地中に沈み込んでいた。どうしても、ほかよりも重量のかかる箇所だが、ライトはしみじみと言った。

――あれだけの揺れで、この程度で済んだのだから、悪くはない結果だ――

なおも突貫工事が続く中、ライトは重役会に呼ばれた。新が同行しようとすると、会議室の前で阻《はば》まれた。

「通訳は犬丸さんが務められるので、遠藤さんは、ご遠慮ください」

嫌な予感がしたが、ライトが大丈夫だと言うので引き下がった。

だが重役会が終わって設計室に戻ったライトは、きわめて不機嫌《ふきげん》だった。

――若手なら頭が柔らかいかと期待したが、むしろ前より頑固《がんこ》になった――

――何と言われたのですか――

――早く完成しろの一点張りだ。前庭の池は要《い》らないと言い出したと思ったら、今度は言うに事欠いて、南客室棟はなくていいと言う。あいつらの頭の中は、どうなっているんだ？――

その件は、ずいぶん前に愛作が突っぱねたはずだった。愛作は相談役の地位に留まったものの、まるで蚊帳《かや》の外で、重役会にも呼ばれない。そのために、また蒸《む》し返されたらしい。

その後もライトは何度も重役会に呼ばれ、そのたびに深刻さが増していった。

――ホテルは七月一日に開業するそうだ――

――開業？　それは無理です――

――新聞に大々的に広告を打つという。とにかく北客室棟と主食堂が使えるようになれば、開業するというのだ。厨房も使いながら完成させるつもりらしい――

――では食事をしている真上で、工事の騒音が鳴り響くわけですか――

――食事の時間帯だけ、ほかの作業をすればいいそうだ――

――そんなこと、できるわけが――

――私も、そう主張したが、なにせ相手は大勢、こっちはひとりだ。何を言っても聞こうとしない――

新は、自分が会議室に入れてもらえなかった理由を知って、くちびるをかんだ。

――七月に開業したら――

ライトは言いよどむ。顔つきが尋常《じんじょう》ではない。新は不安になって聞き返した。

――七月に開業したら？――

ライトは改めて口を開いた。

――私はアメリカに帰ろうと思う――

着工以来、ライトはアメリカに一時帰国したことはある。だが七月以降も突貫工事は続く。そんな時に留守にされては困る。少し腹が立って聞いた。

――いつ日本に戻られるのですか――

ライトは力なく答えた。

――おそらくは戻らない――

新は耳を疑った。

――後は、どうするのです？――

――エンドー、君が完成させてくれ――

なおさら信じがたい話だった。

――待ってください。それは無理です。これはフランク・ロイド・ライトの誇るべきプロジェクトです。私は、そのプロジェクトで働いている身です――

――だが重役連中は、もはや私を必要としていない。むしろ邪魔だと考えているくらいだ――

――そんなことは跳《は》ね返せばいいでしょう。今までだって、そうしてきたはずです――

——彼らは主要棟の沈下を大げさに言い立てて、私に責任を取れと迫っている。裁判沙汰《ざた》になれば、彼らが勝つというのだ——

ライトは重役会で集中砲火を浴び、さすがに弱気になっていた。

——後は大倉組が完成させるそうだ。正直に言えば、エンドー、君も必要とされていない。だからこそ、私は君に後を頼みたい。このままでは前庭の池は駐車場になるし、南客室棟だって削られる。そこを君に跳ね除《の》けて欲しい。私の思いを貫いて、このホテルを完成させてくれ——

今までのライトの完璧《かんぺき》主義から考えれば、新に託すのも耐えがたいに違いない。それでも想像を、はるかに超えて追い込まれており、もはやライトの中には、自身が完成させるという選択肢はなかった。

新は言葉を選びながら言った。

——でも七月にアメリカの海軍卿が滞在すれば、ライト館を絶賛するはずです。そうしたら重役たちも、フランク・ロイド・ライトの力を見直して、帰国を引き止めるでしょう。帰ると言い出すのは、せめて、それまで待ってください——

だがライトは黙《だま》ったまま、ただ悲しげに首を横に振った。そんなことが期待できるような重役会ではないと言いたげに。

六月末に北客室棟と主食堂が完成し、予定通り七月二日に、デンビーというアメリカの海軍卿一行を迎えることができた。

彼らはロビーの圧倒的空間や、方杖《ほうづえ》が連なる主食堂の美しさに息を呑《の》んだ。すべての部屋がバストイレつきで、電話も完備しており、世界でも最先端を行く設備に、誰もが感心しきりだった。まさに帝国ホテルが、日本という国を見直す要素になったのだ。

さらにデンビーも将校たちも、口を揃《そろ》えて、こう絶賛した。

――オリエンタルな雰囲気で、世界一、美しいホテルだ――

翌三日の新聞には「東京帝国ホテル新築落成　七月一日開業」という広告が、華々しく掲載された。

広告の記事には、日比谷公園に面した一万坪の総建坪《そうたてつぼ》で、絶対安全な耐火建築、エレベーターから厨房に至るまで全電化のホテルとうたわれていた。二百五十の客室のほかに、千人収容の大宴会場、劇場、大食堂、舞踏場《ぶとうじょう》五カ所、大小宴会場十数カ所、屋内プール、グリルルームなどが列記され、料理や西洋洗濯《せんたく》などのサービスも紹介された。

まだまだ完成していないものも多く、まして、どこにもフランク・ロイド・ライト設計という文字はない。どんなに海軍卿や将校たちに絶賛されても、重役会はライトを認めようとはしなかった。

とうとうライトは七月七日、重役会に帰国の意思を伝えた。ただし新を後継の設計者とすることと、南客室棟まで完成させることを条件とした。

重役会は条件を呑んだが、今までのような帝国ホテルの直営工事ではなく、残りは外注とした。実質的に大倉組が請け負《う》うことになったのだった。

七月二十二日の暑い盛りに、ライトは東京を離れることになった。すでに妻のミリアムや技師のポール・ミュラーは帰国しており、ひとりきりの出発だった。

すべての荷物の用意ができると、新は後輩の設計助手たちに告げた。

「先に下に降りて、ハイヤーを手配してくれ。手の空《あ》いている者は、手分けして荷物を運んでもらいたい」

十人ほどの日本人の若者たちが、ライトの重いトランクや、円筒の図面入れを抱《かか》えて、次々と設計室を出ていく。

新とふたりで残されると、ライトはプロムナードに出た。いつもの工事の騒音は途絶《とだ》え、どこにも人影はない。

――工事は、どうした?――

ライトの問いに、新は笑顔で答えた。

――最後にライトさんに、心置きなく建物を見てもらいたいからと、今日は工事を休みにしたのです――

――そうか――

ライトは美しい天井《てんじょう》を見上げ、壁のスダレ煉瓦に、愛《いと》しげに手を触れた。

――よくやってくれた。常滑《とこなめ》の焼物職人も、積んでくれた左官《さかん》の者も、石工《いしく》たちも――

しみじみとつぶやいて振り返った。

――源太《げんた》という石工がいただろう。私たちにノミを向けて脅《おど》した男だ――

――彼なら今でも働いていますよ――

――今になってみると、あの男の腕は一流だった。見たこともないものを彫らせたのだから、最初は戸惑ったのも仕方ない――

そして寂《さび》しそうに微笑《ほほえ》んだ。

――もういちど、あの男に礼を言いたかったが、休みでは仕方ないな――

それから一階に降りてロビーに出た。

――主要棟は、ほとんどできているし、南客室棟は、北と同じように造ればいい。エンドー、なんとしても、君が責任を持って完成させてくれ。頼むぞ――

新は込み上げるものをこらえて、しっかりとうなずき、玄関へといざなった。玄関の回転扉のガラス窓の向こうは、夏の強い日差しがまばゆく、室内の暗さに慣れた目には、何も見えない。

新は軽やかな足取りで、数段の階段を降り、玄関の回転扉を押した。ライトが続いて外に出る。

そのとたんに大歓声が上がった。ライトが驚いて目を見張る。

車寄せから前庭の池の周囲まで、石工や作業員たちはもとより、掃除《そうじ》や賄《まかな》いの女たちまでが勢揃いしていたのだ。それが歓声と拍手とで迎えていた。あらかじめ新が、設計仲間や職人たちと示し合わせていたのだ。

真っ先に源太が駆け寄って、ライトに握手を求めて右手を差し出した。

「ライトさん、サンキュー。どうも、ありがとう。すべてオーライだよ」

ほかの職人たちも次から次へと押しかけて、声をかけ、ぎこちなく握手を求める。

「ライトさんが帰っちゃうのは寂しいけれど、ライトさんの仕事はオーライだった」

口々にオーライとサンキューを連発する。ライトは鼻先を赤くして握手に応じた。

最後に石工の棟梁《とうりょう》である亀田易平《かめだやすへい》が現れて、深々とお辞儀をした。

「おかげさまで、私たちは素晴らしい建物に関わらせて頂けました。石工たちも一生の誇りにできます」

新が英語で伝えると、ライトは小刻みにうなずいた。

そして亀田が両手を広げて制すると、場が鎮《しず》まり、黒塗りのハイヤーの運転手が、後部座席のドアを開けた。

ライトに続いて、新も乗り込む。荷物が載せられ、運転手がドアを閉めて運転席に着くと、人垣が自然に割れて、車のために道を開けた。

ハイヤーはゆっくりと走り出した。窓の外から声をかけられる。

「ライトさん、元気でいてくれよな」

「ライトさん、ほかでもいいもの建てて、もっともっと有名になってくれ」

「どうか、達者でな」

別れの言葉に送られて、ハイヤーは日比谷通りに出た。速度を上げて東京駅に向かう。運転手がバックミラーを見て言った。

「追いかけてきていますよ」

新が驚いて振り返ると、ライトも気づいて振り返った。そこには源太を先頭に、大勢の職人たちが全速力で走っていた。

すぐさまライトは後部座席の窓を開け、身を乗り出して、大きく手を振った。

だが源太たちとの距離が、どんどん開いていく。ひとり、ふたりと、ついてこれなくなり、とうとう源太も足を止めた。

それでも飛び跳ねるようにして、両手を頭上で大きく振り続ける。その姿が小さくなって、行き交《か》う車の向こうに消えた。

ライトは名残惜《なごりお》しげに後ろを見つめていたが、ポケットからハンカチーフを取り出して前に向き直り、目元に押し当てた。

――これは日本でなければ、起こり得ないことだ。あの者たちには、私が建築を通して讃《たた》え、敬《うやま》おうとした精神がある――

新は心が揺さぶられた。ライトが表現したかったのは、日本人の純粋な魂だったのだ。追い立てられるようにして帰国せねばならない立場で、そんな精神に触れることができたのは、唯一の救いに違いなかった。

ライト帰国後の新の立場は、甘いものではなかった。予算と期限が厳密に定められ、それに間に合わせるために、設計変更が強く求められた。新は懸命に抗議した。

「ライトさんの指示は、南客室棟は北と同じということで、それは重役会も認めたはずです」

しかし大倉粂馬《くめま》はきっぱりと言う。

「それは承知しています。でも今は期限を優先してください。それができなければ、あなたを解雇すると言う重役もいますので」

「でも僕はフランク・ロイド・ライトの後任です」

「それは口約束だと主張する人もいます」

林愛作がいなくなると、ライトが矢面《やおもて》に立たされ、そして今は新自身に矛先《ほこさき》が向けられていた。粂馬は熱を込めて説得した。

「北客室棟は通りに面しており、公《おおやけ》の目にさらされますが、南棟の外壁は、隣の華族会館からしか見えません」

まして北客室棟の地下はアーケードで、高級な商店が並ぶために、通りがかりの者でも出入りできるが、南棟の地下は倉庫など、スタッフしか立ち入らない場所だ。

「それを考えると、手間のかからないしつらえでも、いいのではありませんか」

新は懸命にこらえた。ここで腹を立てて席を蹴《け》ってしまっては、完成させるというライトとの約束が守れない。そのために忸怩《じくじ》たる思いで、設計変更に応じた。

変更した南客室棟が着々とできていく最中《さなか》、さらなる問題が起きた。プロムナードにつながる客室棟の壁の上部が、三十センチも足りなかったのだ。

すぐさま新は図面を見直した。だが設計に間違いはない。それでも現実には、プロムナード側の天井が三十センチ高かった。

設計助手たちが言った。

「主要棟が沈下したせいじゃないか」

新は首を横に振った。

「いや、だとしたら床の高さも違うはずだ。床には段差はできていない」

どう考えても理由がわからなかった。しかし天井に段差があるのは見苦しい。これを解消するには、できたばかりの壁を、そうとうな範囲で壊して、造り直さなければならない。

工期を何より優先する現状では、許されないことだった。石の装飾も簡素にはしているが、ないわけではなく、石工も二度手間になる。でも、このままにはしたくないし、迷うところだった。

その時、源太が申し出た。

「遠藤さん、やり直しましょう。ライトさんだったら、かならず直すところだし、このくらいのことなら、さほど手間もかかりゃしねえ。なんだったら、その間の手間賃くらい、貰《もら》わなくたってかまわねえよ」

そして自分の仲間たちに言った。

「なあ、みんな、中途半端なことをするくらいなら、手間賃なんて要らねえよな」

周囲がいっせいにうなずく。新は少し困ったものの、決意を固めた。

「手間賃を払わないわけにはいかないが、とにかくやり直そう」

源太は笑顔になった。

「要らねえって。それより、ここまで完璧にやってきたんだ。ここで手を抜いたら、ライトさんに顔向けができねえよ」

「わかった。それじゃあ、ここの壁は取り壊しだッ」

新が指示を出し、職人たちが大鎚《おおづち》を持ち出して、振りかぶった時だった。粂馬が息を切らせて走ってきた。

「何をしているッ」

とがめられて、新が事情を説明すると、硬い表情で言い放った。

「やり直しは許さない」

新は、むっとして言い返した。

「直すかどうかの判断は僕がします」

「申し訳ないが、君は、その立場にはない。ここは私が決める。このまま続行だ」

「僕が設計の責任者のはずです」

「いや、君はアドバイザーに過ぎない。ライトの後継者というのは口約束で、そういう立場で契約したわけではない。今の君の仕事は、天井の段差を目立たないように工夫することだ。それが嫌なら辞めてもらうしかない」

いつもは穏やかな粂馬に、強い口調で言い放たれて、新は呆然《ぼうぜん》とした。厳《きび》しい立場にいることは自覚していたつもりだったが、まだまだ甘かったと思い知らされた。

大正十二年（一九二三）九月一日の昼前、新は珍しくタキシード姿で、完成したライト館の玄関に向かっていた。

つい先日まで前庭にあふれていた作業員の姿は消え、代わりにベルボーイやドアマンたちが、少し落ち着かない様子で、玄関を出入りする。もう宿泊客も入っているし、午後からは各界の名士を五百人も招待して、全館開業の大祝賀会が開かれる予定だった。

新が最初に林愛作から新館建設の話を聞いたのが、かれこれ十年前。その二年前には愛作はライトに打診していたし、契約覚書《おぼえがき》を交わしたのが大正五年（一九一六）。動力室から着工したのが大正八年（一九一九）九月で、工事だけで丸四年を費やした。

ライトの離日からでも、すでに一年二ヶ月が経《た》っていた。当初は、すでにできていた北客室棟と同じように、南客室棟を造ればいいだけという話だったが、そうはいかなかった。

主要棟に宴会場とボイラー室が増え、エレベーターや扇風機、電話などの設備も新しく加わって、設計変更を余儀《よぎ》なくされたのだ。窓ガラスの金箔の市松《いちまつ》風模様など、細かい部分も、嫌というほど簡略化された。

新が爆発しそうになる怒りをこらえて、なんとか工事を進めていた間に、長男が生まれた。都《みやこ》と一緒になって丸三年で、ようやく授《さず》かった待望の男児で、立《りゅう》と名づけた。だが出産の時は、ちょうど設計変更の真っただ中で、四谷《よつや》南寺町《みなみてらまち》の自宅に帰ったら、もう産婆《さんば》は帰っており、赤ん坊が生まれていたという状態だった。

今は生後八ヶ月になり、這《は》いずりまわって目が離せない。人見知りもせず、家にいる時間の短い父親にも、可愛《かわい》い笑顔を見せる。今日の宴会さえ終われば、ゆっくり、あやしてやれる。

新は軽く拳《こぶし》を握《にぎ》って、ホテル玄関前の石段を駆け上がった。中に入ると、フロント前もホールも、ホテルのスタッフたちが忙しそうに行き交う。

光の籠柱《かごばしら》のところで、紋付袴姿《もんつきはかますがた》の犬丸徹三から呼び止められた。

「おお、遠藤くん、準備はいいかね」

犬丸は今や支配人を務めている。新よりも二歳上で、気さくに声をかけてくる。

新は立ち止まって答えた。

「建物は問題ありません。厨房の電気の方は、うまくいっていますか」

「大丈夫だ。コンロもオーブンも充分な熱量だ。今は宴会の準備で、揚げ物の油が熱く煮えたぎっている」

ホテルは全館電化で、地下には一万ボルトもの電線が通っている。事前の記者発表でも注目を浴びた設備だ。

そんな立ち話をしていた時だった。ふいに足元から突き上げるような衝撃があった。次の瞬間、大きな横揺れが来た。

犬丸が大声で叫ぶ。

「地震だッ。大きいぞッ」

すさまじい揺れだった。歩くどころではなく、立っていることもおぼつかない。

新の頭は、たった今、話していた電気に向いていた。この揺れで一万ボルトの電線が切れでもしたら、漏電《ろうでん》から出火する。まして厨房では揚げ油が熱せられている。

「犬丸さん、電源を切ってくださいッ。漏電しますッ」

犬丸も必死の形相《ぎょうそう》だが、とにかく動けない。まだまだ揺れは収まらない。

新は光の籠柱を見上げた。おびただしい数の電球を仕込んだテラコッタの柱が、前後左右に揺れている。中の電球が割れて、あちこちから火花が飛び散る。

去年の浦賀水道地震よりも、はるかに大きかった。あの時は何の被害もなかったが、今度は、どうなるかわからない。

地鳴《じな》りと建物のきしむ音、それに悲鳴と怒声《どせい》が響く。新は床に手をついて懸命に祈った。どうか建物よ、保《も》ってくれ。揺れよ、収まってくれ。もし大きく崩れるようなことがあれば、最後まで関わった建築家として生きていられない。いっそ下敷きになって死にたかった。

天井や柱からミシミシという音が聞こえる。もう駄目《だめ》かと思った時に、揺れが弱まり始めた。犬丸が足を踏ん張って言う。

「遠藤くん、動力室で電源を切ってくれッ。私は厨房に行くッ」

弱まる揺れの中、ふたりが駆け出そうとした時、大勢の西洋人が犬丸に詰め寄った。

——助けてくれッ。どうすればいいんだッ——

——ホテル前の日比谷公園に避難をッ——

犬丸は玄関を指差しながら、新に日本語で言った。

「電源のことは、こっちでなんとかする。君は外国人の誘導を頼む」

そう言う端《はな》から、金髪の女性客が泣き叫んで駆け寄ってきた。

——娘が、娘が、いないの——

もう揺れは収まっていたが半狂乱だ。犬丸は、もういちど新に頼んだ。

「まずは、この女性を頼む」

犬丸は近くにいたスタッフに、動力室に行くように命じて、自分は地下の厨房へと突進していった。新は男性客たちに日比谷公園の場所を教えてから、女性客を落ち着かせようと聞いた。

——お嬢さんは部屋ではないのですか——

——わからないわ。さっきまで一緒だったのよッ——

聞けば部屋は南客室棟だった。とにかく行ってみようと思った時、大きな余震が来た。地震に慣れていない西洋人たちは、声を限りに絶叫《ぜっきょう》する。

新は余震が収まるのを待って、女性客を連れて南客室棟に走った。中央棟の階段下を通り過ぎようとした時に、かすかに子供の泣き声が聞こえた。

——娘よッ。うちの娘の声だわッ——

——きっと客室棟の二階です——

新たちは階段を駆け上がり、客室棟への渡り廊下へと出た。予想通り、金髪の四、五歳の少女が、渡り廊下の先で泣いていた。

ふたりで突進しようとした時に、二度目の余震が襲い来て、新は総毛立った。少女がいる場所は、ちょうど建物のジョイント部分だったのだ。地震対策のために、あえて頑強《がんきょう》には造っていない部分であり、崩れれば少女は瓦礫《がれき》の下敷きだ。

大揺れの中、ふたたび女性客は絶叫し、その場にうずくまった。新はよろけながらも、少女を救うべく、渡り廊下の壁を伝って、夢中で進んだ。

なんとかジョイント部分まで行きつき、少女を抱きかかえた。メリメリという音とともに、天井からパラパラと漆喰片《しっくいへん》やコンクリート片が落ちてくる。

ふところに少女を抱きかかえ、今、来た渡り廊下を必死に戻った。途中で余震が収まり、母と娘が双方から腕を伸ばして、泣きながら抱き合う。

それからは、ふたりを連れて一階まで駆け降り、中庭に飛び出した。遠くから消防自動車のサイレンと、カンカンという鐘の音が聞こえる。新は本館の火事を思い出した。

木造だった本館とは異なり、今度は建物自体が燃えることはない。それでも内装の木部や家具などに火がつけば、火災はまぬがれない。

母娘とともに前庭に出ると、ホテルのスタッフが宿泊客を日比谷公園に誘導していた。新はスタッフに母娘を託して、周囲を見まわした。南隣の華族会館は無事だった。かつて鹿鳴館《ろくめいかん》だった建物だ。

なおも余震が繰り返される中、北側の道路まで走り出て、新は立ちすくんだ。向かいの電力会社の窓から、黒煙が吹き出していたのだ。ところどころに朱色の炎も混じる。

その先の銀座方面の空には、さらに盛大な黒煙が上がっていた。新は、これは大変なことになると直感した。ちょうど昼前で、どこも昼食の用意で火を使っていただろうし、揺れによる倒壊よりも、延焼《えんしょう》で失われる被害が甚大《じんだい》になりそうだった。

その時、風向きが変わり、電力会社からこちらに向かって、火の粉《こ》が飛び始めた。厳しい残暑で、北客室棟の部屋は、どこも窓が開いており、カーテンが熱風にあおられて外に舞う。そのひとつに火の粉が落ちて、炎が上がった。

新は全速力で建物の中に立ち戻った。すでに主電源を切ったらしく、フロント前もホールも薄暗く、スタッフも客も右往左往《うおうさおう》している。新は声をからした。

「北側の客室の窓を閉めてくれッ。カーテンが燃えているぞッ」

数人のスタッフが、すぐに駆け出していく。だが一階にも何かが燃える匂《にお》いがした。ホールの奥の主食堂で騒ぎが起きている。

駆けつけると、あちこちでテーブルクロスが燃えていた。卓上のキャンドルが倒れたらしい。スタッフたちが懸命に足で踏んで消そうとしている。水道の蛇口《じゃぐち》が遠くて、水が間に合わないのだ。

新は客室係をつかまえて頼んだ。

「掃除用のバケツを、すべて出してくれ。地下のプールと前庭の池から水を運ぶんだッ」

バケツが届くなり前庭に飛び出し、残っていた客たちにも頼んで、バケツリレーで池の水を中に運んでもらった。何度も駐車場に設計変更させられそうになりながらも、新が「防火用にも使えるから」と力説して、とうとう完成させた池だった。

これほど早く利用することになろうとは、夢にも思わなかったが、ともかく無我《むが》夢中《むちゅう》で消火に当たった。

家路についたのは夜の九時をまわっていた。列車はすべて不通だった。四谷の自宅に帰るのに、神田《かんだ》方面は猛火で危険だと聞き、宮城《きゅうじょう》の南の堀沿いを歩いて、甲州《こうしゅう》街道を西に向かった。

沿道の木造の建物は、ことごとく火がついていた。消火できる規模ではなく、もはや燃えるに任せるしかない。すでに燃えつきた一帯だけが暗かった。

そんな中を、新のような帰宅者たちが、熱風と火の粉を避けながら連なって歩く。この分では四谷界隈も無事ではあるまいと覚悟した。都が乳飲《ちの》み子の立を抱えて、どこかに逃げているようにと、懸命に祈った。

四ツ谷駅を過ぎてからは中央線の線路沿いを歩き、赤坂の東宮御所《とうぐうごしょ》沿いに出た。

南寺町は、すぐそこだ。だが前方は暗い。もしや、もう燃えつきたかと不安になったが、近づいて思わず小躍《こおど》りした。その一帯だけが焼け残っていたのだ。北側の線路と、南側の東宮御所が防火帯になったらしい。

停電で真っ暗な中、自宅を探し当て、手探りで玄関の引き戸を開けた。奥から駆けてくる足音と同時に、都の声がした。

「あなた？　あなたですか」

「そうだ」

「よくぞ、ご無事で」

都が玄関の上がり框《かまち》で、安堵《あんど》のあまり、しゃがみ込む気配がする。奥から赤ん坊の泣き声も聞こえた。新も妻子の無事に胸をなでおろした。

新は翌朝、都に言った。

「帝国ホテルも、まったく無傷というわけではないだろうし、修繕《しゅうぜん》が必要だろうから、何日かは泊まり込みになると思う」

そして都の用意してくれた着替えを持って、昨夜とは逆の行程を歩いた。街は広大な範囲が真っ黒に燃えつき、まだ燃え続けている界隈もある。とてつもない被害だった。

日比谷に近づいて、新は目を見張った。一面の焼け野原の先に、帝国ホテルだけがそびえていたのだ。

その雄々《おお》しい姿に思わず胸が熱くなる。フランク・ロイド・ライトの判断は正しかったのだ。浮き基礎や、十にブロック分けした構造で、この大地震に耐えきったのだ。あれほど批判を浴びたけれど、ライトは正しかった。そう大声で叫び出したかった。

ホテルに着いてからは、建物の内外を丁寧《ていねい》に見てまわった。やはりジョイント部分には亀裂が入っていたが、これがなかったら被害が拡大していたのは疑いない。大谷石《おおやいし》の彫刻の一部が落ちたり、飾り柱が倒れたりもしたが、もっとも被害が大きかったのは地下の水泳用プールだった。壁に大きな亀裂が生じ、柱も四本が折れていた。

被害状況を調べていると、犬丸が現れて興奮気味《ぎみ》に言った。

「遠藤くん、大評判だよ。どこから見ても、帝国ホテルが残ったのは一目瞭然《いちもくりょうぜん》だ」

焼け出された外国の大使館や新聞社から、部屋をオフィスとして使いたいと、ひっきりなしに問い合わせが来ているという。

「引き受けても大丈夫だろうか。これから余震が来ても、潰《つぶ》れたりはしないだろうね」

新は慎重《しんちょう》に答えた。

「ジョイント部分と地下の水泳場には、急いで補強の支柱をかませますが、念のため、安全は保証できないと伝えて、それでもよければ入ってもらってください」

「わかった」

犬丸は目を輝かせ、力強くうなずいた。

翌二日にはアメリカ大使館が、翌々日の九月三日にはイギリス大使館が移ってきて、さらに新聞社も続々と入った。南客室棟は、さながら小さなオフィス街と化した。

「建築家の遠藤新さんですね。フランク・ロイド・ライトの弟子の」

そう声をかけてきたのは、通信社の記者だった。

「帝国ホテルが関東大震災に耐えたことについて、少し話を聞かせてください」

今回の大地震は、はや関東大震災と呼ばれ始めている。新は言葉に力を込めて語った。

「ここが無事だったのは、フランク・ロイド・ライトの設計が適切だったという証明です。このホテルは、世界にふたつとない美しさを持ち、そのうえ、この未曾有《みぞう》の大地震にも耐えるほどの安全性も兼ね備えています。そんなライトを日本に招《しょう》聘《へい》した、林愛作元支配人にも、私は敬意を表します」

記者は手帳に鉛筆を走らせて言った。

「わかりました。さすが巨匠《きよしょう》ライトの設計というところですね。これを海外に配信したいと思います」

走り去っていく記者の後ろ姿を見つめながら、喉元《のどもと》に熱いものが込み上げる。それは嬉《うれ》し涙でもあり、誇らしさの涙でもあり、また悔《くや》し涙でもあった。

天才的な建築家を、追い立てるようにして帰国させてしまったというのに、今になって巨匠と持ち上げる。それが嬉しくないわけではないが、それよりも悔しさが勝《まさ》った。

九月八日、一般の国際郵便が復旧するのを待って、新はライトに手紙をしたためた。宛名と日付、そして差し出し地として「ＴＯＫＹＯ」と書いてから、本文を書き始めた。

――街全域が灰となった中で、帝国ホテルが建っているのを見るのは、なんと栄誉なことでしょう――

関東大震災の惨状と、帝国ホテルが無事だったというニュースは、アメリカの新聞でも報道されている。だから新は詳しい状況を書き連ねる必要はない。ただ感謝と誇らしさを伝えればいいだけだ。

だが、そこまで一気に書いたものの、さまざまな思いが胸に迫って、ペンが進まなくなった。ライトが帰国してから、どれほどの重圧があったか。どれほどの忍耐があったか。それを乗り越えて今がある。新はペンを置き、両手で顔をおおって泣いた。

その後も修繕に奔走《ほんそう》し、泊まり込みが続いた。そして手紙を書いた十日後、夜遅くなって帰宅した。ようやく、すべての工事が手配できて、ホッとしたところだった。明日からは早く帰宅できそうで、今度こそ立と遊んでやるのが楽しみだった。

だが自宅の玄関の引き戸に手をかけて、おやっと思った。鍵《かぎ》がかかっていて、中が暗かったのだ。こんな時間に都が外出とは珍しいなと思いつつ、玄関脇の植木鉢を動かした。こんな時に鍵を隠す場所だ。

案の定、鍵が置かれている。それを拾って鍵穴に差し込んだ時、背後から車のヘッドライトが近づき、家の前で停まった。

振り返ると箱型のタクシーで、都が立を抱いて降りてくる。中で支払いをしているのは、都の母親で、新も下宿当時から世話になった多喜《たき》だ。タクシーで帰宅して、まして多喜まで来ているとは、いよいよ珍しい。

不審に思いながら近づいて驚いた。都が泣きはらした顔をしていたのだ。

「何か、あったのか?」

新の問いに、都が声を潤《うる》ませた。

「ごめんなさい。あなたが大変な時に、こんなことになって」

「こんなことって？」

その時、多喜がタクシーから降り立って、棘《とげ》のある口調で言った。

「仕事、仕事って、自分の子供が生きるか死ぬかの瀬戸際《せとぎわ》にまで、家を空けなくたって。それほど帝国ホテルが大事なんですかッ」

新は慌《あわ》てて立の頬《ほお》に手を伸ばした。高熱でもあるのかと思ったのだ。

だが指先が触れた瞬間、総毛立った。いつもは、ふっくらと温かい頬が、冷たくこわばっていたのだ。何かの間違いだと思いたくて、首の脇にも手を差し入れたが、やはりぬくもりはなかった。

都が泣きながら言う。

「昨日から泣きやまなくて、お医者さまに往診《おうしん》を頼んだら、腸捻転《ちょうねんてん》かもしれないから大きな病院へと言われて、連れて行ったけれど、もう手遅れで」

多喜が口を挟《はさ》んだ。

「まあ、あなたが居たって居なくたって、同じことだったでしょうけれど」

都が甲高《かんだか》い声でさえぎる。

「お母さん、そんな言い方しなくたってッ」

女たちが泣き叫ぶかたわらで、新は呆然と立ちすくんだ。自分が仕事に打ち込んでいる最中に、よもや、そんなことになっていようとは夢にも思わなかった。

葬儀は内々で済ますつもりだったが、林愛作が焼香《しょうこう》に来てくれた。

「遠藤くん、すまなかった。何もかも、君に押しつけて、こんなことになってしまって」

「いいえ、息子のことは、仕事とは関係ありませんので」

新が言葉少なに首を横に振ると、愛作は立の小さな位牌《いはい》を目で示した。

「僕はね、君の大事なご子息《しそく》が、帝国ホテルの身代わりになって、連れていかれたような気がしてならないんだよ。馬鹿げた話と思うだろうが」

新は黙ってくちびるをかんだ。新自身も、そんな気がしていたのだ。そうでなければ、なぜ、この時期にという疑問に、答えが見いだせない。愛作は涙声で言った。

「ライト館は、いくつもの事件を引き起こして、いくつもの犠牲を強《し》いた末に完成に至った。別館の火事、本館の火事、挙句《あげく》に開業当日の大震災だ。その威力に吹き飛ばされて、僕や大倉さんだけでなく、フランク自身も退陣した。だから立くんのことも、僕には無関係とは思えないんだ。本当に申し訳なかった」

さらに、くぐもった声で言う。

「こんな場で礼を言うのも妙だが、君は通信社の記者に話してくれたんだってね。フランクを日本に招聘した林愛作元支配人にも、敬意を表するって。それを聞いて、僕は泣けたよ。そんなことを言ってくれるのは、遠藤くん、君だけだ」

そして深々と頭を下げて帰っていった。

自由学園の羽仁《はに》もと子も焼香に来てくれた。四十九日が過ぎてから、新が夫婦で香典返しを持って行くと、もと子は都を励ますように言った。

「人生には、いろいろなことが起きます。今、こんなことを言うと、かえって酷なように聞こえるかもしれないけれど、きっとまた子供は授かります。今は立くんの代わりなんて、考えられないでしょうけれど」

そして新にも言った。

「遠藤さんは、これからも、お仕事に力をつくしてください。それがライトさんが、あなたに託した役目なのですから」

新はうなずけなかった。仕事にかまけて、生まれた時のみならず、死ぬ時にさえも、わが子に充分な愛情を注《そそ》げなかった。それが悔《く》やまれてならない。

そんな気持ちを読み取ったかのように、もと子は言葉を続けた。

「ライトさんは子供たちのことを、何より気にかけてくださいました。だから遠藤さんも、子供の笑い声が響くような家を、たくさん建ててくださいな。子供を授からなかった夫婦や、子供が巣立った家には、少人数で寄り添える家を」

確かにライトは子供好きで、自由学園の生徒たちにも愛情を注いだし、住宅を設計する際には、子供の目線を大事にした。

「いつか、そんな住まいへの思いを文章にして、『婦人之友《ふじんのとも》』に寄稿《きこう》しませんか。今すぐにでなくても、いつか」

もと子の言葉は、心の奥深くまで届く。ライトと新にとって林愛作は同志であり、もと子は支援者だったのだと思い至った。

「わかりました。ライトさんから受け継いだ心を、いつか世の中に伝えます」

その後、帝国ホテルの美しさと安全性と快適性は、南客室棟をオフィスにした新聞記者たちに称賛され、関東大震災のニュースとともに世界中に発信され続けた。以来、来日する外国人たちは、宿泊先に帝国ホテルを選び、それがまた評判を呼んだ。その結果、帝国ホテルに泊まるために日本を訪れるというブームまで引き起こした。

施主《せしゅ》の妻とのスキャンダル以降、地に落ちていたフランク・ロイド・ライトの名声は、完全に回復した。ここに至って、ようやく新は苛立《いらだ》ちを収めることができた。

だがライトは、あれほど愛した日本に二度と来ることはなく、完成したライト館を見ることもなかった。その理由を、新は理解できる。完璧主義のライトだからこそ、自分自身の手で完成できなかった建物を、目にしたくはないのだ。

新は「遠藤新建築創作所」という建築事務所を立ち上げ、自由学園の講堂や日本女子大学の寮、産院、乳児院などの公共性の高い建物のほか、数々の美しい住宅を世に送り出した。また住まいについてのエッセイを、たびたび「婦人之友」に寄稿した。

家庭では四男一女の子宝に恵まれた。その中のひとりである遠藤楽《らく》が、渡米してライト晩年の弟子となり、新と親子二代にわたって、フランク・ロイド・ライトの心を継承する建築家になったのだった。

エピローグ

谷口吉郎《たにぐちよしろう》は有楽町《ゆうらくちょう》駅で、新聞社への電話を切るなり、もういちど公衆電話の赤い受話器を取り上げた。革《かわ》製の小銭入れの中から、あるだけの十円玉をかき集め、続けざまに投入口に落とす。そして住所録から名鉄の社長室直通番号を探して、ダイヤルをまわした。

だが話し中だ。いったん受話器を置くと、じゃらじゃらと十円玉が戻ってくる。もういちど投入してかけ直したが、また話し中だった。かかるまで繰り返すつもりだったが、五回目で、ようやく発信音が鳴った。

「はい、名古屋鉄道社長室でございます」

女性秘書の声がして、谷口が名乗ると、すぐに土川元夫《つちかわもとお》が出て、息せき切って言う。

「こっちから電話しようと思ってたところだ」

「今、公衆電話なんだ。新聞は見た」

話している間にも、十円玉が一枚ずつ音を立てて落ちていく。

「そうか。じゃあ手短《てみじか》に話すが、首相から直々《じきじき》の依頼があった。返事は保留《ほりゅう》したが、玄関とロビー部分だけでも明治村に移築してもらいたいそうだ」

「取り壊し予定は十二月一日だと聞いたが、これは延期できるのか」

「わからない。とにかく帝国ホテルの犬丸《いぬまる》社長に会ってくれ。詳しいことは、その時に」

話の途中で切れた。受話器を置いても、もう十円玉は戻ってこない。

谷口は肩を落として赤電話から離れた。有楽町駅前の舗道《ほどう》には、北風であおられた枯れ葉が、乾いた音を立てて舞っていた。

たがいのスケジュールを調整した結果、犬丸徹三《てつぞう》と会えたのは、取り壊し開始二日前の十一月二十九日だった。

すでに閉館して二週間になるライト館のロビーへと案内された。そこにはテーブルひとつと、ソファが二脚だけ残されており、片方から白髪の老人が立ち上がった。

「犬丸です。谷口先生、よくお越しくださいました」

もう八十歳という噂だったが、まだまだ姿勢はいい。

谷口は挨拶《あいさつ》を交《か》わし、一階から二階の回廊《かいろう》まで見まわした。待ち合わせなどで何度も利用したことがあるが、人のざわめきが消えた空間は、荘厳《そうごん》な雰囲気だった。

二階の窓から冬の陽光《ようこう》が斜めに差し込み、テラコッタやスダレ煉瓦《れんが》の壁を際立《きわだ》たせる。

「さっそくですが」

犬丸はテーブルの上に図面を広げた。

「この夏から、早稲田《わせだ》の建築の先生が作ってくださった図面です。記録として写真も充分に撮ってありますので、すべて提供させて頂きます」

建築当時の図面は、帝国ホテルには残っていないという。かつてフランク・ロイド・ライトは、おびただしい設計変更を繰り返したので、そもそも最終的な図面が存在しなかった。

またライト本人はもとより、すでに遠藤新《えんどうあらた》も亡くなっている。そのために早稲田大学建築学科の教授と学生たちが、詳しく調査して、新しく図面を起こしたのだという。

谷口は図面と、ロビーの四方にそびえる光の籠柱《かごばしら》とを見比べた。これを壊さずにトラックに載せて、明治村にまで運ぶだけでも、途方《とほう》もない作業だった。

さらに犬丸は思いがけないことを言った。

「この建物は内壁と外壁の間が、コンクリートで一体化しています」

ライト館は工事の際に型枠は使わず、最初から大谷石《おおやいし》やスダレ煉瓦で囲った中に、コンクリートを入れて固めたという。

「ライト館は十のブロックに分かれていますが、各ブロックは外壁から内壁、柱、天井《てんじょう》、床に至るまで、ひとつの塊《かたまり》なのです。スダレ煉瓦は内部が空洞《くうどう》のものも多いのですが、そこにコンクリートが流れ込み、がっちりとかみ合って固まっています」

谷口は端整《たんせい》な眉《まゆ》をひそめた。

「つまり壁が、はがせないということですか」

犬丸は厳しい顔をうなずかせた。

「仰《おお》せの通りです」

鉄筋コンクリートの建物は移築が難しいとは覚悟していたが、予想以上だった。問題は光の籠柱だけではない。もし完全に移築しようとしたら、ブロックを丸ごと運ぶしかないのだ。

「要するに、解体して運んで再構築するのは、不可能ということですね」

「残すべきものは、できるだけ大きな形で残し、それを運んで利用して頂ければと思います」

どれほどの大きさに分割できるのか、どれほどの個数になるのか、見当もつかない。細切《こまぎ》れの大谷石や煉瓦片《へん》など、貰《もら》っても意味がない。

谷口は、犬丸が図面と写真を提供すると言った真意を理解した。それをもとに新築し直すのに等しいのだ。煉瓦やテラコッタは焼き直し、大谷石も新しいものを調達しなければならない。だが、それでは復元であり、明治村の目指す移築保存にはならない。

犬丸は図面に目を落とした。

「移築はもちろん、部分的な修理も難しい建物なのです。ずいぶん前から床が傾《かし》いで、壁のあちこちに大きな亀裂《きれつ》が走っており、とりあえず左官《さかん》仕事で修理してあります。でも本気で直すとしたら、大谷石の彫刻を取り外《はず》し、壁も大々的に壊して、やり直さなければならない。でも、どこまで壊すか？　本来、ひとつの塊なのですから、結局は全部を壊さなければならない。つまりは建て直しです」

谷口はうなずいて、聞きたかった質問を口にした。

「事情はわかりました。ただ、明後日の取り壊し開始は、延期できませんか」

「延期は無理ですが、客室棟から手をつけますので、この玄関とロビーは、できるだけ後にします。時間がなくて申し訳ありませんが、どうか、よろしくお願いします」

「もういちど名鉄の土川とも話をして、お答えしたいと思います」

もう用は片づいたも同然だった。すると犬丸がソファに深く座り直して言った。

「もし、お時間が許せば、年寄りの昔話を聞いて頂けませんか」

「お聞きしましょう」

「ありがとう存じます」

犬丸は腹の上で両手を組んで話し始めた。

「私が帝国ホテルに入社したのは、大正八年（一九一九）の一月で、ここが着工したのは、その年の九月でした」

「ならばライト館の誕生から、ご存じなのですね」

「そうです。副支配人として招かれたのも、ここの厨房《ちゆうぼう》設計のためでした」

以来、四十八年、現役で働いてきたという。

「あまり知られていないことですが、実はライト館の建て替え話は、今度が初めてではないのです。完成後、わずか十年で、最初の計画が起きています」

太平洋戦争が始まる前年の昭和十五年（一九四〇）に、いったん東京オリンピック開催が決まり、その前に八階建てにしようと、重役会で決定したという。

「その時、私は、もともとライト館が日本人の好みではなかったように感じました。一般的な感覚では、日本を代表するホテルには、ヴェルサイユ宮殿のようなきらびやかさか、もしくはエンパイアステートビルのような最先端が、望まれていたようです」

ましてや英米憎しの時代であり、アメリカ人による設計という点も否定的に捉《とら》えられた。だが、この時は日華《にっか》事変が起きて、東京オリンピック自体が流れ、改築計画は実行されずに済んだ。

太平洋戦争に突入すると、華やかな舞踏会《ぶとうかい》もパーティも自粛《じしゅく》された。さらに戦争が末期になると、各地で激しい空爆《くうばく》を受けるようになったが、なぜか日比谷《ひびや》界隈《かいわい》は長い間、無事だった。

「後で聞いた話によると、アメリカ軍は終戦後に帝国ホテルを利用しようと、爆撃対象から外していたそうです」

しかし終戦間際《まぎわ》に隣地が空爆を受け、その飛び火で南客室棟の内部が焼け、宴会場の天井も燃え落ちた。そうして終戦を迎えると、アメリカ側の予定通り、帝国ホテルは進駐軍《しんちゅうぐん》の上級将校向け施設となった。

「それから年月を経て、昭和三十年代に入ると、今度こそ東京オリンピックが現実化し、建て替え計画も再燃しました。でも、この時も見送りました」

むしろ犬丸はオリンピックを機に、世界中の人々にライト館を見てもらい、その評価を高めて、大規模修繕《しゅうぜん》に踏み切れればと望みをかけたという。

しかし思惑《おもわく》は裏目に出た。オリンピック開催中、帝国ホテルは大会役員の宿舎になったが、スポーツ関係者は健康的で、まばゆいばかりに明るい環境を好む。大会役員のひとりが、チェックアウトの際に言い放った。

「犬丸さん、僕は外国人の手前、恥ずかしかったですよ。日本を代表するホテルが、こんなに薄暗くて古くさいなんて。万博《ばんぱく》までには、立派なビルディングを建ててくださいよ」

それは、その役員だけの意見ではなかった。誰もが新しいものを好み、過去の遺《い》産《さん》など顧《かえり》みない時代になっていた。

深く腰かけていたソファから、犬丸は身を乗り出した。

「そして今度は、いよいよ万博が来ます。オリンピックは十五日間でしたが、万博は半年に及びます。それに合わせて日本航空がジャンボジェット機を導入し、いちどきに大勢のお客さまが到着なさいます。このライト館では大人数に対応できないのです」

すみやかにチェックインできるフロントと、ゆったりしたロビーが、どうしても必要だという。

「それにライト館は何より安全面が深刻です。私は建て替えを検討する前に、あらかじめ、この建物の耐久性を専門家に調べてもらいました。実際に建築に携《たずさ》わった人の話も聞きました。すると、ここは鉄筋コンクリートづくりといっても、ひとつの壁に鉄筋が二、三本しか入っていないところもあるそうなのです」

谷口は耳を疑った。今では考えられない少なさだ。犬丸は小さな溜息《ためいき》をついてから、また話を続けた。

「鉄筋コンクリートの走りでしたので、そんなことになったのでしょう。そこに建物の沈下や傾斜が加わって、鉄筋が針金のように細く伸び切っているところもあるそうです」

主要棟の一部は、地面から六十センチも沈んでおり、もはや半地下同然だという。

「ここ何年も私は心配でなりませんでした。また大地震が来て、ライト館が崩壊《ほうかい》しないかと。駅やオフィスビルなら、基本的に昼間しか使われません。でもホテルでは、お客さまが寝入っておいでの時に、もし大地震が来て建物が崩壊したら、大混乱を招きます」

しかし営業している限り、そんな不安は公表できない。

「ライト館は、オープニング当日に関東大震災に見舞われ、神話が生まれました。あの未曾有《みぞう》の大地震に耐えたのだから、今後、どんな地震が起きても大丈夫だと。

でも現実には経年劣化がひどいし、今やお客さまの生命《いのち》がかかっているのです」

　そこまで強い口調で言い切ると、前のめりにしていた上半身を、またソファの背もたれに戻した。

「建築技術は目覚《めざ》ましい進歩を遂《と》げています。大正年間には浮き基礎しか使えなかった土地に、今では超高層ビルも建てられるのですから。いつの日か、この満身創痍《まんしんそうい》のライト館でも、現状保全が容易になる日が来るかもしれません。その時、犬丸徹三は非難されるでしょう。なぜ壊したのかと。でも、いいのです」

　晴れ晴れとしたように言う。

「私は泥をかぶるつもりです。建築当時を知る者は、ひとり残らず定年を迎えて去り、残っているのは私だけです。だからこそ残りの人生をかけて幕引きをすべきだと、覚悟を決めたのです。悪役を次の世代に押しつけるわけにはいきません」

　犬丸は二階の回廊を見上げた。

「私はね、時々、この建物が生きている巨人のように思えることがあるんですよ」

　谷口はうなずいた。

「私も先日、そう思ったところです」

「そうですか。先生も、そう思われましたか。私など巨人の中で走りまわる、ちっぽけな存在でね。それでいて長年連れ添った相棒《あいぼう》のように感じることもあります」

少し目を瞬いて言う。

「なぜ巨人のように思えるのか、考えてみたことがあるんです」

「なぜですか」

「この建物には、大勢の信念がこもっているからだと思います」

天井まで伸びる光の籠柱を指差した。

「これはライトさんが気に入らなくて、何度も何度も作り直させて、それに職人が必死に応《こた》えて、五回目でオーケーが出たんです。職人たちの思いが、この中に宿《やど》っている。つまり彼らが命を吹き込んだんです。だからこそ私は、この巨人に、この場所で、ホテルとしての命を、まっとうさせたかった」

口元に微笑《ほほえ》みを浮かべて言う。

「でも、この巨人は時々、大暴れをするんです。誕生の際には別館や本館が火事になるし、前の支配人やライトさん本人までもが、巨人の勢いに吹き飛ばされました。よりによってオープニングの日に大震災ですよ。取り壊しを決めたら、今度は反対運動が起きて、アメリカまで飛び火するとはね」

ゆっくりと視線を谷口に戻した。

「でも今回、首相のご発言があり、私は考えを改めました。たとえ一部であっても、フランク・ロイド・ライトの感性と日本の職人たちの技《わざ》を、後世に伝えられるなら、そうすべきなのです。だから、こうして、お願いする次第です」

深々と頭を下げられ、谷口は即答できないもどかしさを感じた。

翌十一月三十日、土川元夫が名古屋から上京してきた。明治村の東京事務所に入ってくるなり、勢いよく回転椅子《いす》に腰かけた。

「要するに、この話は政治家の発言の尻拭《しりぬぐ》いだな。海外で発言してしまったから、後には引けないというような面子《メンツ》の話なら、お断りだ」

谷口は窓際に立ったままで聞いた。

「そこまで腹が決まっているなら、なぜ、わざわざ上京してきた？」

「超特急ひかり号に乗れば、名古屋から二時間半だ。わざわざってほどでもないさ」

谷口は親友の軽口《かるくち》の裏を読んだ。

「保存したいのか」

すると土川は回転椅子をくるりとまわし、背を向けて答えた。

「あの建物を壊したい奴なんかいるのか」

また椅子を戻して言葉を続けた。

「壊そうっていう犬丸社長本人だって、保存してくれと頼んでるんだろう」

「金はどうする？　さすがに名鉄でも出せんだろう」

「国が一億、出すと言ってる」

「一億でも足らんかもしれん」

すると土川は椅子から身を乗り出した。

「もし、おまえがやる気なら、不足分は俺が駆けずりまわって、なんとかする。だから、正直なところを聞かせてくれ」

谷口は答えをはぐらかし、窓側を向いて話題を変えた。

「俺が戦前にベルリンに行っていたことは、知っているだろう」

「もちろんだ」

ベルリンの日本大使館の建て替えで、長期滞在した経験があった。

「戦後になって、もういちど行ったことがあるが、まったく様変わりしていた。ベルリンはナチスの敗戦前に、米軍によるすさまじい空爆を受けて、美しい教会も街並みも消え失《う》せたんだ」

その時、谷口は建築家としての無力を感じずにはいられなかった。

「建物は戦争だけでなく、災害でも破壊される。経済活動でもだ」

戦争や災害は一挙に建物を呑《の》み込む。だが経済活動では一棟、また一棟と消えていく。それを救うのが明治村の役目だった。

背後から土川が声をかけた。

「おまえだって、破壊から救いたいんだろう。ライト館を」

谷口は親友の口真似《くちまね》で答えた。

「あの建物を救いたくない奴なんか、いるのか」

「それなら何を迷う？　自信がないのか」

「そうだな。ライトほどの巨匠が設計して、日本人の職人たちが丹精を込めた作品を、正直なところ、造り直せる自信はない」

「なあ、谷口」

土川は口調を改めた。

「失敗したっていいじゃないか。とりあえず煉瓦や大谷石を貰っておいて、何年かかっても復元できなかったら、おまえと俺とで首をくくればいいさ」

谷口は、くるりと振り返って言った。

「名鉄が巻き添えを食うぞ」

「そんなことは百も承知だ。でも線路や車輌が消えるわけじゃない。別の鉄道会社が取って代わるだけで、電車は走り続ける」

土川は立ち上がって、広くはない部屋の中を歩き始めた。

「俺は明治村を慈善事業でやってるわけじゃない。明治村のどこかに、帝国ホテルが建っているのを想像してみろよ。あれだけの建物だ。かならず明治村の目玉になる。東京から名古屋までひかり号で、そこから犬山《いぬやま》までは名鉄に乗って、きっと客は足を運ぶ」

それは開村の時の思惑通りだ。

「勝算があるのか」

「あるとも。社運をかけてでも挑む価値はある。俺の直感だ。いつの日かアメリカからだって、フランク・ロイド・ライトのファンたちがツアーを組んで、やって来るかもしれないぞ。いや、かならず来る」

なおも歩きながら話し続ける。

「明日から取り壊しが始まる。これほど切羽《せっぱ》詰まっていなかったら、おまえも俺も断っただろう。それに開園直後だったら、やっぱり断るしかなかったはずだ。開園から、わずか二年しか経《た》っていないと考えるか、もう二年経ったと考えるかだ」

窓辺に近づき、谷口のすぐそばに立った。

「俺たちが明治村を作ったのは、もしかしたら、ライト館を迎えるためだったんじゃないか。そんな気までするんだ」

「もう受け入れる気でいるんだな」

「おまえが、うんと言えばの話だ」

谷口は黙《だま》ったまま、もういちど友に背を向けて、窓から外を見下ろした。

東京事務所が入る文藝春秋《ぶんげいしゅんじゅう》ビルの辺りは、周囲より小高く、眼下は下り勾配《こうばい》で、古びた二、三階建てが連なる。もっとも土地が低い堀端には、ホテル・ニューオータニが誇らしげにそびえる。最上階に回転ラウンジを持つ独特の建物だ。

さらに離れた虎ノ門《とらのもん》には、大倉喜八郎《おおくらきはちろう》の子息《しそく》が開業したホテル・オークラもある。どちらも東京オリンピックを機に開業した大型ホテルだ。

オリンピックが終わった後、ホテルの需要がだぶつくと案じる声もあったが、どこも経営状況は悪くないと聞く。帝国ホテルが、そんな流れに遅れてならじと判断するのは、企業としては当然ではある。

あの巨人には、あの場所でホテルとしての命をまっとうする道が、もう残されていない。犬丸の言葉が胸に迫る。

「私は泥をかぶるつもりです。建築当時を知る者は、ひとり残らず定年を迎えて去り、残っているのは私だけです。だからこそ残りの人生をかけて幕引きをすべきだと、覚悟を決めたのです。悪役を次の世代に押しつけるわけにはいきません」

今、移築を引き受けて、もし達成できなかったら、谷口も悪役になるかもしれない。でも、それを恐れていいのか。自分は犬丸より一世代も若い。残りの人生をかける価値が、ライト館にはあるのではないか。

それに自分はひとりではない。土川という相棒がいるし、ひとたび移築と決まったら、きっと優秀な建築家たちが何人も力を貸してくれるに違いない。今までつきあいのある建設会社も一生懸命、働いてくれるはずだ。ライトに助手や職人たちが協力したように。

ふいに「様式保存」という言葉が頭に浮かんだ。そんな言葉は建築用語にはない。だが犬丸の言う通り、残すべきはライトの感性と職人たちの技だ。建物そのものでなくてもいい。ただ様式を保存すればいいのだと気づき、振り返って同意を求めた。

「様式保存っていうのは、どうだ？」

土川は即座に意味を理解した。

「いいじゃないか、様式保存。それで行こう」

とうとう決意が定まった。

不安が何もかも消えたわけではない。それでも受け入れると決めたとたんに喜びが湧く。少なくとも、あの建物の様式だけでも、後世に伝えられるという喜びが、心の奥底から、ふつふつと湧き上がっていた。

昭和五十三年（一九七八）十二月、すっかり髪が白くなった谷口は、明治村の北端近くで、杖《つえ》をついて立っていた。少し足元がおぼつかない。

受け入れを決めてから十一年もの歳月が流れ、今では目の前に「帝国ホテル中央玄関」と名づけられた建物が威容《いよう》を誇る。

あの時、土川が予想した通り、今や明治村で一番の人気だ。寒さにもかかわらず、冬休みの家族連れや若者たちが行き交《か》う。

だが二年前に外観が完成して、ようやく公開に至った頃から、谷口は体の衰えを覚えた。医者の診断は胃潰瘍《いかいよう》で、この秋には大きな手術を受けた。退院はしたものの、体調は悪くなる一方で、谷口自身は癌《がん》を疑っている。

近々、また入院を余儀《よぎ》なくされる。もしかしたら先は長くはないかもしれないと覚悟し、もういちどだけ明治村の建物を見ておこうと、東京から足を運んできたのだ。

それに、この夏には日比谷の帝国ホテルで、また新たな建て替え計画が発表された。ミッドセンチュリー風の第一新館と第二新館が取り壊されて、超高層ホテルに生まれ変わるという。明治時代にはビクトリア調の本館が建っていた場所であり、超高層の名称は「インペリアルタワー」か「帝国ホテルタワー」に決まりそうだと聞いている。かつて予想した通りだ。

思い返せば、ライト館玄関部分を明治村に受け入れようと、土川との間で約束したのは、十一年前の十一月三十日だった。

翌月の五日には「帝国ホテルを守る会」の幹部が事務所にやって来た。彼らは現地での保存のために、財団法人の設立を目指していたが、責任者となるべき経済人を擁立《ようりつ》できなかった。そこに佐藤栄作《さとうえいさく》の意向も加わって、とうとう現地保存を諦《あきら》め、明治村への移築を頼みに来たのだ。

谷口は玄関部分だけしか受け入れられないことを伝え、何もかも任せて欲しいと伝えた。すると彼らは谷口を信頼し、「帝国ホテルを守る会」を解散したのだ。

その月の下旬には、佐藤栄作や文部大臣と会い、国からも正式に依頼された。ただ内情は秘せられ、新聞には明治村への移築は望み薄という記事が出た。

仕事納めの十二月二十八日になって、明治村の建築委員会で承認され、ようやく受け入れが確定したのだった。

谷口は、ひと山越えた思いで、昭和四十三年（一九六八）の正月を迎えた。そして取り壊しが進み、いよいよ正面玄関の解体を始めることになって、もういちど日比谷の現場におもむいた。

だが思わぬ光景に愕然《がくぜん》とした。予想はしていたつもりだったが、玄関だけになったライト館は、手足をもがれた巨人のようで、あまりに哀《あわ》れな姿だったのだ。

それでも一月二十日から搬送が始まった。犬山まで運ばれた部材は、大型トラック四十台分、四百トンに及んだ。それをなんとか継《つ》ぎ接《は》ぎして、もとの姿を再現しなければならなかった。

結局、国からの助成金は、当初の話の十分の一の一千万円に留まった。土川は激怒して「返してしまえ」とまで言い放ったが、今までに返上した例はなく、とにかく受け取った。

構造的には、もとのライト館にはなかった鉄骨を用いた。また大谷石が崩れやすいために代用品を検討した。プラスチックの試作品ができてきた時には、誰もが目を見張った。

「まるで大谷石だな」

だが手を触れた瞬間に諦めた。石の冷たさや、ざらりとした触感、重々しさなどが、まったく欠けていたのだ。プラスチックメーカーの営業担当が食い下がった。

「手の届かないところに使って頂けませんか。私どもは今後、建築資材の分野にも進出したいと考えておりまして。こちらで使って頂ければ実績になりますし」

だが手の届くところにだけ本物を使うとなると、経年劣化に違いが生じる。気の毒ではあったが、断るしかなかった。

結局、新しい大谷石に替えたり、どうしても劣化しやすい外壁は、コンクリートに自然の風合《ふうあ》いに近い穴を空《あ》け、なんとか自然石に似せて用いた。

スダレ煉瓦は、きれいに出来すぎた。大量生産になると、きっちり規格通りに揃《そろ》ってしまい、昔の手作り感が出せなかった。

ともあれ資材のめどが立って、昭和四十五年（一九七〇）三月十八日に地鎮祭《じちんさい》を執《と》り行った。それは大阪万博が開会した三日後のことであり、すでに移築決定から二年三ヶ月が過ぎていた。

その間、かつての「守る会」のメンバーが、本当に復元してもらえるのかと案じて、何度も明治村に足を運んでいた。彼らの期待には、どうしても応えなければならなかった。

ほかにもさまざまな困難があり、それを乗り越えて外観が完成。とうとう昭和五十一年（一九七六）に公開に至った。谷口は深い達成感と、責任を果たせたという安堵感《あんどかん》を味わった。

ところがオープニングの際に、招待客のひとりがテープカット前に帰っていたことを、後になって知った。それは「守る会」の主要メンバーで、ライト晩年の弟子《でし》でもあった遠藤楽《らく》だった。遠藤新の子息で、母親の都《みやこ》を連れてきていたが、急に体調が悪くなったという話だった。

しかし谷口は、その心境を推《お》し量《はか》った。ライト館の解体が始まってからは、「守る会」は現場への立ち入りを禁じられ、最後に玄関だけになった哀れな姿を見ていない。

そのうえ明治村では大谷石もスダレ煉瓦も、大部分が新しくなっており、かつてのような風情《ふぜい》はない。石の角が崩れ、煤煙《ばいえん》で汚れた姿も、彼らにとっては愛着だったのだ。

それから谷口は年齢を重ねるにつれ、また別のことが気になり始めた。内装が手つかずだったのだ。すでに土川元夫も佐藤栄作も相次いで他界しており、もはや後ろ盾はいない。費用の面でも、外観を復元しただけでせいいっぱいだった。

でも、このままにしておいて、あの世で土川に会った時に、顔向けができるかどうか。それを確かめる意味もあって、ここまで杖をついて来たのだった。

見慣れてみれば、玄関だけでも充分に迫力はある。新しく作り直した部分も馴染《なじ》んで、公開当初の違和感は和《やわ》らいでいる。それなりにライトの感性は伝えられるし、土川にも顔向けができそうだと、谷口は自分自身に言い聞かせ、建物を一周して玄関前に戻った。

すると学生服の若者が三人、車寄せのところで声高《こわだか》に話をしていた。

「なんだ、中を見られないのかよ。そしたら、おまえの爺《じい》ちゃんの仕事、見られないじゃねえか。せっかく来たのに」

すると三人の中で、小柄な若者が答えた。

「だから爺ちゃんのいちばんの大仕事は、主食堂の中だったんだから、もう残ってないんだってば。前にも、そう言っただろう」

「けど、ほかも彫ったんだよな」

「そうだけど。この辺の古そうな石も、彫ったかもしれないな」

小柄な若者は外壁の中で、日比谷から運んだ大谷石に手を触れていた。

もう充分に見つくしたのか、若者たちは車寄せから離れていった。そして池の向こうまで行って立ち止まり、振り返って口々に言った。

「こうやって見ると、すげえ建物だよ。本当に、すげえよ」

「これができた後、大谷石がブームになったって、これを見ると、よくわかるよ」

「ライトって人は、うちの町の恩人だな」

ライト館の完成後、大谷石の評価が高まり、住宅の石塀《いしべい》などに盛んに用いられるようになった。

谷口は杖をつきながら近づいて聞いた。

「もしかして君たちは、栃木県の大谷から来たのかね」

いちばん元気な若者が答えた。

「そうです。こいつの爺ちゃんが石工《いしく》で、死ぬまで帝国ホテルのことを自慢してたっていうんで、見に来たんです」

もうひとりの若者が口をとがらせた。

「建築の先生にも勧められたし、アルバイトして汽車賃を貯《た》めて来たのに、中を見られないなんて、がっかりだな」

谷口は少し心が痛んだが、三人を見まわして聞いた。

「建築の勉強をしているのかね」

「工業高校の建築科です。冬休みになったら、三人で来ようって約束してたんです。なのに中が見れないなんてなあ」

なおも不満顔の仲間にはかまわず、小柄な若者が言った。

「でもさ、こんなすごいホテルに、俺の爺ちゃんが関わったって、わかっただけでも、来た甲斐《かい》はあったよ」

いちばん元気な若者が応じた。

「そうだな。おまえの爺ちゃんが自慢したのも、わかる気がするな」

不満顔の若者も言う。

「これは俺たち大谷の誇りだよな」

「どうせ就職するんなら、こういうものを建てるような、でっかい会社に勤めたいよな」

「無理無理。おまえの成績じゃ」

ひとしきり笑ってから、小柄な若者が言った。

「でも、どんなに小さい工務店だって、俺は頑張って働くし、どんなに小さい家だって頑張って建てるよ。帝国ホテルの石を彫った爺ちゃんの孫なんだから、いい大《だい》工《く》にならなきゃ」

谷口は聞いているうちに、心に温かいものが満ちるのを感じ、励ましを口にした。

「三人とも、頑張れよ」

すると屈託《くったく》のない笑顔が返ってきた。三人は、それぞれ片手を上げて、村内巡回バスの乗り場の方に歩いていく。

その後ろ姿を見送って、谷口は気づいた。ああいう若者は大勢いるのだと。大谷だけでなく、常滑《とこなめ》や東京にもいるはずだし、そのほかの土地にも、いくらでもいる。そんな若者たちに、あの美しい光の籠柱を見せてやりたくなった。

様式保存を引き受けると決めてから、わかったことがある。ライト館には建築関係者だけでなく、準備段階から林愛作《はやしあいさく》や大倉喜八郎が関わっていたのだ。

志ある男たちが入れ替わり立ち替わり、この巨人に携わってきた。谷口は自分が、そのひとりに過ぎないと自覚した。長い歳月の中で、外観の復元だけが担当だったのだ。

この先、内装を仕上げる力は、もう残っていない。ならば次にバトンを手渡すべきだ。そう心に決め、敷地の外れにある明治村事務所に向かって、杖を頼りに足を踏み出した。

谷口吉郎が七十四歳で世を去ったのは、翌昭和五十四年（一九七九）二月だった。

それから四年の準備期間を経て、帝国ホテル中央玄関の内装が着工したのが五十八年（一九八三）十一月。それが完成して、内部まで公開できたのは六十年（一九八五）十月。受け入れが決まってから、十八年もの歳月が経っていた。

大正年間の日比谷でのライト館建築は、最初の予算が百三十万円で、着工後にライトが出した見積もり額は、およそ二百五十万円だった。しかし出来上がってみれば、総工費は九百万円を超していた。

一方、明治村での復原は、当初、三億円あまりと見込まれたが、十七年間の総工費は約十一億円に達した。

すさまじい力を放った巨人は、今は明治村の北端で静かにたたずんでいる。「明治村に持っていけば幸せだと思う」と語った佐藤栄作もまた、男たちのバトンを引き継いだひとりだった。

主な参考文献

『帝国ホテル百年史』帝国ホテル編
『フランク・ロイド・ライトの帝国ホテル』明石信道著
『帝国ホテルライト館の謎——天才建築家と日本人たち』山口由美著
『帝国ホテル ライト館の幻影 孤高の建築家 遠藤新の生涯』遠藤陶著
『帝国ホテル中央玄関復原記』西尾雅敏著
『巨匠フランク・ロイド・ライト』D・ラーキン B・ファイファー編 大木順子訳
『東洋の至宝を世界に売った美術商——ハウス・オブ・ヤマナカ』朽木ゆり子著
『水と風と光のタイル F・L・ライトがつくった土のデザイン』INAXミュージアムブック
『自伝アントニン・レーモンド』アントニン・レーモンド著 三沢浩訳
『大倉喜八郎の豪快なる生涯』砂川幸雄著
『羽仁もと子 半生を語る』羽仁もと子著
『野州土方の物語』丸山光太郎著
『私の履歴書 昭和の経営者群像2』日本経済新聞社編
『犬丸徹三』阪口昭著

『雪あかり日記 せせらぎ日記』谷口吉郎著
「在 13号～20号 林愛作ノート」武内孝雄記
「横須賀市参事会の人々」長浜つぐお記
「太陽 大正十三年一月一日号 ライト・ミラー氏を想ふ」林愛作記
「福島建設工業新聞」一九九三年五月一七日～九五年五月二九日
「明治村通信」昭和六十年九・十月号
「朝日新聞」昭和四十二年三月十六日～十二月一日
「帝国ホテル社報」一九六七年六月号
「帝国ホテルを守る会ニュース」一～二号
「林愛作関係資料」群馬県立図書館蔵
「帝国ホテルを守る会」議事録
MoMA "Frank Lloyd Wright at 150" 展示資料
江戸東京博物館展示資料
大谷資料館展示資料
消防博物館展示資料
DVD『偉大なるオブセッション フランク・ロイド・ライト 建築と日本』

本書は、二〇一九年四月にＰＨＰ研究所から
刊行された作品を加筆・修正したものです。

著者紹介
植松三十里（うえまつ　みどり）
静岡市出身。東京女子大学史学科卒業。出版社勤務、７年間の在米生活、建築都市デザイン事務所勤務などを経て、作家に。2003年に『桑港にて』（文庫化時に『咸臨丸サンフランシスコにて』に改題）で歴史文学賞、09年に『群青　日本海軍の礎を築いた男』で新田次郎文学賞、『彫残二人』（文庫化時に『命の版木』と改題）で中山義秀文学賞を受賞。著書に、『家康の海』『家康を愛した女たち』『万事オーライ』『梅と水仙』『大正の后』『調印の階段』『かちがらす』『慶喜の本心』『空と湖水』などがある。

協力：帝国ホテル　凸版印刷株式会社

ＰＨＰ文芸文庫　帝国ホテル建築物語

2023年１月24日　第１版第１刷
2023年６月15日　第１版第３刷

著　者　植松三十里
発行者　永田貴之
発行所　株式会社ＰＨＰ研究所
東京本部　〒135-8137 江東区豊洲5-6-52
文化事業部　☎03-3520-9620（編集）
普及部　☎03-3520-9630（販売）
京都本部　〒601-8411 京都市南区西九条北ノ内町11
PHP INTERFACE　https://www.php.co.jp/
組　版　朝日メディアインターナショナル株式会社
印刷所
製本所　大日本印刷株式会社

ISBN978-4-569-90268-5

PHP文芸文庫

大正の后《きさき》

昭和への激動

植松三十里 著

妻として大正天皇を支え、母として昭和天皇を見守り続けた貞明皇后。その感動の生涯と家族との絆を描いた著者渾身の長編小説。

PHP文芸文庫

調印の階段

不屈の外交・重光葵《まもる》

植松三十里 著

日本史上、もっとも不名誉な〝仕事〟を買って出た男――降伏文書への調印を行なった外交官・重光葵の激動の生涯を描いた長篇小説。

PHPの本

万事オーライ

別府温泉を日本一にした男

植松三十里 著

「山は富士、海は瀬戸内、湯は別府」――奇想天外なアイデアと規格外の行動力で、別府温泉を日本一にした油屋熊八を描いた歴史小説。

PHP文芸文庫

怪物商人

江上剛 著

死の商人と呼ばれた男の真実とは⁉ 大成建設、帝国ホテルなどを設立し、一代で財閥を築き上げた大倉喜八郎の生涯を熱く描く長編小説。

PHP文芸文庫

クロカネの道をゆく

「鉄道の父」と呼ばれた男

江上剛 著

「長州ファイブ」の一人として伊藤博文らと海を渡り、日本に鉄道を敷くべく、ひたむきに生きた男・井上勝を感動的に描く長編小説。

PHP文芸文庫

住友を破壊した男

江上剛 著

この男なくして「住友」は語れない――危機に瀕した住友を救った〝中興の祖〟の知られざる生涯に迫る感動のノンフィクション小説。

PHP文芸文庫

火《か》定《じょう》

澤田瞳子 著

天然痘が蔓延する平城京で、感染を食い止めんとする医師と、混乱に乗じる者は——。直木賞・吉川英治文学新人賞ダブルノミネート作品。

PHP文芸文庫

風神雷神 Juppiter, Aeolus（上）

原田マハ 著

ある学芸員が、マカオで見せられた俵屋宗達に関わる古い文書。「風神雷神図屏風」を軸に、壮大なスケールで描かれる歴史アート小説！

PHP文芸文庫

風神雷神 Juppiter, Aeolus（下）

原田マハ 著

織田信長、狩野永徳にその才能を見出され、天正遣欧少年使節とともに欧州に渡った俵屋宗達が出会ったもう一人の天才画家とは……。